轨

桦 之◎著

中国财富出版社

图书在版编目（CIP）数据

轨／桦之著．—北京：中国财富出版社，2017.11（2018.11重印）

ISBN 978-7-5047-3626-0

Ⅰ.①轨… Ⅱ.①桦… Ⅲ.①长篇小说—中国—当代 Ⅳ.①I247.5

中国版本图书馆CIP数据核字（2017）第268384号

策划编辑 张彩霞　　责任编辑 齐惠民 郝婧婕

责任印制 梁 凡　　责任校对 孙会香 卓闪闪　　责任发行 张红燕

出版发行 中国财富出版社

社　　址 北京市丰台区南四环西路188号5区20楼　　邮政编码 100070

电　　话 010-52227588转2048/2028（发行部） 010-52227588转321（总编室）

010-68589540（读者服务部） 010-52227588转305（质检部）

网　　址 http://www.cfpress.com.cn

经　　销 新华书店

印　　刷 北京京都六环印刷厂

书　　号 ISBN 978-7-5047-3626-0/I·0273

开　　本 635mm×890mm 1/16　　版　　次 2018年1月第1版

印　　张 17.25　　印　　次 2018年11月第2次印刷

字　　数 194千字　　定　　价 36.00元

序　一

有位青年作者准备出版处女作，想找个老作家给作序。受到旁人蛊惑，说一个叫丑丁的作家够老。青年作者经过一番搜索审核，说这个丑丁果然够老，于是决定面见丑丁。闻听此事，俺心里老大不情愿，俺一直以为自己是青年……

好吧，此青年作者叫毛爱华，她的处女作是一部长篇小说，书名为《轨》。

无疑，这是一个有深意的书名。看到这个"轨"字，我的思维立刻就呈现出无数线条，它们通向人性的各个角落，通往人生的各个方向，通达命运的各种结局。果然，这与作者的思维有了某些契合。她给我带来了一个充满悬疑的故事，在这部推理小说里，复杂的人物关系，错综的故事情节，层叠的逻辑推进，都让你与人性深处的光明与黑暗，一次次劈面相逢，甚至撞击灵魂。

她的文字华丽又不失沉静，干净并且有劲，这让故事更为通达，阅读更加顺畅，文学性更加有附着，这得益于她多年的诗歌和散文的写作。看了她的小说，我后背微微发凉，无论是框架结构还是故事逻辑性，尤其是文字，都体现出一个成熟写者的功力。我有一种被后浪拍倒在沙滩上的惊恐，又仿佛看到了当年的自己，稍稍有了些泳技，就不顾一切地跃入文字的海洋，做了浪里那个不要命的白条。

曾有读者问我，写作的初衷是什么。其实，每一部作品，都是冲动的结果。动笔之前，并未为它谋划过什么，它能写成什么样，写给什么人看，能带来什么效应……但是最终，我的文字让很多人心有所动，并成为一种陪伴。在这个结果里，我反而看到了初衷，在那里亭亭玉立。于是我也问她这个问题，并且预设了答案。果然，她说初衷就是文学给她的快乐，并且是那种心无旁骛的快乐。没错！什么是写者的初衷？那就是热爱，是拿着笔坐在白纸前的冲动，是灵感泉涌的快乐，是灵魂相遇的分享。对沉醉于文学的人来说，文学，是用来爱的，文学，是以身相许。

我坚信，文学的开始，需要梦一般的想象，需要恣意飞扬的思维，而要想获得文学的真金，必须经历由繁到简，由外至内，由华丽到质朴。必须有格局，有深入，有落地。我们从来不缺文学，缺少的是文学般痴狂飞翔的恣意，和思想落地的那一声“咣当”的分量。

在当今社会的浮躁之下，能存有一份对文学的热爱甚至执着，难能可贵。若是再能保持一颗敬畏之心，那就足以令写者和读者安慰了。我相信她对文学的热爱，并寄予希望。于是我跟她说，一个作家，要读文史哲，尤其是哲学，否则，只能一直停留在文学的工艺上，无法攀升到学养和格局的境界。她瞪着一双美丽的大眼睛，笃定地看着我，说知道了。

丑丁

2017 年 7 月

序　二

在某个忙碌的间隙，翻开朋友圈，看华的分享，灵动、精致，却又逶迤悠长，这悠长不仅来自文字，更是来自心情。

她巧妙地捕捉每一次心情的悸动，将其握在掌心，温暖、浸润、调揉，直到晕染成一幅完整的画卷。

我喜欢沉浸在她的文字中，去感受心情的层层叠叠，以及感受之后的了了分明。

华的这部小说《轨》，一如既往地带着她文字的特点，却又尽显巧妙的构思，在百转千折的故事中，尽显她内心的神秘角落。我知道，小说中藏着华对人生的思考和对命运的洞悉。

从情节上看，《轨》呈现的是错综复杂的情节轨迹和人物轨迹。不同的人物轨迹交相呼应，变成了一张剪不断理还乱的大网，网中的人，互相牵扯，互为因果。从内容上看，《轨》阐释的是不能草率的婚姻轨迹，是不该偏移的情感轨迹，是没有选择的残酷的命运轨迹，是逃不开因果报应的人性轨迹，也是不可玷污的道德轨迹，更是不可复制的人生轨迹。每一个人站在轨的末端往回看，仿佛都清楚该如何修正不堪的过往，可是人就是这样，就算从头再来一遍，恐怕也很难改变原来的路径，因为人每走一步，都带着当时当地的情感和思考，对与错，是与非，都只能在某个未知的将来才可揭晓，这就是人生的无奈，却又是人生的奇妙。

不知为什么，读完《轨》，心头竟然激发起对平淡生活的珍惜与满足。

是的，何必追求波澜壮阔呢？其实，我们每个人活着，能在当下的生活中，去感受那份平静的美好，去不急不躁地面对当下的每一个挑战，本身就是一种修行了。

但话说回来，我们每个人的命运，也并非是把握在自己手中的线，有时候，真的像是行驶在浩渺无边的大海中的小舟，你不知道会被带到哪里，也许唯一能做的，就是珍惜眼前的一花一景。

期待，在某个暗香浮动的黄昏，两鬓斑白的我们，能坐在摇椅上，能将自己交付给沉甸甸的回忆，放心地、自如地在记忆中或跌落或翱翔，然后嘴角上翘，睡意沉沉……

其实，人生又何尝不是一个旧时光连着另一个旧时光呢？而此时，看华的小说，在我的旧时光里，寻找华的身影，青春往昔扑面而来，我将自己跌落到回忆中去。

发现关于华的记忆还是挺多的，记得她深爱地瓜干和一种叫鸡蛋奶糕的冰激凌；记得她哼着歌曲，对着镜子顽皮地自恋；记得她的衣服一百次地掉到下铺人的身上却浑然不知；记得她喜欢在各个英语角神采飞扬又在某个时刻多愁善感地流泪；记得她说喜欢长发的帅气男生和咖啡味的口香糖……

然而，仿佛只是那么一眨眼，她就成了甜蜜的妻，也成了我们这个小圈圈中第一个做母亲的人。看她打扮精致地在厨房展露手艺，品出自她手的一道道精美菜肴，怎么都觉得时光是个魔法师，只是轻轻挥挥衣袖，就让华成了截然不同的模样。

然，又觉得不是时间的关系。

每个人的丰富是与生俱来的，我们都是在时光的屏幕上，投射着内在的影。

便又想起，那一次，身为江南女子的华，邀我们到她家做饺子，和面、拌馅儿、擀皮儿、包饺子……整个流程亲自制作，然后看着一桌子排列整齐的曲线优美的饺子，华感慨道："李玲，我以前想都想不到，我有一天，会爱上吃饺子，包饺子……"

然后，我们相视而笑。

生命有无限的可能性，让我们顺势流动，去遇到它。

那么接下来，就让我们在华的小说中，去与各种可能性相遇吧！

而我们也将在未来的时光中，与自己的各种可能相遇。

心灵写作导师、好闺密　李玲

2017 年 7 月

目　录

引　言

春末夏初，山花漫漫。

樱花纯美，杜鹃绚烂。

各色花朵星星点点，把一望无际的大山装扮成美丽的画卷。画卷中央站着一个小女孩，穿着淡黄色的确良衬衫。她手里提着一个竹篮子，弯腰摘下一朵淡黄色的小花，对旁边一个妇人说："妈妈，这花真好看，和我的衣服是一个颜色的。"

"快扔掉，这花不能碰，它会咬人的。"妇人惊恐万分，用力地拍打小女孩的手背，花朵掉入了茂密的灌木丛中。小女孩哭了，因为妇人把她的手打疼了。

"每一种花都有自己的特性，有的可以吃，有的却有毒，你想要和它们做朋友，就要先知道它们的特性。这世间有许多美丽的东西就跟这有毒的花一样，如果你不了解它们，就不要乱碰，离它们远远的，否则它们会趁你不注意，狠狠地咬你一口。"

小女孩隐约听懂了妇人的话，她看见小黄花的花心里有几滴露珠，心疼地说："妈妈你看，小黄花也哭了 。"

……

第一章　红颜主妇　生活窘困

1

“再见，儿子，上课认真听，注意安全。”

“再见，妈妈。”

林水清站在小学门口一直看着，直到小亮走进了教学楼的大门，她才转身，骑上那辆破旧的深蓝色自行车，钻入浓重的雾霾中。她戴着白色的口罩，用力地踩着踏板，自行车在浓雾中快速地穿行，她却觉得步履维艰，仿佛面前挡着一堵厚厚的墙，无论她多么用力都无法穿过去。从小学到玉兰胡同，一共也就 2 公里的路程，可她却感觉骑了很久、很久。

今天的雾霾指数又爆表了，人们像是被扔进了宇宙混沌，在迷雾中挣扎前行。路人们戴着各色口罩，互相看不清对方的样子，只能听见此起彼伏的咳嗽声。雾霾引起的呼吸道疾病侵蚀着人们的身体，医院里的呼吸科人满为患。新闻媒体每天都有一些报道在鼓动人们逃离这个空气极差、房价却极高的城市。奇怪的是，房价跟着 PM2.5 的数值一天天地高涨，可真正逃离的人却没有几个，哪怕有千万个理由要离开，最后还是忍不住留了下来，或许这就是这座城市的魅力所在。至于究竟是什么样的魅力，谁也说不清、道不明。而那些想逃离却又没有逃离的人们生生成了这个城市无奈的存在，林水清就是这样的存在。

回到家，她洗了个脸，走到饭桌前，慢慢地坐下。桌上的盘子里剩下三个饺子和一个水煮蛋。她拿起水煮蛋，在桌角敲了敲，蛋壳很快裂开，她把鸡蛋完整地从蛋壳里取了出来，举在手上，转了个圈儿，看了又看，她总感觉今天的鸡蛋比之前的更圆、更亮。她咬了一口鸡蛋，随便咀嚼几下，就生生地往下吞。她吞得太急了，蛋黄呛到了喉咙里，她使劲地咳嗽，大口地喝水，许久，才让气管恢复正常。

她突然感到万分沮丧，眼泪从心底深处往上蹿，然后从眼眶奔涌而出。她看了看窗外，到处是灰蒙蒙的一片，什么也看不清楚。她感觉胸闷得慌，好像有一只大手压在她的胸口，让她喘不过气来。不知不觉地，她又不禁想起了她的老家，那个不折不扣的烟雨江南，一切都那么干净、那么轻柔。她拿起筷子，在几个饺子间来回地翻，似乎想找一个看起来好吃一点的饺子，可是翻到最后，她还是放下了筷子。看着自己包的饺子总是一副蔫头耷脑的样子，觉得实在难以下咽，于是她果断地把饺子倒进了垃圾桶。

这时，她看了看墙上的钟表，正好是 8 点半，她已经在桌子前坐了 20 分钟。事实上，看钟表只是一个惯性的动作，看或不看，结果都一样。就好像她枕边的闹钟一样，不过就是个摆设而已，有或没有，每天早晨 6 点半，她都会惯性地醒过来，迅速地起床，给家人准备早餐。小亮给她取了个外号叫

"机器人妈妈"。

她把碗收到水槽里，打开水龙头，水柱打在她的手背上，溅起的水花打到她的腹部，弄湿了衣服。她有些懊恼，讨厌自己每次都把水开得太大，把好好的衣服弄湿。等水慢慢变温，她把水调小，任由水流划过指尖，再流到手背，最后快到袖口的时候，她用力一甩，把手上的水都甩到水槽中。她很喜欢这个动作，就像一个孩子喜欢一个无厘头的游戏一样。

她往水槽里挤了好多洗洁精。她喜欢洗洁精的香味，也喜欢洗洁精融在水里生出的丰富泡沫，柔软而细腻。她用手指挑起一些泡沫，放在掌心里细细地观察，然后一口气将泡沫吹散，看到泡沫落在地上，落在灶台上，落在水槽里，她笑了，笑得有些恶作剧。事实上，她对洗洁精有一种莫名的依赖，一旦家里的洗洁精用完了，她就很慌张，好像她的生活里缺少了某个重要的篇章。于是，渐渐地，她养成了囤积洗洁精的习惯，各种牌子、各种味道，应有尽有。她的丈夫李永志对她的这种行为非常不解，也十分反感。她自己也知道这是种毛病，可是她从来不愿意承认，也不愿意去刻意改变，她说："总比那些囤包囤鞋子的女人强点儿吧！"

她一边洗碗，一边跟着对面传来的歌声轻轻地哼唱。对面那家发廊，总是放一些山寨版的情歌，节奏轻佻，歌词暧昧，几首曲子反复播放着，她不知不觉就都会了。开始的时候，她总觉得那些歌实在太俗气，品位太低下，可是听得多了，她张嘴就能唱出来，竟也觉得有几分可爱。发廊的门口，总是坐着几个女人，浓妆艳抹，衣着暴露，还常常叼着烟头，高声地聊天，大声地笑骂。每次从发廊门口经过时，她总是不大好意思正眼看她们，倒是发廊老板娘一见她就打趣道："大美女，你到我这里上班吧，肯定是我们店的镇店之宝。”

“不如来我们豆腐店吧，保准能成豆腐西施，到时候，全北京城的老少爷们儿都要来我家排队买豆腐。”发廊隔壁豆腐店的郑大娘也来起哄。

“快拉倒吧你们，水清可是正牌大学生，还是名副其实的校花，听说当年追她的人，用几箩筐都装不过来。你们就算请得起她，她也不入你们那流啊！”隔壁的张嫂看不下去了，前来解围。

对于这些调侃，林水清总是一笑而过，大家三言两语，一会儿就散了。

2

林水清搬到这个胡同已经有 8 年了，每当她提着菜篮子从胡同走过，就想起刚到这里时的情景。那是 2008 年的夏天，北京刚办完奥运会，全世界都沉浸在奥运的余欢中，永志和水清从江南小城坐了十多个小时的火车，风尘仆仆地到了北京。

从车站出来的那一刻，他们相拥而泣：“我们真的到北京了，我们终于到北京了！”

“我们很快就要见到鸟巢、水立方了！”水清高兴得像个小孩，又叫又跳。永志看着她，心生喜悦。永志的舅舅派司机来接他们。上了车，透过车窗，他们激动地欣赏着北京的大街小巷，急切地盼望着见到他们的小窝。当看到司机载着他们从灯火通明的大街拐入一个昏暗狭长的小胡同，胡同两侧都是些低矮的老房子时，水清连忙叫住司机：“师傅，您是不是走错路了，这里怎么这么黑？”

“没错！我给包总开了十多年车，这地儿我来过好多趟了，错不了！据说包总刚到北京的时候就住这里，这是他的老根据地了，没有这地儿，就没有今天的包总。”司机语气坚定地说。

水清的脸沉了下来，看了一眼永志，永志低着头，好像是犯了错误的孩子。水清突然明白了什么，她沉默了。车在一个小平房门口停了下来，司机把行李搬下车，放到平房的门口，说了句“你们早点儿休息”就走了。水清和永志呆呆地站在平房的门口，好久动弹不得，好像他们的脚一点儿都不想迈过那破旧不堪的门槛。过了许久，水清拍了拍永志的肩膀：“走，看看咱们的小窝。”永志这才慢慢地跟了进去。他们把屋里的灯全部打开，将小窝看得通透。

那是一个小院子，面积实在是太小，也就 6 平方米的样子。院子里有一个小花坛，花坛里残留着一些干枯的花枝。越过门槛进到屋里，左侧是一个狭窄的小厨房，厨房里，一张木桌子上放着一个煤气灶，灶上放着一个生锈的铁锅，锅里有几个被灰尘染黑的白瓷碗，桌子旁边的地上放着一个蓝色煤气罐。紧挨着厨房的是一个稍大一些的房间，估摸有 15 平方米左右。房间的正中间，放着一张大大的铁床，床上是白底红花棉被子，看样子是有人刚铺上去的。铁床边放着一个三门的木柜子，柜门的木皮已经脱落，里面挂着几件旧衣服。房间的后门通往小院，从房间出来经过小院，后面是一个小储物间，储物间里堆着各种杂物……

水清和永志在院子里前后左右转了好几圈儿，就是没找到厕所，才想起电视节目里介绍过，北京的平房只有公厕，没有独立的卫生间。想到这一点，水清几乎要崩溃了。他们拿着手机从平房里走出来，正准备去找厕所，这时隔壁走过来一个女人，拿着手电，对他们说："是老包的亲戚吧？"

"是！您是？"借着微光，水清看到了女人漂亮白皙的脸庞，在暗夜中闪着光芒，就像一个仙女从天而降，驱走了胡同的昏暗。林水清有些恍惚，觉得这一幕太不真实。

"我住你们隔壁，我姓张，和老包是老邻居了。这个手电筒你们拿着，厕所在胡同那头，千万别把手机掉进厕所里。"

"谢谢你，大姐。这么晚了，打扰你休息了。"水清微笑着接过手电筒。

"叫我张嫂吧，街坊邻居都这么叫。以后有什么事就来敲门，你们刚到北京，人生地不熟，不容易。"

"谢谢你，张嫂。"

林水清紧紧地握着手电筒，百般滋味在心中翻江倒海，看着眼前的一切，她怀疑自己是不是穿越到了一个完全陌生的时空。

3

林水清手里拽着抹布，不经意地抬头看看窗外，又看见远处高楼上那几个大字："英国 BL 银行"。那栋楼离她很远，就算是直线距离，也应该有好几公里，可是那栋楼实在太高太大了，楼顶那几个醒目的大字，总是有意无意地钻进她的视线。她隐约觉得那栋楼和自己有几分亲近，一种似曾相识的亲近。尤其是出现重度雾霾的时候，周围一片混沌，那几个亮眼的大字总能给她些许安慰，仿佛在提醒她，无论在多么压抑的情绪里，总还有一些景物能给她清楚的希望。

她曾经想跑到那栋楼里看个究竟，也曾想到网络上细细搜索，探究这个银行的身世，可她就是不爱用搜索引擎。她总觉得什么事情最好不要知道得太清楚，那些千奇百怪的问题的答案，对她来说没有任何意义。就好像明明知道对面的小区崭新漂亮，她也只能乖乖地待在现在这个并不属于她的十几平方米的小平房里。“有一种漂亮叫作别人家的漂亮”，她早已习惯，甚至麻木了。

洗过碗，她再一看表，已经是 9 点了，她换了身衣服，拿着菜篮子，锁上门，快步往早市走去。她走着走着，又有些懊恼，后悔花了太长时间洗碗，本来 15 分钟就够的，偏偏用了 30 分钟，她担心早市上新鲜又便宜的蔬菜已经被人买光了。等她到了早市，买菜的人都已经散去，菜筐里就剩下几棵青菜和香菇，连鸡蛋都没有了，她更加觉得懊恼了，莫名地，脑子里又出现了什么银行的那几个大字，她感到有些厌恶，好像是那几个大字分散了她的注意力，耽误了她买菜这件大事。

没错，对林水清来说，买菜是件大事。

刚到北京的时候，李永志在他舅舅包亿年的公司里当出纳，林水清在人力资源部上班，虽然两人的工资都不是很高，但两口子的小日子过得也算滋润。小平房经过水清一番收拾打理，变得朴实温馨。因为不用交房租，他们几乎把所有的收入都花在吃喝玩乐上。那段时间，林水清过得很快乐，很自由，刚到北京时的失落感也随之烟消云散。

半年后，林水清怀孕了，由于上班的地点离家太远，她只好在家待产。李永志一个人挣家用，家里的生活立刻变得拮据起来。虽然包亿年偶尔也会给他们贴补家用，但那也改变不了入不敷出的尴尬局面。那种吃喝玩乐的日子越来越少，水清内心自由快乐的感觉也渐渐消失，取而代之的是怀孕带来的严重的焦虑感。

水清怀孕 8 个月的时候，查出胎儿疑似脑积水，医生建议观察一个星期后复查，如果复查结果不理想，就只能终止妊娠。医生的话犹如晴天霹雳，无情地打在林水清身上，她只觉好像有人生生地把她的心拽出了胸膛，揉成了碎片，她成了一个没有心的可怜人。她度日如年，每天不停地祈祷。深夜里，她睁着眼睛，看着天花板，正泪流满面的时候，却总能听到李永志洪亮的呼噜声。没错，李永志睡着了，而且睡得很香。那时候她才明白，她的苦痛只属于她一个人，没有人能感同身受，连李永志都不能。

一个星期后，复查结果正常，林水清又一次泪流满面，她尝了尝那泪水的味道，有几分甜意。李永志满脸堆笑，握着她的手说："老婆，一定是上天被你感动到了。"林水清狠狠地瞪了他一眼，那一眼意味深长。

虽然医生说孩子可以生，但是林水清总是不能完全放心，她那颗被挖走的心，虽然又放了回去，可似乎已经不那么完整了，而且恐怕永远都没法完整了。

孩子一出生，水清不顾永志和医生的反对，给孩子做了脑部 CT，得知检查结果一切正常，她才彻底相信小亮是个正常的孩子。

尽管如此，水清还是得了严重的产后焦虑症，她总是担心孩子生病，怕孩子受伤，担心孩子养不大。她动不动就发脾气，流眼泪，常常情绪崩溃，无法自拔，直到小亮上了幼儿园，她才从产后焦虑症中渐渐地走了出来。

2011 年，包亿年把永志从出纳的岗位调出，李永志成了他的专职司机。在林水清看来，这个转变简直就是历史的倒退，是李永志的倒退，是他们整个家庭的倒退。可是李永志却说："我们的一切都是舅舅给的，工作、房子、小亮的学校，哪一样不是仰仗舅舅的帮扶？现在舅舅需要一个可信任的人在身边，我不能不仁不义吧？"看着李永志誓不动摇的样子，林水清沉默了，沉默得有些无奈。

李永志换了岗位，收入比之前多了不少，因为包亿年私下里给他们的补贴比较多。可是孩子越大，开销也越大，包亿年托人给小亮在胡同对面的高档小区里找了个幼儿园，收费不低，再加上水清给小亮报的课外班，李永志的收入也仅仅只够家用。为了让小亮上一个不错的小学，水清从包亿年那里借了15 万元的借读费。从那以后，李永志每个月只领一半的工资，剩下的一半直接划到包亿年的卡上，直到 15 万元彻底还清为止。林水清买了个账本，把每天的开支都记得清清楚楚，她算来算去，只能是在日常开销上下点儿功夫，省点儿钱。慢慢地，她发现买菜也是一门艺术，如果能细心规划，也能省下不少钱。

买完菜，回到家，她再一看表，已经 10 点了。她开始收拾房间，洗衣服，拖地……没完没了，好像有干不完的活儿，又好像什么都没干。

第二章　投行精英　奔波青城

1

香港，凌晨三点。手机响了。

贾青城立刻惊坐了起来，他的床垫就像一个弹簧，把他从睡梦中弹醒了。

“刘总，您好。”

“小贾，迪拜那边有个拍卖会，今天下午 2 点钟开始，你现在赶紧买机票赶过去，那个花瓶我关注很久了，一定要帮我拍下来！”

“好的，刘总放心，我一定尽力，不让您失望。”

大约四个小时以后，贾青城坐上了飞往迪拜的飞机，在阿联酋航空的头等舱里，他喝着红酒，听着音乐。性感的阿拉伯空姐面带微笑，时不时地过来嘘寒问暖。

喝过酒，有了几分困意，他把座椅放平，准备躺下休息。这时，飞机突然猛烈地颠簸起来，放在一旁的红酒杯掉落在了地板上，空姐伸手示意他不要动，脸上还是一成不变的微笑。

青城明白空姐的意思，他整个人缩成一团，双手紧紧地抱住膝盖，他听到自己的心跳，就像咚咚的鼓声，铿锵有力，他感觉自己的身体在颤抖，额头在冒汗。他双眼紧闭，心里不停默念："上帝保佑，请不要抛弃我们，救我们脱离凶险……"

大约 2 分钟后，飞机停止了颠簸，他长长地松了一口气，正要俯身捡杯子，空姐走过来说："先生，我来吧！"

"没事，我来。"他捡起杯子递给了空姐，空姐伸手接杯子时，他的手刚好碰到她的指尖，这时候他才看见空姐有两个似曾相识的深深的梨涡，他突然有些兴奋，眼睛直直地盯着她的梨涡。"谢谢你，先生。"空姐略带磁性沙哑的声音，把他从思绪里唤醒，他连忙把手收回，低下头，继续看书。

到了迪拜，他打了个的士，直奔拍卖中心。透过车窗，他看着不断后退的高楼，有些失落，这个建立在沙漠上的"五星级城市"，有一股独特的气味，黄金、沙土里夹杂着浓郁的香水味。他想如果没有沙土，只有黄金和香水，那该多好啊！

拍卖会在一个五星级的宴会厅举行，他赶到的时候，所有人都已经就座。

主席台上一个白底蓝花青花瓷瓶，孤零零地立在金碧辉煌的大厅里，显得有些格格不入。他一直盯着那个花瓶，好像是在验证它的真伪，直到麦克风里传来了拍卖人拗口的英语："300 万起拍。"

"500 万。"是一个中国女人的声音，贾青城没有转过头去看她，只是轻轻一笑。

"550 万。"贾青城举起了牌子。

"600 万。"

“650 万。”

“700 万。”

……

“800 万。”贾青城提高了声线，把牌子举得高高的。

“800 万一次，800 万两次。”

“咚——”锤声响了，贾青城拍得了花瓶。他朝那个中国女人走了过去。

“你也在这儿啊？”

“何必明知故问？恭喜你，又赢了！”女人的语气里充满了不快。

“不是我赢了，是我的客户赢了。”

“你的客户赢了，不就是你赢了吗？”

“看你有些不高兴，请你喝咖啡？”贾青城眨了眨眼，故作调皮。

“不用了，等哪天你不高兴的时候，我请你！还有，老男人了，别动不动就卖萌，不是小鲜肉了，可爱不起来了，知道吗？”

女人说着，转身大步走出拱形大门。

贾青城看着她渐行渐远的背影，陷入了无言的感伤。

女人叫童飞，是贾青城的大学同学。12 年前，他和她一起进了 BL 银行。3 年后，童飞因为业绩不理想，在惨烈无情的竞争中，被银行淘汰。她端着私人物品，走出银行大门那一刻，贾青城躲在自己的办公室里，哭成了泪人。他多么希望走的人是他。哭过之后，他擦干眼泪，安慰自己说：“就算今天走的是我，她也不一定能留下。”

2 年以后再见面，她已经成了一个名老板的私人助理。看见她气色红润，面带微笑地站在跟前，他的心里释怀了许多。

她说："生活就是这么奇妙，你永远不知道下一站有多精彩。"

他会心一笑："只要你开心就好。"

后来，她们经常在拍卖行相遇，也就打个招呼，闲聊两句。

2

从迪拜回香港的飞机上，贾青城特意看了看过来服务的空姐，有些怅然若失，因为这位空姐没有梨涡。

到了香港，贾青城打车直奔办公室。

贾青城快步走出电梯，走进自己的办公室。

助理 Candy 迈着小碎步跑过来问："怎么样？怎么样？"

"搞定了。"贾青城一脸的自豪。

"我就知道，看你走进来那么意气风发、帅气无敌的样子，我就知道成了。"

"知我者你也。请我喝咖啡？"

"没问题，要多甜有多甜！"

"太甜了不好，腻人！"

不一会儿，Candy 端进来一杯咖啡，贾青城接过咖啡，尝了一口。"不错，煮咖啡的技术越来越好了！"他眯着眼睛，直直地看着 Candy。

"城哥，你这样，我会害怕的。"Candy 故作惊吓状。

“怕什么？我又没看你，我只是在看你的酒窝。”

“如果我的酒窝是梨涡，那就完美了？”

“聪明，把我的话都给背下来了。哈哈！”贾青城笑了起来。

Candy迈着小碎步走开，快到门口的时候，突然转过头，俏皮地说：“知你者我也！”

贾青城会心一笑，在落地窗前坐了下来。阳光透过玻璃，打在灰色的地毯上，他的影子在地毯上左右晃动。他品着咖啡，看见对面高楼的玻璃窗里，有一个男人，和他一样，也端着咖啡，朝他微笑。他喜欢这样的自己，他喜欢这样的时光。

喝完咖啡，回到办公桌前，他拨通手机：“妈，小惠怎么样？烧退了吗？”

“你还知道打电话回来啊？孩子倒是不烧了，就是咳得厉害。”接到贾青城的电话，王美凤悬着的心终于放下了。

“那就好，只要烧退了，咳嗽慢慢养吧。”

“我昨天给你拨了好几通电话，你都没接，你到底在忙什么啊？”

“我昨天在拍卖会现场，不方便接电话。”

“不方便接电话，你事后总该给我回一个吧？你飞机上不能接电话，拍卖时不能接电话，开会也不能接电话，万一哪天我不行了，要你回来给我送终，都联系不到你，你叫我怎么瞑目啊？”

听到这话，青城哽咽了，到了喉咙的话被憋了回去。

“你别不说话啊，你倒是说话啊，你赚那么多钱干什么？够用就行了，钱能带进棺材里吗？到了下界，它也不能花啊!”美凤又开始严厉地训诫贾青城，尽管她知道，这种训诫没有任何作用。

贾青城更加沉默了，对于美凤的训诫，他实在无力反驳。

这些道理，他又何尝不懂，只是他也说不清楚，自己辛苦奔忙究竟为了什么。

他捂着手机的话筒，深吸了一口气，动了动脸上僵硬的肌肉，对着话筒说：“我的好妈妈，你就放心吧，你担心的事绝对不会发生。上帝会保佑你的。”

“阿城啊，你好好听妈妈说，咱不需要那么多房子，不需要那么多钱，妈只要你好好陪陪我们，妈老了……”

正在这时，电话铃响了。

“妈，我先挂了，客户打电话进来了，我周末尽量赶回去。”

还没等美凤反应过来，贾青城已经挂了手机，拿起电话：“张总……”

“青城，青城……”一阵嘟声以后，美凤把手机狠狠地扔到地上，手机摔成了两半。“真是个倒霉孩子。”

小惠安慰奶奶说：“奶奶别生气，让爸爸再给你买一个新手机。”

“吓着小惠了吧？对不起，是奶奶不好，不该发脾气，奶奶以后改。”美凤赶紧过来搂着小惠。

“不是奶奶不对，是爸爸不对。”小惠捧着美凤的脸，小声说道。她清澈无邪的眼睛里竟透着几分成人般的坚定和睿智。

美凤把小惠搂得更紧了，年龄差距极大的两个隔代人，产生了奇特的共鸣。自从青城去香港工作，美凤总觉他离自己越来越远了，原本那个贴心、开朗、与她无话不谈的儿子，变得寡言、冷漠，让她捉摸不透。她想念他的时候，他总是在世界的另一头匆忙地奔波着。她实在不知道，他在奔波些什么。

贾青城又何尝不知道，自己冷落了母亲，冷落了妻子，冷落了女儿。他常常深深地自责，总觉得自己辜负了家人太多的期许，有时候他甚至怀疑，当初进 BL 银行是否是个正确的选择。

每当到了夜深人静时，他忙完了当天所有的工作，一个人静静地躺在香港公寓的大床上，看着天花板上的水晶灯左右闪烁，他一遍又一遍地问自己：如果时光能够倒流，我是否还会选择投行？我是否还会选择 BL 银行？我是否还会来到香港？我是否还会全世界地跑？而每次，他给自己的答案都是肯定的。

他深知，自己热爱投行，喜欢忙碌，喜欢忙碌之余短暂的轻松。而最让他陶醉的就是看见自己的存款一天天变多，然后去买房，去收藏，去做公益。在财富不断积累的过程中，他找到了真正的自己，那种发自灵魂深处的满足，让他对自己的工作陷入了痴迷。不管多么忙碌，无论多么辛苦，他都要在投行坚持到底。他甚至担心，如果有一天，从投行里出来，每天在鸟语花香里闲适恬淡，他是否还能勇敢地活下去。

比起对母亲和女儿的愧疚，他对太太安容的愧疚，最让他自责，那个他在市同乡会上认识的淡雅女子，一直默默无闻地支持着他的事业和他的选择。是她鼓励他勇敢地去打拼，去实现自己的价值，去建造自己的财富帝国；是她在他不在身边的无数个昼夜里，坚强地撑起一个家。

每当他对她说："对不起，我没有太多时间陪你和孩子，等我老了，一定好好补偿，陪你看夕阳，陪你周游世界。"她总是微笑着说："我会安静地等着，希望不要等太久。要不，我先做一个周游世界的计划，等你有时间的时候，咱们直接出发就行。"

只是，有时候他在想，如果她少给他一些感动，他是不是也可以少一些亏欠？他总听人说，漂亮的坏女人是毒药，可他总觉得，好女人就算不漂亮，也可能是毒药。

3

周五下午 3 点钟，贾青城打车赶往机场，他想起来上次和母亲通话已经是 4 天前的事情了。他清楚地记得他对母亲的承诺："我周末尽量赶回去。"他不是一个轻易承诺的人，一旦承诺了，他就会尽力做到，尤其是对母亲的承诺，从来不敢怠慢。17 年前，自从他的父亲在一场车祸中去世以后，他就对自己说，此生绝不能辜负母亲。只是因为工作的原因，他给母亲的承诺越来越少，不是他不想，而是不敢，害怕自己不能遵守诺言，伤了母亲的心。

过了安检，已经是下午 4 点 20 分。机场广播里有一个声音在呼唤他："贾青城先生，请您听到广播后，迅速赶往 8 号登机口登机，我们马上要关闭飞机舱门，准备起飞。"他疯狂地往登机口跑去，终于在舱门关闭前一刻上了飞机。

在飞机上，他点了一杯红酒，快速地喝完，有了几分倦意，他靠在座椅上，开始祈祷自己快点睡着。他总觉得睡过去的时光流逝得很快，仿佛刚闭上眼睛，再睁开的时候，已经到了目的地。记得有一次，他在从美国飞回北京的飞机上，因为多喝了一些朗姆酒，昏昏沉沉地睡了十几小时，等他清醒过来的时候，飞机已经在北京的上空。他觉得这一切实在太美妙，就好像飞机只在天空中飞了短短的 10 分钟。从那以后，他开始习惯在飞机上喝酒，微醺之时渐入酣睡，然后做一个长长的梦。

只是今天的红酒，有些太浅淡，他喝完一杯，还是睡不着，于是他又喝了一杯，可依然睡不着。他想要第三杯的时候，空姐小心翼翼地对他说："先生，我看您有些不胜酒力，建议您还是别喝了。"

不胜酒力？贾青城心想：她怎么知道我不胜酒力？难道我的脸上写着这四个大字？不过他心里明白自己确实不胜酒力，如果不是为了在飞机上帮助睡眠，他宁愿永远不要喝酒。

他原本不那么讨厌酒，高中的时候，偶尔也会约三五好友小酌几杯。直到高三毕业那年，因为某个原因，他喝下了一整瓶白酒，吐得不省人事，最后被拉去医院抢救。

因为睡不着，他有些懊恼，不知道如何打发从香港到北京近四个小时的飞行时间。他从不和陌生人聊天，更不会在飞机上看电影，只是偶尔看看书。只是看书的时候，从来不能尽兴，一遇到飞机颠簸，他就习惯性地把书放下，警惕地观察机舱里的变化，确保万一氧气面罩落下的时候，他可以第一时间戴上。

虽然，他庆幸自己从来没有遇到过这种糟糕的情况，但是他深知，对于一年有一大半的时间都在飞机上或者去往机场的途中的他来说，想永远不遇到这种糟糕的情况，只能是奇迹。

刚开始的时候，他无所畏惧，非常享受飞行的过程。他喜欢挨着窗户，安静地欣赏无边无际的云海和绚烂多姿的晚霞；他喜欢听着空姐温暖柔和的声音，享受她们嘘寒问暖的周到服务。而最让他陶醉的是空间的快速转换，从一个城市到另一个城市，从一个国家到另一个国家，从一种风景到另一种风景，从一种文化到另一种文化，他总能发现不一样的自己，产生不一样的期许。这种期许，就像一剂灵药，不断给他的血液注入新鲜活力，给予他前进的动力。他身上的每一个细胞都像精灵一样愉快地跳动。他甚至觉得自己就像一个时光穿梭者，带着某些使命，穿行于茫茫时空之间，寻找宇宙的秘密和生命的真谛。

在 BL 银行工作 6 年后，他从一个普通的职员，一路晋升为银行副总裁，有了自己的办公室，有了自己的助理，在中国的北京、香港以及美国都有了自己的不动产，他也成了某些达官显贵的朋友和某些高端私人会所的会员。

不知道从什么时候起，他开始讨厌坐飞机，与其说是讨厌，不如说是害怕。他总觉得，去机场的路艰难而漫长，飞机上的每一分每一秒也都是折磨。有时候，他甚至在飞机里偷偷地哭泣，哭得像个孩子一样。

他总听人说：飞机起飞和降落的时候最危险，因为这两个过程，发生意外的概率比较高。可在他看来，最可怕的还是在高空上遇到气流时的颠簸，万一气流太强大，飞机从高空坠落，人究竟要经历什么样的恐惧和痛苦？会不会被活活吓死？可如果是起飞或者降落的时候发生不幸，那至少还在接近地面的地方，至少不用承受不断掉落时失重的慌张。

2014年，马航客机失事以后，又接连发生了数起空难，他连看类似的新闻的勇气都没有了。他不但自己不看，也劝他的家人不要看。他安慰她们说，自己每天都在祈祷，自有上天保佑，绝对不会这么不幸，所以不要让这样的新闻无端增加大家的忧虑。

可是他的家人，却正好相反，在所有的新闻里面，她们最关心的就是有关交通意外的新闻。只要看到哪里出了事故，无论是高速上的、大海上的，还是天空上的，他的太太安容，就会第一时间拨通他的电话。如果他很快接了电话，听到了他的声音，她就安心地继续看新闻，一遍一遍，反复地看；如果他没有接电话，她就一遍一遍地打，直到打通为止。接通以后，她只字不提新闻的内容，只是随便聊些家长里短，而他却心知肚明究竟是怎么回事。听她若无其事的语气，他觉得又好笑又感动。

晚上8点30分，飞机广播里传来机长的声音："各位乘客，我们的飞机将在10分钟后开始下降，请大家系好安全带，收起小桌板，调整座椅靠背……"

贾青城松了一口气，神经不再紧绷，脸上露出了淡淡的笑容，终于要降落了，很快就要见到女儿了，他满心期待。

10分钟以后，飞机果然开始下降，他能清晰地感觉到机身穿过云层时，用力的颠簸。可是过了一会儿，飞机又上升一些。就这样一会儿下降，一会儿上升，大约20分钟以后，他看了看屏幕，飞机还在8000多米的高空，他顿时心跳加速，感觉自己的心都快要掉出来了，难道不幸真要来临？

于是他又开始祈祷："上帝保佑，请不要抛弃我们。"

顿时，飞机里的气氛变得紧张而诡异，人们开始躁动，有一个女人大声喊叫："到底是怎么回事？飞机怎么还没下降？"

这时候，广播里又传来机长的声音，他的语气依然平缓："各位乘客，请大家不要慌张。由于北京的重度雾霾，我们的飞机在降落过程中遇到了困难，但是请大家放心，我们一定会确保大家安全到达目的地，我们需要您的配合，请大家不要慌张，不要高声喊叫，不要离开座椅，系好安全带。相信我们，相信你自己！我们一定可以平安到达！"

听了机长的话，机舱里突然出奇地安静，每个人都乖乖地坐着，空气似乎凝固了。人们担惊受怕，却又无力抗争。这种无奈，贾青城最熟悉不过，他不停地默默祈祷："慈爱的阿爸父，请您不要抛弃我，请不要抛弃飞机上的每一个人，请您看护我们的安全，救我们脱离险境……"

大约又过了 10 分钟，飞机终于平稳地下降。这时，广播里又传来机长的声音："各位乘客，由于北京雾霾浓重，我们的飞机无法在北京国际机场平稳降落，所以我们最后决定降落在天津滨海国际机场。请大家放心，航空公司会安排大家在天津的食宿，给大家带来的不便，请谅解。"

机舱里响起了雷鸣般的掌声，人们悬着的心终于放下了。贾青城双手捂着胸口说： "感谢您，阿爸父，感谢您救了我们！"

下了飞机，他一看表，已经是 10 点多了。他赶紧打开手机，美凤正打来电话："阿城，手机怎么一直关机啊，快到家了吗？"

"已经下飞机了，飞机晚点了，刚出机场，还没打上车，还得一个多小时才到家。您先睡吧，别等我了。”青城只字不提在飞机上的经历，他从来不想平添家人的担忧。

“我等你，我让安容和小惠先睡。”

青城叫了个专车，直奔北京。

青城到家的时候，已经是半夜 12 点了，他轻轻地转动钥匙，打开门，看见美凤靠在沙发上。

“妈，我回来了。”

“回来了，今天够晚的。”美凤站了起来。

“嗯，雾霾天，飞机晚点。”

“快洗洗睡吧，她俩也刚睡下，小惠说一定要等爸爸回来，不然睡不香，做不了美梦。”美凤轻声地说着，脸上洋溢着笑容。

“小惠都会说这样的话了?”

“可不是，小鬼精灵一个，嘴可甜了。”

青城小心翼翼地推开卧房的门，蹑手蹑脚地走到床边，看见小惠正在安容的怀里熟睡，他的眼眶湿润了。安容转过身看着他：“回来了，怎么这么晚?”

“雾霾，飞机晚点了。”

“晚点了怎么也不跟妈说一声？害她担惊受怕的，一直打电话，你也没接。”

“在机场等飞机的时候，有个文案要做，手机设了静音，下了飞机才看见妈的电话。是我不好，下不为例，快睡吧。”

安容娇羞地说：“我等你。”

一番洗漱之后，贾青城爬上床，从后面抱住安容，开始亲吻她的头发、她的颈部，轻轻地咬着她的耳垂，双手抚摸着她饱满柔软的胸部，他轻声说："我好想你。"

安容转过身，抚摸着他的脸说："我也想你，如果你累的话，咱们换个时间？"

"我不累，只要回到你的身边，我就不觉得累了。"

在酣畅淋漓的缠绵之后，贾青城安稳地睡着了。在安容的怀抱里，他睡得很香，像个孩子一样。

第二天早上，小惠早早地起来，揪着贾青城的耳朵："爸爸快起来，懒惰的爸爸，大懒猪爸爸。"

青城故意闭着眼，假装没听见。

安容快步跑过来对小惠说："别吵爸爸，爸爸昨天晚上抓大蟑螂，很累，让爸爸多休息一会儿。"

在贾青城看来，安容是上天赐给他的最好的礼物，虽然他和她认识短短 3 个月就结婚了，可是他深信她是他等了 30 年的妻子。她从来没因为他工作忙碌忽略了她而有过半句怨言，也不会因为生活琐事耍小脾气。每当他陷入困境的时候，她总是耐心地鼓励他，直到他重新恢复斗志。

贾青城无时无刻不在提醒自己：一定要善待安容，是她让他成了自己想要成为的男人。

第三章　京城暴雪　知己重逢

1

星期一的早上，水清把孩子送到学校，在回家的路上，她接到一个电话："您好，请问您是哪位？"

电话的另一头，一个男人的声音诡异地说："猜猜我是谁？"

水清立刻把电话挂断，她心想：想让我上当？没那么容易。

这种低智商的诈骗电话，她已经接过无数个了，早就练就了对付骗子的绝妙方法。记得第一次接到这种电话，电话里传来一个男人的声音说：猜猜我是谁？林水清故意说了一个女人的名字×××，没想到电话里的人立刻装成女人的声音说：我就是×××。水清又说：×××明明是个男人，你干吗要用女声说话啊？骗子知道被识破，只好无趣地挂了电话。

后来，再接到类似的电话，听到电话里有人说："猜猜我是谁？"水清也说："猜猜我是谁？"骗子只好放弃对她的诈骗计划。

过了大约 5 分钟，同一个号码，再次打来。

水清接了电话，不耐烦地说："哥们儿，你想诈骗，能不能有点儿创意啊？老是这一套，多落伍啊？"

"水清，是我。"

"你怎么知道我名字？到底是从哪里得到我的个人信息的？你等着，我马上报警。"水清提高了嗓门。

"林水清，我是胡凯。"

"胡凯？"水清吓了一跳。

"你看你，到了帝都，就把老同学给忘了？"

"你是胡凯？不好意思，不好意思。"

"你们北京的骗子真嚣张啊，看把你吓的。"

"可不是嘛，我刚才还真以为你是骗子。"

"不怪你，是我模仿能力太强，太有天赋，哈哈哈！"

"哈哈，你确实有做骗子的潜力。十多年没联系了，你怎么想起来给我打电话了？"

"可不是嘛，高中毕业，大家去了不同的大学，联系就少了，可是这几年，我一直想着要多联系联系同学，再不疯狂我们就老了。"

"是，我也好久没有联系大家了，想想真惭愧。"

"现在联系还来得及。这不，我后天去北京开个会，你方便的话，咱们出来吃个饭吧？"

"好啊，我请你吃烤鸭！"

"当然是我请你啊。只是天气预报说后天有暴雪，还不知道我的行程会不会有变，不管怎样，只要这次能到北京，咱们就约！"

"必须的。"

挂了电话，林水清感觉自己的脸颊发烫，心跳加速，血液里似乎注入了一股暖流。一种久违的兴奋的感觉，让她看起来像个捡到糖果的婴孩。

高中三年，胡凯作为她的第一男闺密，几乎和她形影不离。他们在生活上互相关心，在学习上互相帮助，他们既是彼此的“知心大姐”，也是彼此的情感专家。

他们有时窃窃私语，有时又打成一片。他们一起吃饭，一起上晚自习，一起逛街。很多人都说他俩是天生的一对、地造的一双。可林水清心里清楚，他们只是哥们儿，是知己，是闺密，他们之间的关系，与爱情无关。胡凯之于水清，就像是冬日里的暖阳、夏日里的凉风。

第二天，胡凯打电话来说，因为暴雪，北京的会议取消了，但是他在山东的会议已经开完，他决定冒着大雪，从山东跑到北京，专程来看水清。

水清听后，甚是感动，一想到在一个白雪皑皑的日子里，与多年未联系的好友重逢，她就异常兴奋。

暴雪如约而至，京城变成了一片茫茫雪域。胡凯来电话说，高铁虽然正点发车，可是速度却慢得像蜗牛一样，仿佛是要爬着进北京，他也不确定究竟几点能到。尽管如此，水清还是早早换好衣服，化了淡妆，擦了口红，整装待发。

李永志看见她焦急的样子，厌烦地说：“你看你，心都要飞出去了，你至于这么着急吗？这破天气，你就非要跑出去吗？”

“人家冒着风雪，千里迢迢地来看我，我不去合适吗？”

“胡凯对你还真是用心，这么多年过去了，还这么惦记你呢！”

“你这话什么意思啊？想说什么就说，别拐弯抹角的，累不累啊？再说了，你不放心，可以一起去啊，他不是你同桌吗？”

“我才不去呢，是同桌，更是情敌，我就不去蹚浑水了。”

永志的话，水清越听越不舒服，她拿起包，在小亮的额头上亲了一口，对小亮嘱咐了几句就出门了。

2

在烤鸭店的包间里，水清一个人孤零零地坐着，她一会儿看看手机，一会儿照照镜子。她总觉得自己的妆容有些粗糙，眉毛太浓太粗，眼角的细纹清晰可见，脸颊的雀斑也很明显，就连睫毛膏都晕染到了下眼睑。她有些懊恼，早知道这样，不如就随便擦点粉底，还显得清爽干净些。

等着等着，她觉得有些困了，便趴在桌上。睡意蒙眬中，服务员进来，催问什么时候点菜。她说：“人没到齐。”服务员又问：“客人大概什么时候能到？”她说：“应该快了。”

服务员不耐烦地走开，林水清也有些不耐烦，她觉得自己有些可笑，甚至莫名有些怅然。

在自己的世界里沉寂了太久，孤独乏味，她身上的细胞失去了活力，无论是身体还是精神都步入了早衰。潜意识里，她极度渴望变化，可是一旦变化真的来了，她又感到万分恐惧，缺乏接受变化的能力和胆魄。她觉得自己就像是一个被关进笼子的金丝雀，每天穿着漂亮的羽衣，在笼子里上蹿下跳，眼巴巴地看着外面纷繁美丽的世界里，麻雀在枝头自由地飞翔，愉快地歌唱，而她却怎么也飞不出那个笼子。事实上，就算有人打开那笼子的小门，她也只会小心翼翼地探出头去，左顾右盼，而她的脚却不敢迈出笼子半步。

两个小时后，一个男人推门进来，他提着公文包，穿着一件黑色呢子大衣，水清站了起来："胡凯！"

"林水清！"胡凯抖了抖身上的雪，挨着水清坐了下来："从小到大，没见过这么厚的雪！"

"出场太隆重了，知道你来一趟北京不容易，造一场暴雪迎接你。"水清打趣道。

胡凯哈哈大笑了起来："可不是嘛，我也是醉了，我们领导肯定也醉了，他不是让我来开会的，他是特意让我来赏雪的！"

"你这说话的调调一点儿没变，是胡凯没错，验证完毕。"

"还没变呢，你看我这头发都快掉了一半儿了，我真担心，掉了一半儿，剩下的一半儿又变白了，那我就受了掉发和白发的双重伤害，宝宝心里苦啊！"

"哈哈哈！"水清大笑了起来。胡凯刚推门进来的那一刻，她简直不敢相信自己的眼睛，他头发稀疏，脸色暗沉，眼角堆满了皱纹，如果偶然在大街上遇见，她一定不会认为那是胡凯。她不禁感叹岁月真是把杀猪刀，刀刀催人老。

水清叫了服务员，点了烤鸭。

"我一定要发个觅谈朋友圈，题目是：北京，暴雪天，我和校花一起吃北京烤鸭。"胡凯端着茶杯，笑着说。

“我也要发一个：北京的冬天，帝都的雪花，我和他，还有那肥得流油的北京烤鸭。”

“还是你水平高啊。才女校花，双重格调。”

“各有千秋。”

“各领风骚。这么多年没见了，让哥好好看看你。”

“看吧，看吧。带放大镜了吗？不过，我是你姐，注意称呼。”

“哎呀妈呀，听说在北京是个女的都得叫姐，我还以为这只是个传说呢。放大镜忘了带，还好我的眼镜度数高。”

胡凯故作正经地打量着水清，她那原本光滑细腻的皮肤变得粗糙干燥；如飞云湖水一样纯净的眼眸，如今多了几分妩媚；曾经乌黑油亮的直发变成了咖啡色的卷发；原本纤细的身材变得圆润，虽然她的声音依然清脆动听，可是一嘴的京腔着实让他有些不习惯。她身上少了几分江南女子的婉约，多了几分北方女子的豪爽。胡凯不禁感叹：真的是一方水土养一方人啊！

“鉴定完毕了？”

“完毕，此女只应天上有。”

她们天南地北地聊着，全然忘了时间，忘了天气。

那些被久久尘封的高中记忆，就像一本被重新打开的纪念册，突然变得亲切而清晰……

“你还记得天真呆萌的物理老师吗？每次来上课都穿个拖鞋。他在黑板上画一个电路图，在图上标了 P 点。然后他说：把屁（P）放到这边来。全班同学哈哈大笑，老师却愣在那儿，一脸茫然，不知道究竟发生了什么。”

“还有生物老师和地理老师年级两大帅哥。他俩往讲台上一站，女孩子们立马变得鸦雀无声，然后两眼放光地盯着他们，云里雾里的。”

“就是啊，那时候吧，我们都恨死这两位老师了。简直就是我们男生的情敌，而且是劲敌。”

“有一次愚人节，咱们俩恶作剧，把化学老师骗到了一楼，等化学老师气喘吁吁地又跑到四楼的时候才发现自己上当了。他先是恶狠狠地了瞪了咱俩一眼，然后自己哈哈大笑起来。”

聊完老师，他们接着又聊起了同学。

“你不觉得咱们那时候都很作吗？好像我们每个人都是哲学家，喜欢思考人生，喜欢高谈阔论，动不动出口成章。”

“对对，那时候大部分女生都不爱穿裙子，跟我们一样成天就是牛仔裤，这个事实让我们男孩子很郁闷。我们每天祈祷着多看几双大长腿，就是没机会。”

“那时候，我所有的衣服都是黑色的。”

“那是因为你觉得穿黑色够深沉，够哲学？”

“也不是，我就是想用黑色把自己包裹起来，不让别人窥探我的内心。”

“可事实上呢，这样只会让人更想窥探你的内心。”

“记得有一次语文课代表问我：一个男人有理想的工作，有健康的父母，有贤惠的妻子，有乖巧懂事的孩子，就一定幸福了吗？”

“这问题，太深奥了。那你是怎么回答的？”

“我当时没有回答，因为我觉得回答是与不是都显得我太肤浅，于是我故作深沉地看着操场边上的桂花树，淡淡地说：

你看那棵桂花树，我们那么迷恋它的香味，可是我们又如何知道，它是否喜欢自己的香气呢？”

“哈哈，不是一般女子。如果她现在问你，你会怎么回答？”

“如果她现在问我，我会告诉她，幸福就是一种感觉，没有固定的概念或者定义。不是说你有了什么，你就应该幸福；你没有什么，你就活该不幸福。我总觉得人的感觉和情绪总是在不断的变化中，一个人幸福的感觉可能是短暂的、即时的，是不可言传的。我们只能体会自己幸福的感觉，却无法清楚地描述，也无法揣度别人幸福的感觉。

“而且一个人恐怕没有办法一直都处在一种幸福的状态当中，又或者说，如果这个人一直都处在幸福当中，他也会觉得幸福索然无味，最后也就不幸福了。就好比一个流浪汉，作为不是流浪汉的我们会觉得他可能不幸福，甚至很可悲，可是他内心究竟怎么想，他究竟经历了什么样的情感体验，我们并不知道。

“我觉得人是靠体验活着的，不是靠事实。同样的事实，会给不同的人带来截然不同的体验。就好像我们上大学的时候，作为穷学生，吃一次肯德基，觉得很幸福、很满足，可是现在呢，我们已经完全没有那种幸福的感觉了不是吗？是因为肯德基的配方改了，还是因为他们的服务下降了？都不是，而是因为我们自身发生了变化，当主体自身发生变化的时候，外物带来的体验也会发生变化，那种变化甚至有可能是翻天覆地的。”

胡凯托着腮帮，认真地听着。

“而完全不同的事实，对不同的人产生的也许是完全一样的体验。就好比说，一个流浪汉吃到一碗牛肉面所获得的幸福感，和一个普通上班族吃到一个澳洲帝王蟹所产生的幸福感是等同的。”

“不一定等同，也许更深刻，更有质量，更回味无穷。”胡凯打断水清的话。

“还有一个例子特别有意思，很有说服力，就是出轨这个事情。假设一个女人的老公出轨了，这个女人不知道的时候，她没有任何不好的体验，依然觉得幸福，觉得老公靠谱儿而顺眼。而事实上，她老公出轨这个事实已经发生了，可当她知道老公出轨以后，不好的体验就全都来了，发现老公不体贴了，总是抱着手机不理自己了，对孩子没有耐心了，动不动就说外面有应酬，等等。所以说无论什么事实发生，只有当它被认知，并产生体验才有价值。

“换言之，这个男人就算根本没有出轨，可是这个女人出于对他的不信任，一直怀疑他，那么她所获得的体验和她老公事实上已经出轨是没有任何区别的，她也会觉得老公不体贴，对孩子不耐心，等等。所以对于这个女人来说，她老公是否已经出轨这个事实根本不重要，重要的是她是否有信任她老公的能量和信心。”

“你说的这个很有意思，但是有一点我不太能认同，就是说这个女人不信任她老公所产生的不好体验，也是基于他们夫妻二人相处过程中的一些事实的。如果她老公真的对她很好，很体贴、很关心，她可能就不会怀疑他，也就不会有那么多不好的体验了。”

“你说的没错，但我想说的是，我们靠体验活着，不靠事实活着。就好像如果一个女人已经不爱这个男人了，那就算这个男人出轨，她也不会有痛苦的感受了。”

“可是爱既是体验，又是事实啊！她不会因为老公出轨而受伤，是基于她不爱他这个事实，对不对？”

胡凯这一句，把水清给问住了。他看见水清眼中的泪花在灯光下闪烁，便立刻转换了话题：

“说真的，刚进门的时候，我觉得有些不认识你了，你变得如此妖娆妩媚。可是聊着聊着，我才发现其实你一点儿都没变，还是那么喜欢思考人生，还是有那么浓的哲学气质，对生活、对社会有那么独到的见解。而且总是能用最恰当的语言表达出来。”

“你是说，我还是那么咄咄逼人？”

“哈哈哈，有那么一点儿，你知道当年我有多么崇拜你吗？”

“你崇拜我？拉倒吧，你当年可是我们班的大才子，随便写篇文章都能登在学校的期刊上，语文老师视你为珍宝，在语文课上动不动就读你的大作。你崇拜我？鬼才相信呢！”

“我作文写得好是不假，可是每次咱们俩辩论个什么事，都是以我的失败而告终。”

“那倒是，我有一张三寸不烂之舌。当时我还以为，你是好男不跟女斗，故意让着我呢。”

“好男不跟女斗？斗不过，当然不斗了！”

“唉！这些花拳绣腿的伎俩，有什么用呢？又不能当饭吃。”

“怎么不能当饭吃。记得有一次，咱们去吃大排档，老板心黑想讹咱们，被你劈头盖脸一顿说，老板最后投降了，免单！那时候，我就觉得谁要是娶了你可就有口福了，天天吃‘霸王餐’！”

“哈哈哈，那是！不过实话告诉你吧，兴许人家老板是看我漂亮才免单的。”

“也对，现在连新闻都流行反转，已经很少能轻易了解真相了。对了，咱这聊了半天，我还不知道你现在是做什么工作的？”

“咱不聊工作行吗？”

“只谈风月，不聊民生？”

“谈人生伤感情。我就是一个无业游民，实在没什么可谈的。”水清说着，脸突然红了。

“不可能吧？我一直觉得你是事业型女孩，我才不信你能闲得下来。再说你英语那么好，想当年，你一口流利标准的英语，迷倒了多少男生，又让多少女孩羡慕嫉妒恨呢，连我们英语老师都不敢挑战你。”

“你真会聊天！你确定迷倒一片男生、让无数女生羡慕嫉妒恨的是我那流利的英语口语？”

“不是，我错了，是你的美貌！”

两人说完又哈哈大笑起来。

“真的不骗你，我在家带孩子。”

“相夫教子也不错，试问这年头，能有几人在家做全职太太的？你是如何做到的？”

“你就别笑话我了，我现在就一‘三无’北漂：无车、无房、无存款。”水清笑了，笑得有些尴尬。

“不，你绝对是‘三有’人员：有健康、有良心、有魅力。对了，你家先生是做什么工作的？”

“他呀，在他舅舅的公司里，帮他舅舅打点生意。”

“他舅舅也在北京？”

“是的，包亿年。”

“包亿年可是大企业家，是咱们那儿的名人啊，公司都上市了吧。难怪你可以安心做全职太太，大树底下好乘凉。”

“唉，靠天靠地不如靠自己。”

“你不用每天朝九晚五，不用挤地铁公交，不用在外面风吹日晒的，最要紧的是，不用天天出去吸雾霾，得让多少女人羡慕啊？”

“冷暖自知。每个人的生活都是具体而细碎的，从事情的表象里，很难完全看到真相。谁也不能揣度别人的感受和判断，不是吗？”

这时，水清的电话响了。“喂，孩子睡了吗？”

电话里李永志说：“刚睡着，折腾了好半天，说一定要等妈妈回来。差不多就回来吧，孤男寡女的，这么晚了不合适啊！”

“有什么不合适的？这孩子都上二年级了，还这么黏妈妈，以后成了个‘妈妈说’可咋办呢？”

“不都是你惯的吗？这么多年一分钱没赚，也没见你把孩子教育得多好。”

水清的脸沉了下来，岔开了话题：“你要跟胡凯讲电话吗？”

“有什么可讲的？早点回来吧。”

“……”水清正想告诉李永志，不用开车来接她，可李永志已经挂断了电话。

“要不你先回去吧，看来，你老公有些不放心。要是我的老婆是校花，我也肯定不放心。”

“你就别笑话我了，没事儿，再坐会儿，十多年没见了，多坐一会儿不犯法吧？”

“他是担心我犯法，担心我把你给卖了，把你给拐骗了。现在骗子这么多，谁保证我就一定不是呢？”

“哈哈，你这么一说我倒真觉得你挺像骗子的。”

“说真的，你回去吧，我给你叫个车。”

“哎呀，没事儿，我这大半年都不出来一回，好不容易出来，还不多坐会儿，在家待着都快发霉了，也该出来晾晾味儿了。再说了他又不是不认识你。”

“他也认识我？”胡凯很诧异。

“他不但认识你，还和你很熟呢。”

“他到底是谁啊？”

“李永志。”

“你说什么？你嫁给了李永志？”胡凯的语气有些夸张，好像听到了一个十分震惊的消息。

“对呀，干吗这个表情？很不可思议吗？”

胡凯突然低下了头，他的心好像被什么东西猛烈地抽了一下，隐隐作痛。他一直以为水清会嫁给某位远方高人，也一直相信她能遇到比自己优秀的男人，谁知她竟嫁给了自己的同桌，那个在他看来平庸粗俗的李永志。他深吸了一口气，抬起头说：“你看我多没出息，把自己的女神拱手让给了我的同桌，难受想哭啊！”

“什么女神啊，我哪是你的女神啊？想当年你的女神有一打那么多啊，ABCDEFG……可就是没我什么事儿。”

“你那么多人追，我哪敢觊觎啊？万一引起公愤，就我这小身板，谁都打不过，想想还是算了，不如与你相忘于江湖。”胡凯心里想，你哪知道，你是玫瑰上的刺，美得作痛；

是冬日里的雪花，纯洁烂漫。可我却只能远远地、安静地看着。胡凯说完，突然一脸严肃：“对了，有件事跟你说。”

“什么事情这么神秘？”

“你知道除了你，还有一个同学也在北京吗？”

“不知道，好像没有别人了，没听说。”

“你自己看。”胡凯递给水清一张名片。

水清看了看名片，突然怔了一下，表情变得异常严肃。

“他也在北京？”

“是的，我也是刚知道的，从一个女同学那儿听说的。我刚才还一直想要不要告诉你，最后还是决定告诉你，大家都快奔四的人了，有些事该放下了。我们不能一直活在回忆里，尤其是痛苦的回忆。”

水清陷入了沉默，许久没有说话，她的眼里闪着泪光。胡凯安静地坐着，没说什么，看到林水清纠结的表情，他突然有些自责。

“我不会见他的，我发过誓的。”过了好久，林水清坚定地说。

“别傻了，17 年过去了，该放下的就放下吧，总不能等到 50 岁吧？怕就怕，有的人还活不到 50 岁呢！这是他的名片，你先收着，告不告诉你是我的决定，见不见他是你的决定。”

水清接过名片，看到上面写着“英国 BL 银行”几个字，突然脸红心跳，全身颤抖。

胡凯伸手握住了她的手说：“你没事吧？”

水清把手从胡凯的手中抽出，端起杯子，喝了一口水：“我没事，我要回去了。”

胡凯叫了的士，把水清送到胡同口，他们分手之前，相约第二天再找个时间见面。

回到家，水清把胡凯给她的名片扔到了垃圾桶里。她走进卧室，闻到一股浓浓的酒气，小亮在永志的怀里沉沉地睡着，永志的呼噜声似乎比平日更响亮了。

那一夜，她失眠了，不知道是因为喝多了茶，还是说多了话，抑或是……

第二天清早，她早早起来准备早餐，一抬头又看见对面"英国 BL 银行"那几个大字。她快速地跑到门口，从垃圾桶里捡回昨晚丢掉的名片。

胡凯走的时候，水清送他去高铁站，看着胡凯走进检票口，她忍不住泪如泉涌。胡凯下电梯之前，回过头看见她泪流满面的样子，好生心疼。他大声地说："林水清，我会再来看你的，一定要保重！"

水清朝胡凯挥了挥手，快速转身，离开了高铁站。

在回去的地铁里，眼泪流到她的嘴边，她尝了尝，那是记忆里青春懵懂的味道。

第四章　双城生活　同行轻生

1

这一天，对于贾青城来说，格外漫长。张总交给他的项目还没有最终结果，他在焦急地等待着。张总只给他一个星期的时间。

北京连着好几天雾霾指数爆表，就连私立医院里也挤满了人，到处都是咳嗽的声音，小惠已经咳了整整一个月了。

他抱着小惠，闭着眼睛，不敢直视窗外。窗外那没有尽头的浑浊，让他感到无边无际的迷茫。他突然好想念香港，想念那里碧蓝清透的天空和自由舒适的空气。他恨不得立刻买上机票带着家人逃离这里。可是安容却十分留恋北京，舍不得放弃她在北京的工作。

每次他说："以咱的经济状况，你完全可以辞掉工作跟着我去香港，安心地照顾妈妈和小惠，犯不着在这里吸雾霾。"

安容却总说："你在那里待了十多年，自然已经习惯了，可是我真舍不得北京，舍不得我的工作，舍不得这里的同事和朋友。再说，我希望孩子接受北京的基础教育，我希望她有北京人格。”

贾青城并不清楚安容所说的北京人格到底是什么，但是他的内心深处，也隐约觉得，让孩子过早地去香港，过早地脱离内地教育，对孩子来说未必是件好事。他在香港多年，虽然一直非常喜欢那里的自由开放的经济和金融氛围，但是他总觉得在这种自由里也隐藏某种危机，尤其是近几年频发的非法“占中”活动，让他清楚地感觉到自由如果超出一定界限，就是暴力，就是灾难。

他总觉得香港的青少年们自以为是的自由状态，以及政府对他们某种程度上的束手无策，正是香港社会潜在的最大危机。青少年们如果不能很好地明辨是非，很容易成为被政治利用的工具，而最可怕的是，这种工具对付的可能正是他们的父母亲人。

有好几次，他遇见非法“占中”的人群，看见他们一边高喊着口号，一边挥舞着拳头，冲撞无辜的路人，他就异常地伤感，内心产生的不是愤怒，而是深深的怜悯。他想，如果有一天，他的女儿也成了其中一员，他该如何是好？他会不会冲上去给她几个巴掌，还是只能无奈地暗自神伤？

他正沉思着，突然听见小惠说：“电话响了。”

青城迅速看了看手机，原以为是张总的项目方面来的电话，没想到是个陌生号码，他有一点儿失望。

电话里传来一个似曾相识的声音：“是我，我是胡凯。”

“胡凯？胡猫？”

“是胡猫。贾宝玉！”

“你怎么知道我的号码的？太令人惊奇了。”

“我从一个美女那里要到了你的联系方式，听说你现在发大财了。”

“没有没有，金融民工而已。”

“这么低调？怕我抢你的钱啊？”

“不怕，不怕，没钱可抢。再说，你也打不过我。”

“你在北京还是香港？”

“在北京，你呢？”

“我在上海。”

“在魔都啊？符合你的气质。”

“哦？我什么气质？”

“猫的气质啊！”

“哈哈，不错，没记住我的美貌，至少还记住了我的气质。对了，上个月我去北京了，就是下暴雪那天。”

“那你怎么没有联系我？不过，那几天我在香港。”

“我就是担心你不在北京，所以没有联系你，省得浪费电话费，我倒是见了另一个同学。”

“哪个同学？是高中同学？我还一直以为，只有我一个北漂呢。”

“我见了林水清。”

“她也在北京？”青城的声音有些颤抖，表情变得严肃。

“我十多年没见她了，上个月也是久别重逢，聊了很多。”

“是啊，十多年没见了，她现在过得怎么样？”

“还不错，她问起了你，但是我没有把你的联系方式给她，总觉得应该先征得你的同意。”

“哦，那倒不要紧，不过真心谢谢你尊重我的隐私，这是社会进步的体现。”

“没错，没错，社会进步了，我们却老了。”

“没想到活泼开朗、幽默搞怪的胡猫也会发出这样的感叹。”

“胡猫也有老的时候，但是贾宝玉却永远不会老。”

“别笑话我了，下次来北京，好好叙叙旧。”

“下次也不知道什么时候了，如果去的话，一定要先约，最好来个锵锵三人行。”

“坑坑三人行！”贾青城打趣道。

“哈哈，到时候一起回忆匆匆那年，我们一起追过的女孩。”

“哈哈，有个工作电话进来了，我先接，方便的时候再给你回过去。”

青城看见美凤进来，急忙挂了电话。

电话的另一头，胡凯欲言又止。

美凤看见青城慌张的样子，问道：“谁来的电话？”

“是一个同学，你不认识的。”

“高中同学？”

“是的。”

“远水不解近渴，那些个不相干的就少联系吧，你工作那么忙，有时间不如多陪孩子聊聊天儿。孩子长得快，眼见着就要上小学了，等你老了，回头一看，连陪她聊天儿的时间都很少，会觉得愧疚，可那时候你想弥补，已经不可能了。”

“是，我明白。”

对于美凤的话，青城从来都无力反驳。

2

晚上，躺在床上，青城呆呆地望着天花板。

“小惠这孩子，耳朵可尖了。”安容搂着她，柔声说。

“是吗？她听到了什么，到你这儿告状了？”贾青城很好奇。

“她说，爸爸真奇怪，今天居然和一只猫打电话，不知道胡猫究竟长什么样，是白猫还是黑猫？”

“真的啊？我还以为她没在听呢。”青城愣了一下。

“到底怎么回事？我很好奇。”安容把脸贴在青城的后背上。

“是我高中同学，胡凯，有个外号叫胡猫。”

“哦？高中同学来电话了？是好事啊！跟你生活了这么多年，几乎没有高中同学联系你，我也一直觉得奇怪。”

“也没什么奇怪的，高考是个分水岭，有的人进了重点大学，有的人上了普通高校，还有的人落榜了，到社会上打拼。有人欢喜有人愁，大家的心情都不一样，所以联系就少了。”

“也对，刚毕业的时候，看见自己熟悉的人比自己考得好，进了更好的学校，内心确实有些不平。可是现在想想，那时的不平都是因为太年轻、太幼稚。现在回头看看，不管考上什么大学，也不管做了什么工作，高中三年的人生都是不可复制的难得的人生。那么叛逆，又那么青春，那么矛盾，又那么纯净。”

“对你来说，也许是这样的. 对我来说，却是不想触碰的回忆，不是不想，是不敢。”

“早点儿睡吧，明天你还要赶飞机。”看见青城语重心长的样子，安容突然转换话题。

她总是这样，明明想问个清楚，却总是在将要得到答案的时候逃避话题。她从来不追问，也不强求，总是先挑起话题，打开贾青城的心扉，又故作无所谓地转过头去。贾青城永远不知道，她究竟想不想知道答案，可是因为他的心扉被打开了，所以常常忍不住把心底的话对她全盘托出，而她总是认真地听，听完以后却又不做任何评论。

贾青城隐约觉得，安容与别的女人不大相同，没有大起大落的情绪，没有似是而非的纠结。她的脸总是一如既往地从容，那种与她年龄完全不符的从容，让他错以为她好似早已历经沧海桑田。而正是这样的从容，让贾青城无论什么时候、面对什么问题都淡定处之，没有后顾之忧。

安容转过头闭着眼睛，假装睡觉。像往常一样，她在等着青城伸手搂住她，开始发自灵魂的动情告白。可是等了好久，他也没有说一句话，她有些失望，他今天的反常行为让她觉得困惑。安容没有再追问，因为那不是她的做派，也不是她的风格。

那一夜，他失眠了，她也失眠了……

第二天，青城飞回了香港，下飞机那一刻，呼吸着洁净的空气，他顿时觉得自由而爽朗，仿佛自己刚从地狱逃回，可一想起自己的家人还在雾霾里苦苦挣扎，他又开始陷入深深的愧疚。

3

到了办公室，Candy 跑过来：

“城哥，表情不大对啊，是不是积分被撸走了？”

“不是。”

“那就是女人被撸走了？”

“也不是啦。”

“不会是节操被撸走了吧？”

“呸呸呸，傻瓜，是心被撸走了。”

“那怎么办，被谁撸走的？”

“话那么多，小心被我开除。”

“我好怕怕呀，千万不要抛弃我，我马上给你准备咖啡，放半杯的糖，甜到你的灵魂里。”

“今天不喝咖啡，喝茶吧。”

“哪家撸的茶？”

“东印度公司的。”

跟了青城3年多，Candy知道，贾青城只有在极度忐忑的时候才会拒绝咖啡，只喝茶，因为咖啡因会扰乱他的情绪。记得Candy刚来上班的时候，有一次，他喝完咖啡哭成了泪人，像个可怜的孩子，吓得Candy怀疑自己是不是倒了威士忌给他喝。从那以后，Candy总是非常小心地察言观色，总是先询问清楚，再帮他准备茶水。

端来茶水，Candy试探性地问：“城哥，你玩觅谈吗？”

“听说过，没玩过。”

“那你真是落伍了，现在全世界都在玩觅谈，比Facebook（脸书）还厉害。”

“夸张了吧？有那么好？”

“真的，据说现在内地人去全世界都不用打电话，直接用觅谈，省了国际漫游费。”

“还有什么高大上的地方？说来听听。”

“比如说，你可以在朋友圈里分享你的生活点滴，也可以看到别人的生活点滴。”

“分享自己的生活点滴就算了，一个搞金融的，不合适。看看别人的生活倒是可以。”

贾青城无动于衷地敷衍着，Candy 有些无趣地走开了。

他端着茶杯，看着窗外，他在看什么，自己也不知道。他的脑海里总是飘过几个字，每飘过一次，他的心就痛一次。他不知道胡凯为什么突然打电话来，十多年没有联系了，就算这样一直到老，到死，也没什么不可以，可是偏偏胡凯要跟自己提林水清，那个让他每听到一次都会颤抖一次的名字。

贾青城下意识地看了看对面高楼的落地窗，往日里，和他一样端着杯子坐在窗前的男子没有出现，他觉得有些失望。就在这时，他看见对面的屋顶上，有一个人影纵身跃下，不一会儿，那个人影悄无声息地落在地上，却又好像发出一声巨响，差点儿震碎他的心。

“又有人跳楼了。”

办公室外面一阵骚动。

Candy 跑进来，看到贾青城颤抖的背影：“城哥，又有人跳楼了。”

青城慢慢地转过身，面对着 Candy，他们看见了彼此眼中的泪光。

“这已经是今年第三个了。”Candy 接着说。

“嗯，我知道，回去吧，张总的事还没着落呢。”

贾青城故作镇定，等 Candy 走后，他快速地走出办公室，坐上电梯，迅速地跑到对面大楼底下，看见黄色警戒线里，一个血肉模糊的男人的身躯静静地躺在地上，无声无息。男人脸部器官已经无法分辨，唯一清晰的是他那利落的短发，一个黑色的眼镜框安详地落在头发上，就像一个道具被故意放了上去。他看着那个镜框，感觉无比熟悉，深信自己一定在哪儿见过。突然，他大叫了一声，这个镜框、这个发型、这身衣服，这个躺着的男人不就是那个和他一样喜欢端着茶杯站在窗前瞭望的男人吗？

他突然觉得一阵恶心，疯狂地跑进厕所，狂吐不止。

等他再回到自己办公室的时候，一切已经恢复了平静，好像什么事情也没有发生。每个人都低头工作，没有人抬头看他，人们甚至都没有觉察他进来，就好像没有人觉察他离开一样。

4

晚上，电视里循环播放着当天的各种新闻，其中一个热门的标题是：中环再现金融男子跳楼，已是年内第三次。然后是各种对于跳楼原因的猜测，以及对于金融从业人员现状的分析。贾青城不敢直视电视屏幕，他隐约看见死者端着杯子，朝他微笑，脸上一副血肉模糊的样子。

关了电视，他把公寓里所有的灯都打开，拨通了手机："是胡凯吗？是我，青城。"

"我知道，这是你香港的号码？"

"是的，这么晚了打扰你了。"

"哪里的话，老同学了，别这么客气。"

"那天匆忙挂了电话，不好意思。"

"听说你很忙，没有时间讲电话，我能理解。"

"谢谢，那个……你那天说你见到那个谁了？"

"是的，我见到林水清了，她也在北京。"

"哦，她过得好吗？"

"具体情况还不是很了解，我也是刚联系上她。一起吃饭的时候，聊了很多，都是高中时候的事情，她的情况没有细问，只知道她嫁给了李永志，现在在家带孩子，没有上班。"

"是这样啊。"

"说真的，我真没想到她会嫁给李永志。"

"为什么，李永志不好吗？"

"也不是，总觉得，水清有更好的人选。"

"阴差阳错，爱情如此，婚姻亦然。"

"不多想了，冷暖自知。对了，那天我正想告诉你水清的号码，你有事匆忙挂了电话，后来你也没有再打来。"

"抱歉，我忙起来就忘了给你回电话了。"

"没关系，我理解，咱们加个觅谈吧，我把水清的联系方式发给你。"

"我还没觅谈账号，你发短信给我吧！"

"好的，我把水清的电话号码和觅谈账号都发给你吧。"

"好的，谢谢你。"

"都说了，老交情，别那么客气，你总说谢谢，见外了。"

"好的，那我就不客气了。"

"青城，十多年了，放下过去，大步往前走吧！"

"我知道，人生苦短。"

贾青城的语气格外平缓，却让人觉得无力而沧桑。

“青城，我真希望，我们还能像过去一样，我们三个……”

“但愿。”贾青城挂了电话。

胡凯隐约觉得，贾青城变了。高中时才情兼备、风流倜傥的贾宝玉不一样了，可究竟哪里不一样了，他也说不清楚。

5

送完孩子，水清在胡同口遇见张嫂。

“水清，我今天想去对面的商场逛逛，听说那里店庆，打折，一起去吧？”

“我还是不去了吧，没有什么需要买的。”林水清犹豫了一下。

“水清啊，不是嫂子话多，女人哪，对自己好点儿。男人们一天到晚都说喜欢贤惠的女人，恨不得女人每天含辛茹苦地把自己伺候得跟个皇帝似的。等女人终于熬成了老妈子，男人又开始说：你看你，一天到晚蓬头垢面的，也不收拾，成天忙活家里的破事，能有点儿出息吗？”

水清没有搭话，静静地听着。

“男人们总说：你说我不带你出去，我怎么带你出去？看别人带出来的小媳妇，一个比一个漂亮，我带你出去，那不是自讨没趣吗？”张嫂滔滔不绝。

“张嫂家的大哥这么说过？”水清问得有些小心翼翼。

“男人们哪敢直接说的，可他们的眼神和做法，就是这个意思。那些敢直接跟你这么说的，说不准还是真心对你的。”

“难怪张嫂每天打扮得那么漂亮，原来是把男人看透了。”水清笑了。

“看透了？我敢说天下没一个女人有能力把男人看透，都说女人心海底深，男人的心那才是无底洞呢。跟你在一起的时候，让你觉得你就是他的天、他的海洋、他的全世界。可是到了另一个女人面前，他又说人家是他的银河、他的宇宙。”

“哈哈哈，张嫂，你真幽默。”水清忍不住哈哈大笑。

“所以，你就别计较太多。男人都是平行思维，他们总觉得他们会分身术，在你的时空里和在别的女人的时空里，他是平行存在，最好永远不要有交集，相安无事，互不伤害。这样他们就可以同时享受两个甚至更多女人的温情。”

“这么说来，男人们智商堪忧啊，天下哪有这么好的事啊？”

“有啊，你没看新闻吗？有个香港的男星，还是个跑龙套的，家里有三房太太，同住一个屋檐下，同吃一桌饭，相安无事，情同姐妹。”

“我才不相信她们真的可以做到和睦相处，一定是新闻夸大了，或者是，她们隐藏得太深了。”

“这你就不懂了，当一个女人很爱一个男人，或者很需要一个男人的时候，她是可以很卑微的，可以完全抛弃自己的尊严和理想，完全被吸附在一个男人的世界里，完全迷失自我。”

“那一定是那些有毛病的女人，我是绝对做不到的。如果我不是男人的唯一，我宁愿不要男人。难道张嫂可以忍受？”

听水清这么一问，张嫂的脸突然红了。

“我跟你一样，肯定受不了！”张嫂笑了，笑得有些尴尬。

“张爱玲说，爱一个人，会卑微到尘埃里，然后开出花来。可是我总觉得，那些卑微的爱情开出的花朵是扭曲的、丑陋的，甚至压根儿开不出花来。”

张嫂看见水清一脸的严肃，突然不知道说什么，她立刻转移了话题："你到底去不去逛街啊？咱们去吃个饭也行，不一定要买衣服，有合适的折扣咱们再买。"

"行，走吧，我也好久没去了。"

"好，我请你，咱姐俩今天潇洒一把。"

来到了对面的大楼，走进大门，水清才发现，原来这栋大楼里面有一个高端大商场，里面有许多她没有见过的国际大牌。

张嫂拉着她在不同的化妆品柜台间来回转悠，给她介绍各种牌子的特点，还不停地让她试用。张嫂觉得水清就是一个完美的模特，水清却觉得自己像个木偶被来回摆弄。

几个柜台试过来，水清的脸发生了巨大的变化：暗沉的脸颊变得粉红；在眼影和睫毛膏的帮助下，眼睛里发出一种摄人心魄的光芒；嘴唇像两片花瓣，娇嫩欲滴。

"你再看看现在的自己是不是不一样了？"张嫂把她拉到镜子前。

水清看着镜子里的自己，顿时瞪大了眼睛，她从未想过，原来自己也可以这么美丽。

"想不想买一套？"张嫂眉飞色舞。

水清凑近张嫂耳朵，小声说："张嫂，你别开玩笑了，这一套下来，永志一个月工资都没了。"

"也是，等你们家永志发达了，你就可以随便买了。"

"等他发达？且等呢，还不如等我儿子长大了给我买。我儿子还说要给我买别墅，买跑车呢。"

"小家伙，人小鬼大。小亮这孩子，一看就有出息，你以后一定是享福的命。”

“但愿吧，托张嫂的福。咱们吃饭去吧！”

水清和张嫂来到了一家港式餐厅，她们找了个挨着窗子的位置坐了下来。餐厅里坐满了人，看样子大多是大楼里的上班族。她们点了螃蟹粥、肠粉和凤爪。

“这家的凤爪好吃，一定要点，肠粉也不错，听说你最喜欢吃肠粉。”张嫂言笑自如。

“你怎么知道我喜欢吃肠粉？张嫂不是北方人吗，也喜欢广东菜？”水清有些纳闷，记忆里她从来没有跟张嫂提过自己喜欢吃什么。

“早年在广东待过，到现在还怀念那里的小吃。北京很多港式茶餐厅都是徒有虚名，味道一点儿也不正，这一家还算不错了。”

“平时看张嫂每天窝在胡同里，没想到张嫂对美食和化妆都这么有研究啊！”

“瞧你说的，你张嫂也年轻过，也风光过的，我年轻的时候可不比你差。”

“必须的，张嫂一笑倾城，我哪敢挑战啊！”

“你这张嘴啊！”

她们相视而笑。

水清一边吃着，一边悄悄打量坐在对面的张嫂：她皮肤白皙红润，一头栗棕色的卷发既光泽亮丽又富有弹性，稍胖的身形凹凸有致，说起话来眼睛闪烁着深邃的光芒，抑扬顿挫的语调和丰富的肢体语言俨然一副半老徐娘风韵犹存的样子，怎么看都不像是五十好几的人。水清隐约觉得这个女人有故事，而且是充满传奇色彩的故事。

吃到一半，张嫂去了卫生间。

水清看到对面坐着一桌人，穿着一样的工作服，胸前都戴着一个牌子，上面写着“英国 BL 银行”。水清这才意识到，自己正置身于这个无数次与她目光碰撞的大楼。

她从钱包里拿出胡凯给她的名片，名片下面的地址写着“腾宏大厦”。她恍然大悟，原来他就在这个楼里上班。她连忙用手遮住了眼睛和脸颊，从指缝里环顾四周。她想，如果他也在这里，那该怎么办？是大大方方地上去打招呼，还是该狼狈地逃开？她一个人坐在那里，脸红心跳，不知所措，突然又有些懊恼：张嫂为什么还不回来？去趟厕所，用得了那么久吗？

她从指缝里，细细地观察每一个人，确定没有人长得像贾青城，她才慢慢地把手放下。

大约半个小时以后，张嫂回来了，手里拎着一个袋子：“让你等久了。”

“没事，没事。袋子里是什么？”

“哦，刚买了个东西。”

水清看张嫂的表情有些诡异，没有细问。

吃完饭，她们从扶梯下去，正准备走出商场的大门，林水清好像听到有人在喊自己的名字，她转头一看，没有看见任何人，她怀疑自己是否产生了幻觉。

回到家，张嫂到林水清家的小院子坐了下来，把手里的袋子递给了林水清：“送给你的。”

水清吓了一跳，连忙推开袋子：“张嫂，你怎么……不可以的，你自己一个人生活不容易，怎么可以给我买？这么贵的东西我不能收。”

“傻孩子，拿着吧，嫂子不差这几个钱。”

“张嫂，你留着自己用。我平常带孩子，没有心思也没有时间化妆。”

“买都买了，打折的商品又不能退。我家里这些东西多着呢，你必须收下，不然我就生气了，不当你的嫂子了。”

水清看着张嫂坚定的表情，只好把袋子收下。那一刻，她的脑子突然断片儿了，心里有种难以形容的矛盾。

她感恩张嫂的热情融暖，却又讨厌张嫂眼神中淡淡的怜悯。这种既爱又恨的感觉，让她接下来的几天见到张嫂的时候都觉得十分尴尬。她一直没有打开袋子，她害怕看到里面的价格标签，那标签上的数字，似乎是一种对她的嘲弄。

第五章　京秋忆　初重逢

1

贾青城翻来覆去地看着胡凯发来的短信，上面有一个手机号码和觅谈账号。他小心翼翼地按下手机号码，停了一分钟后，按下拨号键。

手机通了，正当他搜索枯肠要说些什么的时候，电话里传来一个熟悉的声音：您拨打的电话正在通话中，请稍后再拨。

青城莫名松了一口气，这时 Candy 正端着咖啡进来。

青城对她说：“小甜甜，帮我弄个觅谈账号吧？”

“哦？今天嘴巴这么甜，还要觅谈账号，到底发生了什么？”

“小孩子家家的，少管大人的事。”

“动不动以长辈自居是不够自信的表现哦。说真的，怎么想起玩觅谈了？”

“我玩觅谈很奇怪吗？我就那么迂腐沉闷？觅谈和我一样都是时代的产物。上回不是你滔滔不绝地跟我吹嘘那个社交软件的高大上吗？”

“觅谈是时代的产物，没错。城哥是行业的产物，是历史的产物。”

“好好，我投降，说不过你。”

“那你是想用手机注册，还是……?”

“手机注册是说给别人账号的同时，也就给了别人手机号?”

“没错!”

“不好不好，这样太不安全了。”

“明白了，交给俺了！一秒钟帮你搞定。”Candy 拍着胸脯说，“取个什么样的昵称?”

“就用我自己的名字吧。”

“不好不好，一点儿神秘感都没有。昵称一定要有美感、文艺范儿，或者沧桑感，这样才吸引人。”

“吸引人干什么？不就是一个新的联系方式吗，不用那么故弄玄虚。”

“在虚拟的网络世界里，一定要杜撰一个全新的自己，一定不能让别人猜出你的本我，知道吗？你甚至可以把性别写成女的，用一个极其性感的女人的头像，比如说我的头像，嘿嘿。”

“打住，累不累啊？还女人的头像。目的是什么？能得到什么好处?”

“这样会有很多人加你，和你聊天儿，甚至会有许多人迷恋你啊。”

“迷恋我，然后呢?”

“就迷恋你啊，这就够了，还要什么然后?”

“那有什么意义？我还以为有真金白银呢!”

“有啊！你没看新闻里，很多老男人假扮成性感妖娆的女神，骗了好多钱呢！”

“合着你是鼓励我去诈骗啊？”

“不是啦，只是跟你阐述了一种可能性。这个时代每一种科技的进步都会带来意想不到的可能性，也许好，也许坏。”

“好的是什么？坏的又是什么？”

“好的是便利，坏的是隐患。”

“明白了，就像各种网络支付手段，是方便了人们的生活，但是也给骗子和小偷制造了许多机会。”

“一点就通啊，智商没问题。不过，城哥，不是我说你，你就是太俗了，什么都往钱看，这个世界上有许多与钱无关的东西也是很美好的，比如说爱情。”Candy 双手托着下巴，故作可爱地眨眨眼。

“我不往前看，难道要往后看？爱情是什么玩意儿，没听说过啊，又是一种新发明？”

看着贾青城装糊涂，Candy 悻悻地说：“真不会聊天儿，老男人，真没劲！”

“我不是老男人，我是老司机，哈哈。”

“到底取什么昵称，‘枯城往事’怎么样？饱含历史感和沧桑感。”

“一个字，城；两个字，青城。你选！”

“那就‘城’吧，至少有点神秘感。搞定，我把我自己加入你的好友了，我很荣幸成了你第一个好友。”

“这么快啊！”

“是啊，没什么技术含量，动动手指头的事情。还要加谁，我帮你。”

"你帮我，不如你教我！"

Candy 把查找和添加好友的方法教给了贾青城。

贾青城输入水清的觅谈账号，点了查找，一会儿页面上蹦出一个小小的头像，头像下面写着"水清"两个字。

青城盯着头像，细细地看着，脸上露出淡淡的笑容，好像在欣赏自己心爱的艺术品，嘴里念叨着："如果能放大就好了。"

"可以放大的，我教你。水清？" Candy 的声音把青城吓了一跳，他刚才已然忘了原来她一直站在自己身后。

"不用，不用，我自己慢慢琢磨吧，你快干活儿去。"

"城哥，干吗这样怼我，好像我撸了你的积分一样紧张。等她通过了你的好友申请以后，你就可以看她发的朋友圈了。如果她喜欢晒自己照片的话，你可以经常看到她的样子，嘻嘻。"

"好了，知道了，谢谢高手指点。"

"一句谢谢就完了，连顿饭都没有？"

"有啊，等你找到老公，我连他一起请。"

"又来了。" Candy 灰心丧气地走开了。

2

看到觅谈里，一个署名为"城"的人的好友申请，水清犹豫了许久，最后还是点了通过。城的头像是一个卡通画，画里一个父亲拉着女儿的手。水清细细地欣赏着，心想：看来青城也已为人父。

就在这时，青城发来一个笑脸。

水清也送去一个笑脸。

“是我，青城。”

“你好！”

“你好，好久不见。”

“是。”

“下周我回北京，一起吃个饭吧？”

水清想着拒绝，可是她的手却不听使唤地输入了“好”。

“你喜欢吃什么，法餐还是中餐？”

“我都可以，没有什么特别喜好。”

“那我就自作主张了？”

“嗯！”

“你应该也有孩子了吧？”

“是的，有一个儿子。”

“那我定好饭店提前告诉你，好让你提前把孩子安顿好。”

“好，谢谢！”

“那我先忙了，回见！”

“回见！”

水清捧着手机，久久没有放下。她的心有一些灼痛，好像被什么东西烧焦了一样，可是她的眼睛里却发出一丝温柔幸福的光芒。

两天后，青城发来觅谈：“周三早上10点钟，鼓楼大街×××号，京秋忆，不见不散。”

“不见不散。”

“京秋忆……”水清嘴里默念着，多么有意境的名字啊！去这样的餐厅，会不会要穿正装、晚礼服之类的？这些年忙着带孩子，总是一身休闲装，怎么舒服怎么来，连一件像样的裙子都没买过，更别说是晚礼服了。怎么办？不然明天到对面的商场逛一逛，买件差不多点儿的，能上场面的？可是过了一会儿，她又把这种想法完全否定了：不就吃顿饭吗？用得着这么大动干戈吗？还要专门跑去买件衣服，既花时间，又花钱。最要命的是，这么做让她自己都觉得有些可悲，有故意谄媚的嫌疑。

于是她决定从旧衣服堆里，找一件合身的连衣裙对付一下。她把压箱底的衣服全都翻了出来，确实有几件看着不错的，可是都太小了，不管她如何努力地收腹挺胸，还是穿不上。几件衣服试下来，她已经满头大汗，又有点儿懊恼，觉得青城的出现简直就是徒增自己的烦恼，原本在自己的世界里游刃有余的她，突然变得有些狼狈不堪。

就在这时，张嫂走了进来，看见水清一脸无奈地坐在一堆衣服里，张嫂瞪大了眼睛。

"天哪，水清，你这是在干什么？"

"张嫂，没什么，以前的旧衣服，翻出来看看还能不能穿。"

"你这是要把家给抄了？"

水清看见张嫂一脸坏笑，也笑了起来："你就别笑话我了，我正郁闷呢！"

"郁闷啥，郁闷当年的漂亮衣服都上不了身，只能眼睁睁地看着？"

"可不是嘛，没觉得自己长胖了，一试衣服才知道，胖了不是一星半点儿，差了至少两个码。"

"那有什么关系？女人的风韵是时光雕刻出来的，你这个年龄，正是女人最美的时候，是男人为之陶醉的时候。”

“张嫂，就你会安慰人，我现在就是黄脸婆一个，哪儿有什么韵味?”

“这你就不懂了，你是太随性了，没有打扮，你要是一打扮，保准把好多女明星都甩出好几条街去。”

“张嫂真会哄人开心。”林水清笑了，谈笑风生似乎是张嫂与生俱来的能力。

“你说老实话，怎么心血来潮要试旧衣服？到底什么情况?”

“没什么，一个高中同学，多年没见，约我吃饭，想着总不能穿着运动服去见人家吧。”

“你这高中同学铁定是个男的吧?”

“嗯，是男同学。”

“我一猜就是，女为悦己者容，这个男同学来头不小啊!”

“就一普通同学，没什么特别的。只是多年未见，总觉得见面的时候不能太寒酸，怕人笑话。”水清说着，脸变得通红。

张嫂见状没有细问：“不行你试试我的裙子，咱俩体型差不多。你等着，我去给你找找看。”

“不用了，我自己去买一件好了。”

“没事的，我那些衣服挂在柜子里也有一阵子没穿了，能派上点儿用场也是价值的体现。”张嫂说着，快速走回了自己家。

水清站了起来，把旧衣服一件件地放回箱子里。她等了一会儿，见张嫂还没过来，就径直走进了张嫂的院子，看见张嫂正背对着她，在卧室的柜子里翻找着。

张嫂听见水清进来的声音，慌忙地要关上柜子，这时，柜子上面的相框掉了下来，玻璃碎了一地，碎片底下是一张黑白照片。照片里，一个妙龄女子正偎依着一个英俊的男子，男子前面坐着一个四五岁的小女孩。看得出来，那女子正是年轻时候的张嫂，那男子水清好像在哪儿见过。水清正要俯身去捡照片，张嫂快速地蹲下捡了起来，拿在手上停顿了几秒，水清觉得万分尴尬。

“张嫂，给你添麻烦了。”

水清以为张嫂会把照片收起来，谁知张嫂却把照片举到她面前说：“你看包总年轻时候多么帅气啊！”

水清定睛一看，那男子的确是包总。水清心里慨叹：年轻时候的舅舅原来这么英俊啊！

“我和你舅舅是多年的好朋友了，我们俩几乎是同一年搬到这里的，邻里邻居的，经常一起玩。这是我们一起去郊游的时候拍的，拍照的人是包总的太太，也就是你舅妈，她和我也是要好得很。”

“哦，年轻真好啊，不过张嫂现在也不老，依然漂亮。”水清本想问张嫂，照片里的小女孩是谁，看张嫂一脸不自然，她欲言又止。

“老了老了，前几年包总回这个胡同，看到这张照片还说，不知道的人还以为我和他是一对呢。哦，对了，照片里的小女孩是包总朋友的孩子，看见她那么可爱，就一起合了个影。”

“哦，是这样啊，你们俩年轻的时候还真挺配的。”

“不敢不敢，我哪儿比得上你舅妈啊，才貌双全，善良大方。你试试这件。”张嫂放下照片，从柜子里拿出一件宝蓝色的蕾丝裙递给水清。

水清穿上裙子，张嫂惊叫了起来："天哪，太美了！你看这腰身，这颜色，这裙子简直就是为你量身定做的。"

水清走近镜子看了看，脸上露出了满意的笑容："张嫂，那我就不客气了。"

"客气啥？你喜欢我的衣服，不是刚好证明了我的眼光和品位吗？对了，你见同学之前，别忘了化个淡妆。"

"是，化妆品是你给的，衣服是你的，我这心里可不是滋味了。"

"瞧你说的，是你不嫌弃我这个老太婆。赴约前，我帮你化个妆。"

"不用了，我的好嫂子，哪能事事都劳烦你呢。不过我确实要向你学习，你一直坚持美容化妆，皮肤保养得那么好。有时候，看你走在胡同里，简直就是女神下凡。连我家永志都说，张嫂身上好像有一种光芒，她走过胡同的时候，感觉整个胡同都亮了。"

"这个李永志，该打了，放着自己这么漂亮的老婆不夸，来夸我这个老太婆。"张嫂笑了，自豪里带着几分刻意的羞涩。

"他呀，也就追我那会儿，把我夸得像花一样；结了婚有了孩子以后，把那些赞美的话都丢到天涯海角去了。有时候，我穿件新衣服问他好不好看，你猜他怎么说？"

"怎么说？"

"他说，这衣服不是早就有吗？你穿什么我看着都一样。事实上，你穿什么，穿或不穿，在我看来没什么区别。"

"哈哈哈，永志这孩子心眼儿实诚，可是水清啊，想明白了，花言巧语也不能当饭吃。”

“嗯，我先回去了，那裙子我先拿着，回头洗了再还给你。”

“别，千万别洗，我自己洗，这裙子得干洗。”

“哦，我明白了。”水清走出了张嫂家的大门，一脸轻松，像是刚解决了一个棘手的问题。

3

周三，水清送完小亮，回到家洗了个脸，从袋子里取出张嫂送的化妆品：一个XNER的粉饼，一盒LK的眼影，还有一支XLL的唇膏。本来想看看盒子上的价签，算一下总价，可她看看表已经9点多了，快来不及了，她慌忙地把各种化妆品都用了一遍，换上那件宝蓝色蕾丝裙，穿上了黑色高跟鞋，拎着包，慌忙走了出去。她站在胡同口好一会儿才打上车，到京秋忆门口的时候，已经10点10分了。

她快步走进餐厅大门，环顾四周，直到听见一个熟悉的男人的声音：“水清，这里。”

她朝着声音看过去，一位俊朗的男子正向她招手，正是青城，没错，还是十多年前英姿飒爽的样子。青城站了起来，帮水清把椅子拉开，示意水清坐下。他的身体挨着她的手臂，突然，她闻到一种久违的、熟悉的气味，那不是香水的味道，那是青城的体味，独一无二、绝无仅有的青城体味。

青城在水清的对面坐下，他看了一眼水清，视线停留在她那闪闪发亮的耳坠上。那是一个雪花形状的水晶耳坠，还是他在高中的时候送给她的。耳坠在灯光下闪着细碎的光芒，那光芒，让他有些迷失，有些慌张。

这时，服务员拿来了菜单，青城才回过神："不知道你喜欢吃什么，就让你来这里，有些冒昧。"

"没有关系，我是个十足的吃货，各种美味，来者不拒。"

"我也是吃货，恨不得吃遍天下无敌手。"

"你真的一点儿没变，还是老样子。"

"得了岁月的厚爱，本该刻在脸上的皱纹，全都刻在了心上。你也没变，只是更漂亮了。"

"哦？以前你撒谎的时候会脸红，现在也一样。"

"不是吧，这都被你看出来了？看来我城府不够深，革命尚未成功，同志还需努力。"

水清淡淡一笑，转过头去，看了看窗外。这时她才发现餐厅中间有一个大院子，院子里有几棵白玉兰，院子的每个墙角处都装着人工喷雾，水雾袅袅升起，像白色的蝉翼，在绿色的树叶间缓缓流动。水清想：难怪在这里丝毫感觉不到雾霾的存在。

"水清，你想吃什么？"

水清转过头，看见青城正举着菜单，目不转睛地看着她，她感觉自己被什么电了一下，全身变得酥软。那股电流从她的眼睛快速地流向她的心脏，然后，她的眼神变得迷离，眼睛里充满了泪光。朦胧中，她也仿佛看见了他眼里的泪光。

"先生、小姐，你们先看下菜单，选好了再招呼我。"

服务员的话把他们从思绪里惊醒，他们各自低头看菜单。

菜单里，大多是水清从未见过甚至没有听过的菜品，她不知道怎么选，想要问青城，却又觉得不合适，最后随便挑了几样，就报给了服务员："美人米，竹荪蛋和定心汤。"水清想：

菜名如此稀奇古怪，不会是什么山珍海味吧？

水清低头选菜的时候，青城偷偷地打量着她。他隐约觉得她有些不一样了，她的眉毛比记忆里要浅得多，也许是修过的缘故吧？高中时候白白嫩嫩的婴儿肥已经不见了，原本圆圆的下巴也变得尖了，嘴唇的线条更加分明流畅，唯有嘴角的两个梨涡依然活泼生动，笑起来还是一副天真无邪的样子。

等到青城点菜的时候，水清也偷偷地看着他。他脸型饱满，浓眉大眼，鼻梁高挺，皮肤光滑，看不到一丝皱纹，唯独他的眼神总有些飘忽不定，有时候是淡淡的沧桑，有时候是烈烈的渴望。

点完菜，服务员走开了。

气氛变得有些尴尬，好像从三人世界又回到了二人世界。青城看见水清的脸上有几道红晕，他想：她还是那么害羞，害羞的时候总是一脸的不自然。

“听说你嫁给了李永志？”贾青城搜索枯肠，想找一个合适的话题，不知怎么的，竟脱口而出，问起了李永志。

“一定是胡凯告诉你的吧？胡凯这个大嘴巴。”

“是，你们怎么样？”

“我们？”

“你和李永志过得怎么样？”

“还不错吧，你呢？”

“我呀，也不错，没想到你会嫁给李永志，我一直以为你会嫁给胡凯的。”

“胡凯？为什么？怎么可能！胡凯是我的闺密。”

“那我呢？”

"你啊，我也不知道。也许是男闺密吧？"

"哈哈，这么说，胡凯是女闺密了？"

水清也笑了笑："咱们三个人，以前多开心啊！"

"是啊，现在想起来，还很怀念。"

"还记得醒目刚上市的时候，我请你们到我家来尝鲜。胡凯打开盖子，喷了他一脸，他一气之下把醒目全喝光了，一口都没剩。咱俩大眼瞪小眼，一脸无奈。"青城笑了起来，露出一嘴的白牙，他的笑容总是那么生动，仿佛会发出暖光，驱走人心头的昏暗。

"是啊，没想到你还记得，我还以为这么多年过去了，你早就忘了。"

"怎么会？有的东西很难忘记。刚上高中那会儿，我常常看见一个女孩穿着一身黑色，站在桂花树下，好像在哭的样子。我总是远远地看着，一心想去问个究竟，可一直都没有勇气。终于有一天，我鼓足了勇气向你走去，看见胡凯也正朝你走去，我快马加鞭，抢先一步。我估计当时，胡凯恨不得狠狠揍我一顿。后来我才知道，你在桂花树下哭的时候，除了我，还有好多男生都在远远地看着，都想过去打个招呼。"

"真的假的？那么多人看着我哭，多丢人啊！"

"不是丢人，是迷人！"

水清的脸又红了。她爱脸红，像是绝症，无药可治。

"学校操场那几棵桂花树，就像我们的老朋友一样，有事没事，我们都喜欢往那树下跑，闻着浓浓的花香，把什么烦恼都忘了。"

"是啊，我们还喜欢绕着操场走圈，一圈又一圈，有时候上课铃响了，我们都不知道。”

“是啊，有一次，你和一个同学打架。”水清突然意识到什么，停了下来，她特意看了看青城的表情，好像一个无辜的孩子等待着家长的同意。

青城连忙说：“不要紧，随便聊，都过去那么多年了，很多事情都是青春的回忆，回忆里的青春。那是一个下雨天，我和你一起在操场上走圈，我跟你说，我不是个好孩子，犯了错误，让我爸妈操心，我听到他们绝望的叹息声，心如刀割。这些你也记得?”

水清点点头，心想：她怎能忘记?当时，她低着头，跟着他在操场上一圈一圈地走。听着他的叹息声，心里隐隐作痛，她的泪水和雨水一起掉落在泥土里，溅到她黑色的皮鞋上，皮鞋成了泥鞋。回到教室，他让她把皮鞋脱下来，她不知道什么意思，只是照做，等她再穿上皮鞋的时候，上面的小泥点全都不见了。

想到这里，她转头看向窗外。窗外，玉兰树的叶子在微风中轻轻摇曳，青城看到她眼里的泪光，他的眼睛也湿润了。

不一会儿，服务员端上菜品，水清心生好奇，想问服务员美人米是什么，可是又怕人觉得自己没见过世面，于是假装很熟络地说：“这个美人米看起来很不错，颗粒饱满，色泽鲜亮。”

“没想到你对美人米这么有研究啊。这个菜在市场上不多见，一般只在素食餐厅里有。”

水清微微一笑，暗想，原来这是素食餐厅啊！以前只是听说过，从未尝试过。传闻素食餐厅都是佛教徒爱去的地方，看青城和服务员熟络的样子，应该是这里的常客。

“也是碰巧，刚好比较钟情美人米，要是换道别的菜就不一定知道了，比如说这个。”水清指着一个圆形器皿，器皿上放着看似乳酪的东西，器皿和乳酪之间飘出一股白色的烟雾。

“这个啊，就是普通的乳酸杧果饮，烟雾不过是个道具而已。”

“真是别出心裁啊，看起来让人心生宁静。如果我能把每天的饭菜都弄得这么有意境，小亮应该会很喜欢吃饭吧？”

“小亮是你儿子？”

“是的，不好意思，当妈的人一不小心就念叨起儿子了。”

“理解，我也是当父亲的人了。我对女儿也是束手无策，宠溺得不要不要的。”

“看你，一说起女儿，连眼睛都笑了。”

“是的，她给了我太多快乐，只可惜，我陪她的时间很少，内心总是觉得愧疚。”青城说着，表情变得有些严肃，立刻转换了话题：“不说这些了，说些有意思的事情。”

“什么事情有意思？”

青城正要回答，就在这时，他的电话响了。青城接了电话：“您好，刘总。如果想在我们银行开户，个人资产必须达到5000万美元以上……”

水清知趣地低头吃东西，她用勺子舀起一些美人米，慢慢地往嘴里送，然后细嚼慢咽，用心地享受美人米独特的味道和口感，有些香糯，又有些筋道。她心想：原来，这世间真有一些东西是那么独具匠心、精致美好，是自己从来没有遇见过的，也不是轻易能遇见的。就像这院子里的喷雾，餐厅入口处的竹林，都充满了绵绵禅意，让人仿佛置身世外桃源。

青城接完电话，看见水清正安静地吃着美人米。她的眼睑低垂，睫毛又黑又长，高挺的鼻子精致玲珑，人中线条清晰流畅。她的身上透着一种纯美，又带着几分性感。

“好吃吗？喜欢的话，再来一份。”青城的话打破了沉默。

“挺好吃的，不过吃一份就够了，吃多了，味道就变了。”她抬起眼，看见青城正专注地看着自己，她又害羞地低下头，继续吃她的美人米。

“这家餐厅的食材用料都是甄选的上品，餐具、菜式、设计和环境也是独具匠心，绝不糊弄食客。”

“食客？看来上学的时候多学文言文还是有用处的。文绉绉的，听起来很有文化的感觉。”听到“食客”一词水清忍不住笑了。

“高中的时候，文言文是我的强项，我自己也特别喜欢读，我还用文言文写过情书呢。”贾青城也笑了。

“哦？不会吧，人家女孩能看懂吗？”

“那得问你啊。”

水清明白青城的意思，脸又红了。

“我写了好几封，一直不好意思给你。”

“你是怕我水平太低看不懂吧？”

“我是怕你看不懂去请教胡凯，哈哈。”

水清大笑着，露出一嘴羊脂玉一样的白牙，嘴角的梨涡忽左忽右，灵动迷人。

青城看着她轻轻搭在桌沿的右手，像子姜一样细长，他情不自禁地伸手想要去触碰，水清却下意识地把手缩了回去，端起了茶杯。

青城悬在空中的手有些无趣地挪向了桌角，假装若无其事地拿起了手机。

水清喝了一口茶，放下茶杯，双手托着腮帮，漫无目的地看着窗外，似乎是故意逃开青城的视线。他们又陷入了沉默，直到服务员又端上来一个菜。

“你知道这个菜叫什么？”

“不知道。”

“这个叫‘金刚砂豆腐’。”

“金刚砂不是一种矿物质吗？好像还有毒，怎么能用来做菜？”

“我相信此金刚砂非彼金刚砂，应该可以吃，就算你不相信他们，也至少相信我，因为我吃过很多次了，至今还好好活着不是吗？”

“如果是温水煮青蛙就不一定了，现在很多餐厅为了赚钱，搞各种噱头，有的都不管人死活。”

“如果真的有毒也不要紧，在这个禅意绵绵的地方，和你一起死去，也是一种美啊！”

“要死你死，我可不陪你，我上有老下有小的，我家儿子还等着我回去做饭呢。”

说完他们相视而笑，谈话的气氛轻松活跃了很多。

他们相谈甚欢，不一会儿就到了下午 2 点。水清告别了青城，打了个的士，往小亮的小学赶去。水清上车前，青城递给她两个袋子，水清问是什么，青城说回家再看。

青城站在餐厅门口一直看着，直到水清的车消失在视线里。

4

因为堵车，水清到小学门口的时候，已经快下午 3 点半了。站在门口保卫室苦苦等待的小亮，看见林水清焦急地跑过来，有些生气地说：“妈妈，你怎么迟到了？我们班这么多家长，就你迟到，你到底干什么去了？”

“对不起儿子，妈妈今天看错表了，下不为例。”水清连忙道歉。

“看你是第一次犯这种错误，先原谅你，下次可不能再这么糊涂了。万一我被坏人带走，拐卖了去要饭，你和爸爸得多想我，多可怜啊？”

“是，儿子说的没错，爸爸妈妈一定要好好看着小亮，一定不能丢，不然，爸爸妈妈都不知道去哪里找小亮。小亮也要学会保护自己，不能轻易相信陌生人的话，不能吃陌生人给的东西，不能上陌生人的车。”

“妈妈，你说的这些都是废话，那么傻的事情我怎么可能会做呢？”

“那就好，那就好！”

回到家，小亮开始写作业，水清趁机打开青城给的袋子，其中一个袋子里是一瓶 XNE MM 小姐香水，另一个袋子里是一个圆形器皿，和京秋忆餐厅里装杧果乳酪的喷雾器皿是同款。器皿里塞着一张纸条，上面写着：看你那么喜欢这个器皿，就跟服务员买了一个，多年未见，见面送你一个像碗又不是碗的小梦想。

水清笑了，笑得很甜。

她把香水藏在衣柜的角落里，把“碗”放在餐桌上。

晚餐的时候，永志看到水清用那个“碗”装鸡蛋给小亮吃，不屑地说：“你刚买的？吃个饭整的跟餐馆似的，累不累？”

“今天我去家乐福，看见门口卖这个东西，觉得好看就买回来了。”

“真是没出去赚钱，就不知道赚钱的苦，买这么不实用的东西干什么？花钱得花到点子上。”

“没多少钱，几块钱的事。”

永志细细地观察这个“碗”，突然说：“不对，这个碗我好像在哪个餐厅见过。想起来啦，那个餐厅叫京秋忆，是个素食餐厅，里面的东西挺贵的。”

水清小心地问：“你去过？我都没听说过。”

“我跟舅舅经常去那里。舅舅的很多朋友都吃斋念佛，那个餐厅是素食餐厅，在北京城数一数二的，难怪我看这玩意儿很眼熟呢。”

“是吧，一定是一些小商小贩做的山寨版，现在什么都有山寨版，连个破碗都有人拷贝跟风。”

“应该是。不过这个碗，山寨得还是有些水平的，跟餐厅里的一样好看。”

“连你都开始懂得欣赏好看的餐具了？”水清把手搭在永志的肩上，笑着说。

“好看的东西谁不会欣赏啊，只是没那闲工夫而已。”

这时，在一边的小亮说：“爸爸，欣赏这些东西会浪费时间的，你看妈妈就因为去买了这个碗，没有按时来接我，我在保卫室等了好久。”

“什么？你因为逛街，连接孩子都迟到了？你是怎么搞的，你这一天到晚脑子里想什么呢？就这一破碗，值得你忽略了孩子吗？”李永志勃然大怒。

“够了，够了，我这不是什么也没耽误吗？”林水清低下头，不敢直视他的横眉怒目。

“还没耽误，万一孩子被坏人接走了，你哭都来不及。”

“小亮那么大了不会轻易跟陌生人走的，是吧，小亮？”林水清强颜欢笑，看着小亮，期待小亮为自己解围。

“那是他说的。你没看新闻调查吗？问孩子会不会上陌生人的车，每一个孩子都说不会，可是一到真有陌生人编些理由来接孩子，再给点儿吃的，90%的孩子都会上当。我们有今天不容易，小亮能在北京上这么好的学校，还不是托舅舅的福吗？你怎么就不知道珍惜，不知道感恩呢？”

“谁说我不知道感恩的？”林水清愤愤不平。

“你知道个屁，一天到晚在家无所事事，就靠着我一个人赚钱，你真当我不累啊，我傻啊？你看看街坊邻居的，有几个女人像你一样，成天在家游手好闲的？就因为你长得比别人好看点儿，你就真把自己当皇后娘娘了，你有那命吗？”

林水清也提高了嗓门：“是，我没那个命，是因为你无能，你什么都靠你舅舅，有种你靠你自己啊！”

“我无能，我是无能！”李永志突然端起桌上的“碗”，用力地砸在地上。“碗”碎了一地，碎片溅到小亮的脚上，划开了一道口子，小亮大哭了起来：“我流血了，我流血了！”

水清赶紧跑过去，把小亮抱到卧室里，给小亮的伤口贴上创可贴。水清把小亮紧紧地搂在怀里，她的眼泪一滴滴地掉落在小亮的脸上。小亮安慰妈妈说："妈妈别哭，小亮没事，过一会儿就好了。"

永志也走了过来，在水清身旁坐下，他伸手摸了摸小亮的脚："儿子，对不起，是爸爸不好，儿子没事吧？"

小亮睁大眼睛看着李永志，说："爸爸妈妈别再吵架了，我很害怕。"

"好，爸爸妈妈不吵架。"他们俩异口同声地承诺着。

那一夜，躺在床上，水清和永志没有说话。他们的语言和情感的神经就像被麻痹了一样，无法接收到外界的刺激。他们不觉得有多伤心，只是都有些绝望。记忆里，他们几乎没有这么大吵过，就算有些小矛盾，发发牢骚也就过去了。可是今天，他们却都像被点燃了一样，放任内心的怒火肆虐。隔壁的张嫂听到吵闹声，吓了一跳，水清搬到她的隔壁已经有 8 年之久了，这是他们吵得最厉害的一次。她想过来劝架，可是又担心伤了这两口子的面子。她在自己的屋子里焦急地祈祷着，直到隔壁变得安静，直到她又听见李永志熟悉的呼噜声，她才安心睡下。

5

青城到家的时候，刚好是下午 6 点钟，看见安容还没到家，他松了一口气，庆幸自己比安容先到家。因为他对安容承诺过，只要他在北京，只要没有特殊的应酬，他都会在安容下班之前先到家，等着她回来。虽然安容从未要求他这么做，可是多年下来，这已经成了家中不成文的规矩，每个人都习以为常。

青城陪着小惠读绘本，美凤在厨房里准备晚饭，一切都好平静……

不一会儿，安容推门进来，青城站起来接过她的包，帮她脱下外套，挂在衣架上。安容幸福地笑着，小碎步走向小惠："我的小乖乖，让妈妈抱抱。"

"别说话，我在看书呢。"小惠把安容推向一边。

看着眼前这一幕，青城幸福地笑了。

夜里，他搂着安容，很快就睡着了。他做了一个梦，梦里，一个长发飘飘的女子喊着他的名字，朝他招手。他跟着那女子来到一个大海边，大海上飞着许多白色的海鸥，他和女子手牵手在沙滩上快乐地奔跑着。只是，他总看不清女子的脸，无论他靠得多近都看不清，他只记得女子有两个深深的梨涡，笑起来像浪花一样灵动美丽。

他们正跑着，突然乌云密布，白色的海鸥变成了成群的乌鸦，黑压压的一片，从天上冲下来……他拉着女子的手拼命地往前跑，可是一不小心，他被沙滩上的石头绊倒，他的手和女子的手挣脱开来，等他从沙滩上站起来的时候，女子和乌鸦都不见了……

他到处寻找女子，一边哭着一边喊着："水清，水清！"

他醒来的时候，安容正瞪大眼睛看着他："又做噩梦了？满头大汗的，快擦擦。"安容拿纸巾帮他把额头的汗珠擦去。

"好像是，把你吵醒了，没事，快睡吧！"青城长叹了一口气，背对着安容又躺下了。

安容没说什么，她记住了两个字："水清"。

6

第二天早上，水清照常起床做饭。她猛一抬头，又看见对面“英国 BL 银行”几个大字，突然觉得一阵心痛，好想用一种方式屏蔽那几个字、那栋楼和楼里的人，可是她又总是情不自禁地往那里看，像是在寻找什么，又像是在等待什么。

“水清，做好早饭了？”张嫂早早地过来敲门。

水清不想让张嫂看到自己肿得像桃子一样的眼睛，她不情愿地打开门：“张嫂，这么早啊！”

“可不，今天我正好要去小亮小学附近的水果店买丑柑，上回在那儿买的丑柑又大又甜，可好吃了。”

“哦，是吗？那我一会儿送完小亮也去买几个尝尝。”

“你不用去了，我顺便把小亮带到学校，多买几个分给你。”

“不用，我自己送他去吧。”

“水清，是怕我把小亮给拐卖了，不放心？”

“不是不是，哪能呢！”

“就这么办，我带小亮去，永志也能多睡一会儿。”

“谢谢张嫂！”

“别客气。今天的太阳真不错，雾霾有好几天了，终于见光了。一会儿我买点瓜子，到你院子里唠嗑儿，你在家烧点水，备点茶叶，咱俩今天喝茶聊天儿，享受享受阳光。”张嫂拉着小亮的手，走出大门，俨然一对祖孙的样子。

林水清走进卧室，看到永志整个人蒙在被窝里，想把他叫醒，可张开的嘴巴又闭了回去，好像她的声带突然变木讷了。

她离开卧室，开始打扫小院子。院子里的月季花开得正盛，花香正浓，可水清却觉得有些反胃。

与其说她是在打扫院子，不如说是在收拾自己的心灵空间。昨天发生的一切，与青城重逢也好，与永志争吵也罢，都来得太突然，让她有些猝不及防。原本坚守在自己的巢穴中，独享朴实无华的静谧，虽然没有繁花似锦的精彩，却也安闲自得。可就一个突如其来的“昨天”，生生打破了这样的静谧。

她呆呆地站在院子里许久，直到听见一声重重的摔门声，她才缓过神来，看见李永志扬长而去的背影。

登录觅谈，没有城的新消息，她顿感惆怅而失望。接下来，每隔五分钟她都要看一次觅谈。她觉得自己一定是疯了，一定是中邪了，中了觅谈的邪，中了青城的邪，中了美人米的邪。

张嫂回来的时候，已经是九点多了，她一进门就说：“小亮这孩子，别提有多懂事了，一直拉着我的手，生怕我丢了，过马路的时候，还嘱咐我一定要等红绿灯，还说妈妈今天心情不好，奶奶你去陪我妈妈聊聊天儿。”

“这孩子，是个操心的命。”

“茶泡好了吗？”

“我找了半天，家里没有好茶叶，等哪天我去买点儿好茶叶，咱俩再喝。舅舅倒是给过不少好茶叶，可是我们没有喝茶的习惯，今天翻出来一看都过期了。”

“我家有的是茶叶，我过去拿。”

不一会儿，张嫂拿来一盒茶叶，茶叶上写的都是英文。

水清说："张嫂的茶叶还是进口的呢，哪儿买的？包装很精致。"

"一个朋友送的，东印度公司产的，下回让我那朋友给你也带一盒。"

"不用，不用，我们这些粗人，很少喝茶的。"

"怎么说自己是粗人？你要是粗人，这天底下就没有细致的女人了。"

林水清看得出来，张嫂今天有些反常，语调和神态都和平时不大一样。她知道张嫂定是昨天听到她和永志吵架的声音，今天过来劝解。可她偏偏是个慢热的人，从不喜欢轻易打开心扉，把五脏六腑亮给人看，让人品察善恶美丑、酸甜苦辣。她总觉得那是一种怯懦、一种自卑、一种自我逃避，毕竟每个人都是独立的个体，从基因到生活环境，再到人生阅历，不尽相同，她从来都不认为谁能和她感同身受。

张嫂也深知林水清不喜欢晾晒自己的伤疤。如果不是实在不忍心看到她伤心的样子，她也绝对不会在这个时候过来。在她看来，水清不仅仅是她的邻居，也是她的好姐妹、好闺密，有时候她甚至会想："如果水清是我的女儿该多好啊！"

两个女人端着茶杯，坐在院子的竹椅上，一直没有说话。周围变得异常安静，只听见她们品茶的声音。

突然，手机"嘟"了一声，水清迅速地跑到卧室里，拿起手机，看到一条新的觅谈消息，是青城发来的："今天太阳真好，要不要出来散步？"

水清盯着手机，迟疑了好久。记得在高中的时候，和青城一起散步，是她最幸福的时光。她和青城常常偷偷地跑到郊外，手拉着手，走过小桥，爬上山坡，蹚过小溪，累了就找地方坐下，互相偎依着，鸦默雀静，仿佛连语言都是多余的喧嚣。

可是她又害怕出去，想起昨夜和永志吵架的情景，以及小亮受伤的脚面，她觉得和青城见面是一种罪。如果今天还出去见贾青城，她就是个罪人，是个不合格的妻子、不合格的母亲。

“水清。”

她隐约听见张嫂在喊她，她赶紧收起手机，走到了院子里。

“你在屋子里干吗呢？对了，昨天见你同学怎么样啊？”

“还好，就吃了个饭，随便聊了聊。”

“在哪儿吃的？”

“京秋忆。”

“那是个不错的素食餐厅，菜品和环境都没得说。”

“张嫂去过？”

“对，年轻的时候去过。”

水清有些诧异，这个张嫂怎么好像什么都知道。不过想想，究竟是来北京的年头够长，对这个城市比她熟悉也属正常。

“高中同学这么多年没见，一定有不少话可聊吧？”

“是的，都是关于老师和同学的事情，现在想起来，觉得很好玩。”

“可不是嘛，现在流行一句话：年轻的时候，就连犯的错误都是对的，都是青春。”张嫂这一句，把林水清逗笑了。她心想：这个张嫂，总是语出惊人。

不一会儿，又传来觅谈的提示声，水清又跑进去，看见青城的信息：“出来吧，我等着你。我明天就要去法国了，估计一个月以后才能回北京。10点钟，紫竹院公园南门见。”

水清迅速跑到院子里，慌慌张张地说：“张嫂，我以前的同事约我去逛街，咱改天再聊，不好意思。”

“哦，你同事今天不上班啊？”

“是，她休假了，对不住了张嫂，下次我请你去茶馆喝茶，咱喝点好的。”

“再好的茶馆都比不上这儿阳光明媚、空气清冽啊。最重要的是，感情真挚，话题投机。”

“那下次我精心准备一下，整一个漂亮的茶话会。”

“去吧，就怕你不开心，看你现在像小兔子一样活蹦乱跳的，我就放心了。”看到水清有些紧张尴尬的样子，张嫂有些不解，也有些释然，心想：年轻人的情绪果真像风一样，来得急也去得快。刚刚还愁眉苦脸，一条信息的工夫，整个人又变得眉飞色舞。

“放心吧，我没事。哦对了，裙子还给你，本来想洗过再给你，又怕被我洗坏了。”水清把裙子塞到张嫂的手里。

“不用洗，我自己洗，那你今天穿什么出去啊？”

“随便吧，怎么舒服怎么来。昨天装了一天淑女，连饭都不敢多吃，生怕把张嫂的裙子撑破了，今天穿件宽松的衣服，大快朵颐。”

“瞧你这孩子，成天大大咧咧的，一点儿都不像是做了母亲的，倒像个大学生。”说完，张嫂拿着裙子朝外走，刚跨过门槛，她猛地回头，大声对水清说：“水清，人心险恶，出门要小心陌生人。”

水清没有太明白张嫂的话，心想：真把我当孩子看了。“放心吧，张嫂，我是女汉子，没人敢动我。”

第六章　紫竹院　忆往昔

1

张嫂走后，水清急忙拿出化妆品，开始化妆。她擦了粉底液，画了眉毛，点了口红。可无论她涂上多么深的眼影，刷了多少遍睫毛膏，她的眼睛还是肿得像桃子一样。她又觉得有些懊恼，痛恨自己为什么总是这么喜欢流眼泪，无论快乐、悲伤还是感动，她都会流泪，仿佛泪水是她阐释情感的唯一方式。她讨厌自己天生一副黛玉的模样，长着一颗玻璃心，一碰就碎。

她费了好长时间，把去年夏天买的墨镜翻了出来。“还是戴上墨镜吧，既可以挡紫外线，又可以遮丑，两全其美。”她对自己说。事实上，她只是不想让青城看到自己哭过的样子，不想徒增他的烦恼，更不想让他心生怜悯。她总觉得这世间所有的怜悯都带有阶级的烙印，那些哪怕是最发自内心的对他人怜悯的关切，都带有几分自恋的色彩，而那些被怜悯的人生生成了可悲者。

她从柜子里翻出一件白衬衫和一件宝蓝色的牛仔裤，心想：既然是去散步，就没有那么多讲究了，穿得舒服自然些就好。出门前她换上了小白鞋，背上黑色的双肩包，然后快步地走出家门。

上午 9 点钟，青城到了紫竹院，印象中他已经好久没有逛公园了。一个人走在小竹林里，看见几根细长的竹笋藏在竹林间，他觉得好亲切，这竹笋和他老家山上的一个模样，一副清心寡欲的样子。他算了算，已经有十多年没有回老家了。那个生他养他的地方，只是偶尔会在他的脑海里出现，他从来不怀念，也不回忆，甚至从来不打算回去看看。他不禁感叹人类的健忘，自己的薄情。

他漫无目的地走着，到了荷塘，他想起来，8 年前，他和安容在这里划船，船夫哼着歌，带着他们在荷叶与荷花之间穿行。他看着坐在对面的安容，粉色的脸颊和荷花一样安详平静，他突然觉得有些恍惚，仿佛时光穿越到了另一个地方。他喜欢这样的安详，喜欢这样的安容，于是就在那一刻，他决定与她共度余生。那一天，他和安容认识一个月。两个月后，他们举行了婚礼……

因为是初夏，公园里几乎没什么花，桃花、玉兰都早已凋谢，荷花也才刚刚萌芽。他隐约有些感伤，为什么再见水清已是初夏，如果在春天，他就可以和她一起看桃花绚烂，听玉兰低吟。

2

他看了看表，已经是 9 点 50 分，他快步往南门走去。快到南门的时候，他看见一个白衣女子朝他走来，活泼灵动，仿佛一只金丝雀从前方飞来。他好想张开双臂拥抱她，将她托起，可他又担心这样会把金丝雀吓跑，飞回巢穴。

水清看见不远处的青城，也是一身休闲的打扮。白色的T恤配上蓝色的牛仔裤和黑色的鸭舌帽，让他看起来朝气蓬勃。他也背着一个双肩包，也是一双运动鞋，仿佛他们是约好了穿成情侣的样子。

“刚才我都不敢认，以为时光倒流了。”贾青城用手摸了摸下巴，笑着说。

“哦，是你穿越了时空，看到了高中时候的你?”

“是我穿越了时空，看到了高中时候的你。”

“谁知道呢，也许高中时候的那个我正在笑话现在的我，模仿她的样子呢。”

“没想到，你也相信平行时空。”

“我一直相信，在无数个平行的时间和空间里，有无数个不一样的我们存在。”

“我一直以为物理是你的弱项，你这是要我大跌眼镜吗?”

“你一直以为，我是山寨版林黛玉，只懂花前月下、你侬我侬，不懂江山社稷，不在意朗朗乾坤?”

“哈哈，岂敢岂敢！你在我心目中，就是江山社稷，就是朗朗乾坤。”

“哟！多年不见，学会花言巧语了，高中那会儿，你可是有些不善言谈哦。”

“我这是真心实意，不是花言巧语。今天有什么特别的想法吗?”

“没有想法，散步就好。”

“划船，登山，午餐，喝茶，如何？”

“听你的。话说回来，你今天怎么不用上班，休假？”

“我们不需要每天打卡坐班，而且手头上几个重要的案子也处理完了，所以可以到这里花前月下，闲庭信步。”

“花前月下？哪儿有花，哪儿有月啊？天下竟有这么好的工作，真让人羡慕。”

“羡慕啥？我们就是金融民工，卖身给银行，只要能给银行赚钱就行。至于你是不是在银行里面赚钱，无所谓。再说了，天天在银行里待着，根本赚不到钱。”

“哎，等着我帮你赎身！再坚持几年，等我发达之日，就是你自由之时。”

“哈哈，好生感动啊，此生恐怕唯有你，有心救我于水深火热之中。”

“在水深火热之中的是我啊，大侠。”

“哦？若我英雄救美，你是否愿意以身相许？”

“理想很丰满，现实很骨感，你想得太美了。”

他们说完都哈哈大笑起来。

“说真的，这么多年你一直都没有去上班吗？我记得你英语很好，不上班荒废了，多可惜。”

“刚来北京的时候，在永志舅舅的公司里做人力，怀孕以后就没有上班了，每天在家拖地买菜，做饭洗碗，送孩子接孩子，循环往复，一天又一天，一年又一年，不知不觉就到了今天。”

“孩子上幼儿园以后，为什么没有尝试回到职场？”

“那时候，我得了严重的焦虑症，整个人精神状态比较差，不适合上班。而且，孩子体弱多病，经常发烧感冒，常常不能去幼儿园，需要人陪伴。”

“家里没有老人可以帮忙吗？”

“我妈身体一直不好，公公婆婆也不愿意过来。”

水清原本想说，因为家里房子太小，住不下更多人。可是她无论如何也说不出房子太小这几个字。在这个每个人都在谈论自己有几套房的城市里，房子几乎成了划分阶层的标准，她一个无房户，无疑只属于社会的底层。对于这些，她原本并不太在意，就像她对胡凯说的，人靠感受活下去，而不是事实。就算事实上她是有了好多房子的富有的“包租婆”，也不能保证一定有很好的人生体验。房子只能满足人某一方面的需求，而绝对不是全部。她只是不希望自己和青城被划分在不同的阶层，那样会产生隔阂，让心灵产生遥远的距离，为了避免互相伤害，她甚至不想提到房子这个词。

可是偏偏，贾青城最喜欢谈论的就是房子：“你知道吗？我刚来北京的时候，每天骑着自行车到处看房子。我从银行借了钱买了好几套房子。你们来得那么早，应该也备了几套吧？”

水清听着，一阵脸红，她有些反感，也有些自卑。她整理了一下思绪，假装自信地说：“我们也有买房，但是肯定没有你那么多，现在房价涨得那么高，你岂不是成土豪了？”

“土豪不敢当，每天也是围绕着贷款转。在哪里买的？我给你分析一下房价走势。”

“哦，清水家园。”水清胡乱编了个小区名字。

“清水家园啊，很有眼光啊，刚开盘的时候也就 1 万一平方米，现在涨到 6 万多了，因为它挨着清水河，又通了地铁，以后房价还会往上走。”

水清生生被吓了一跳，又觉得好生搞笑，她万万没想到，北京真有个清水家园，而且青城对清水家园知道得如此清清楚楚。

“哦，是吗？那就好，这几年先不出手了，等涨到一定时候再卖。”

“错，应该赶紧卖掉，换一个更大一些的房子，这样涨得更多，我估计北京的房价在未来几年完全可能突破 20 万一平方米。”

“不可能吧？这么贵，谁买呀？”水清有些不屑地说。

“我记住你刚才这个表情了，等房价涨到 20 万的时候，你要请我吃饭。”

“如果涨不到 20 万，你剁手可以吗？”

“剁手不行，太残忍了，打脸可以。”青城接着说，“知道吗？现在是市场经济时代，要靠自己把握市场规律，要感知市场分分秒秒的变化，要从计划经济那一套思路里走出来，自己决定自己的命运，而不是每天只盯着计划经济的微薄福利。”

“也就是说，你是典型的市场经济思维。”

“不能说典型吧，只能说，在经济体制变革过程中，沾到了点利益。”

“你看你，俨然一副资本家的嘴脸。我鄙视你！”贾青城有些沾沾自喜的神情，让林水清有些不舒服。她用玩笑的语气说出了真实的心理。

“哈哈哈，哪有啊，我只是太诚实了而已。”

“你脸上写着啊，扬扬得意，沾沾自喜。”

“不好意思，职业病，这样的话题让你觉得无趣吧？”

“那倒没有，我只是在想，如果一个人没有在经济体制变革中沾到利益，错过了最好的买房时期，错过了最好的资本积累的方式，他该怎么办？他是该笑着活下去，还是该哭着去跳楼？”

青城听得出来水清有些不快：“当然是笑着活下去啊。再说了，经济体制改革一直在进行中，他还可以找到机会获得利益啊！”

“你是说房价还没到最高点，还可以去买房投资？”

“聪明，一点就通，不愧是学霸校花。”

水清使劲翻白眼，以为戴着墨镜，青城看不见。

谁知青城假装生气地说：“你刚才翻我白眼！”

“没有啊，我明眸善睐的，怎么可能做这么低俗的事情呢？这和我校花的形象严重不符。”

“你脸红了，说明我猜对了。”

他们边聊边走，不知不觉又走到了荷塘。

青城建议去坐摆渡船，水清却说：“去坐黄鸭船吧，可以打水枪。”

“你怎么知道的？”

“我当然知道，天底下哪有海淀虎妈不知道的事情啊？再说了这是我家后花园，我们经常来，我儿子很喜欢黄鸭船。”

“哦，忘了你已经是当妈的人了，可为什么看起来还是呆萌呢？”

“这叫青春，你不懂！”

“如果这是青春，那我就是小鲜肉了！”

“这位大叔，您真的不是一般自恋啊，你是自恋狂魔。”

坐上了黄鸭船，他们先划到大黄鸭旁边，水清掌握方向盘，青城拿着水枪瞄准对面的大黄鸭，当两边的感应器发生对接时，大黄鸭就会发出“嘎嘎”的声音，并吐出许多泡泡。接着，青城又把枪瞄准了小水雷的感应器，不一会儿，小水雷喷起高高的水柱，水柱落下，打在他们的船顶上，水花溅湿了水清的白衬衫。青城赶紧拿出纸巾，帮水清擦拭她胸前的水渍，他的手触碰到水清的胸部，那胸部玲珑丰满，随着她的呼吸忽高忽低，青城脸红心跳，好像是刚喝了白兰地，有了几分醉意。

水清推开他的手：“不用擦，不要紧，太阳这么大，一会儿就干了，不如咱们去喝茶吧，岸边有个茶馆，好像不错。”

那个茶馆，水清无数次经过，却从来没有进去过。

他们走进售票处边上的茶馆，沿湖坐了下来。

“你平时喜欢喝什么茶？”

“我随便，都可以。”

“喝茶怎么能随便呢？茶能体现一个人的性格特质和日常修行。”

“哦，那你喜欢什么茶？”

“我喜欢普洱，最好是陈年熟普，味道浓郁却不伤胃。”

“那体现了你什么样的人格特质和什么样的日常修行呢？”

“这个啊，得你慢慢观察，我跟你说了，你不一定信。”

他们相视而笑。

这时，服务员端上来一个纯白色茶壶和两个成套的茶杯，青城说：“都进茶馆了，把墨镜摘了吧？”

“不好，不好，我眼睛很怕光。”

“怕光是什么意思？”

“就是怕紫外线啊，眼部周围的皮肤很脆弱的，很容易被紫外线晒出黑斑，戴着墨镜可以挡紫外线，延缓衰老。”

“因为害怕衰老，连风景都不看了？”

“可以看风景啊，透过墨镜看到的风景更有韵味呢。”

青城无奈地摇摇头，他端起茶杯，轻轻地品了一口：“这茶太一般了，下次我请你喝东印度公司的红茶。”

“对我来说都差不多，你就将就吧。东印度公司的茶很有名吗？我家也有一盒，是隔壁邻居给的。”

“你邻居很小资啊。东印度公司是最早从中国进口茶叶的公司，历史比较悠久，还是很有名气的。”

“小时候在老家喝的头茶，最香了，那是一种可以洗净灵魂的来自大自然的清香，没有防腐剂的味道。后来喝过的茶叶再也没有那样的香味。”

“还是因为你没有喝过足够好的茶，下次我给你带我最喜欢的普洱。”

“好啊，最好给我带新出厂的，我喝茶很慢，怕没喝完就过期了，太浪费。”

“傻瓜，普洱茶是没有保质期的，放得越久越好喝。”

水清觉得自己实在太孤陋寡闻了，脸又红了。青城伸手想摘下她的墨镜，水清伸手去挡，青城的手刚好握住了她的手，水清想把手抽回来，青城却不松手。水清的心怦怦乱跳，呼吸变得急促，青城趁机用另一只手摘下了她的墨镜。

青城看到水清的眼睛，明白了什么，看着她尴尬的表情，打趣道：“你一定是昨晚睡觉前，喝了很多白开水吧？”

“你怎么知道？”

“我当然知道，我情商很高的。”

“但是你智商堪忧。”

他俩又笑了。

这时，青城的手机响了，他一只手接了电话，另一只手示意水清不要出声。“容容，我在外面和客户喝茶呢，你中午吃什么啊？我给你办的卡里面还有好多钱呢，你找个环境好点的餐厅吃饭，别总去那些小摊儿买快餐，不卫生，食材也不靠谱儿。”

水清转头看向窗外，看见一只只小黄鸭在湖里悠闲地游着，想起上回带小亮来这里的情景。她想，小亮应该已经吃过午饭了吧，那个只爱吃鸡腿的家伙会不会又没有吃米饭和蔬菜呢？

“女士，我给你续点儿水。”服务员走了过来，水清连忙示意服务员不要说话。服务员笑了，不明白她是什么意思。“女士，我没别的意思，我就是想给你的茶壶里续水。”

场面变得异常尴尬，空气里有一种滑稽的紧张。

“我晚上去你单位接你。”青城连忙挂了电话。他看见水清鬼祟的样子，忍不住笑了：“你不用那么紧张，我太太是个通情达理的女人，我经常见女客户，她都很理解的。”

“哦，是我多虑了。有这么好的太太是你的福气。”

“是的，虽然我工作很忙，没时间陪她，但她从来没有抱怨过，一直默默地支持我。”

“真好。”

水清低下头，看着杯子里的茶叶，她突然觉得好生无趣。贾青城夸奖自己的太太原本无可厚非，可是她听了却着实不是滋味。

正在这时，林水清的电话铃声响了，是她妈妈打来的电话。“妈，药收到了是吧？收到了就好，我先挂了啊。”

“许阿姨好吗？”

水清听青城叫许阿姨，有些出乎意料地看着他：“整体还不错，就是年纪大了膝盖疼，我经常托人从香港给她带黄道益的药水。”

“以后我帮你带吧，我去香港很频繁的。”

“还是不要劳烦你了，你工作那么忙，还要帮我买东西。”

“怎么忽然变得这么客气，好像有些不高兴了？画风突变啊！我公寓旁边就有药店，路过的时候买一下很方便。”

“我妈妈常常跟我说，如果有机会，让我替她向你们道歉。”林水清的表情异常严肃，心灰意懒地说。

贾青城伸手再次握住了她的手：“不要，不要说那三个字，忘了过去那些折磨人的回忆吧，让我们活在当下。”

水清突然泪如雨下，她的手在他的手里瑟瑟发抖。

他们看着对方的眼睛，仿佛又看到了那一段不堪回首的往事。

3

17 年前的一个晚上，离高考还有两个月的时间。青城、水清和胡凯在青城家里紧张地复习着，他们取长补短，互相帮助，几乎每天都挑灯夜战到凌晨。

青城的母亲美凤，每晚都给他们准备夜宵。她说，胡凯和水清一定是她失散多年的孩子，跟她比青城还要亲。

突然，美凤接到电话，说青城的爸爸建文出车祸了，受了重伤，正在去往人民医院的救护车上。他们四个人迅速地赶到医院，看到建文满身是血，已经昏迷，马上要进行抢救。医生拿着术前协议要美凤签字，几乎晕厥的美凤已经连拿笔的力气都没了，青城只好签了字。

手术过程中，胡凯和水清陪着青城坐在医院的凳子上，青城一脸严肃，一句话也没有说。胡凯过去问医生："到底是谁把建文叔叔撞伤的？肇事司机在哪儿？"医生说他们也不知道，有个女人打了120，救护车到的时候，就看见建文躺在那里，肇事的车辆和司机都不见踪影。胡凯听完十分气愤："哪个王八蛋，这么没有人性？"

美凤因为伤心过度，近乎瘫软，林水清一边扶着她，一边远远地看着青城，看着他伤心欲绝却故作坚强的样子，她好生心疼。

大约四个小时以后，主刀医生从手术室里走出来，低着头小声说："对不起，我们已经尽力了，你们准备处理后事吧。"

美凤大哭了起来，青城却一滴眼泪都没有，他用拳头使劲地砸向医院坚硬冰冷的墙面，咬牙切齿地骂着："王八蛋，肇事逃逸，我一定要杀了他，我一定要杀了他。"

看见青城的样子，水清心如刀绞，她好想过去拥抱他，却不敢接近他半步。胡凯把青城领回了家。

警察收集了各种证据以后，建议美凤先处理遗体，他们保证一定会尽快找到肇事司机，让他承担法律责任。

7天后，遗体告别仪式上，建文的遗体被推进火化池的那一刻，青城泪如泉涌，他一边哭一边对着遗体大声喊："爸爸，你在天有灵，一定要帮助我们找出凶手，那个杀你的凶手。"

水清也暗暗下定决心要帮助青城找到肇事司机。

处理完后事，有一天晚上，美凤把青城叫到房间里跟他说：“你爸爸虽然走了，可是你还要参加高考，一定要化悲痛为力量，顺利地考上好大学，不然你爸爸死也不会瞑目的。”青城没说什么，只是点了点头。

他们三个人又开始挑灯夜战。虽然每次走进青城的家，水清都感觉到胸口沉闷，气氛压抑，可是她和胡凯都坚持一定要陪着青城走出悲伤，帮助他在高考中取得好成绩。

从那以后，每天放学回家，青城都要问美凤：“警察打电话了吗？有没有那个王八蛋的消息？”

“还没消息，我在警察局的朋友说，当时天太黑，那个路口又没有摄像头，所以很难查证。你先好好考试，等你考完了，说不准就有消息了。到时候，妈妈和你一起把那个人千刀万剐！”

青城每天埋头苦读，在学校里几乎一言不发，就连和胡凯、水清都几乎没有多少言语沟通。

两个月后，高考结束那天下午，青城回到家，第一时间去问美凤：“妈，调查有结果了吗？”

“有结果了。”美凤努力平复情绪，故作沉静，不想点燃贾青城的怒火。

青城伸手抓住美凤的手：“真的吗？到底是谁？”

“好孩子，你先坐下，听妈妈慢慢跟你说。无论如何不要冲动，知道吗？”美凤把抽回的手搭在贾青城的肩上，轻声说。

“妈妈你快说，到底是谁？是哪个王八蛋？”青城横眉竖目的样子，看起来像一头发怒的牛犊。

“你先答应妈妈，不管谁是那个王八蛋，你都不能冲动。”

“妈妈，我答应你，你快说。”青城万般期待的眼神中写满了仇恨的痛楚。

“是水清的爸爸！”

“什么？不可能。怎么会是他？一定是你弄错了，妈妈。”青城瘫坐在地上，眼中的仇恨变成了惨白的空洞。如果说失去父亲给了他刻骨的悲痛，那么美凤刚才的话，又让他陷入了绝望的深渊。他苦苦寻找的肇事者竟然是他最喜欢的女孩的父亲，这简直就是老天爷故意的捉弄。

“没有错，我已经和警察确认过无数遍了，因为我也不敢相信，不愿意相信是他。”

“到底怎么回事？我要听警察亲口对我说。”

美凤拨通了交警队的电话，把听筒递给了贾青城。

“贾青城同学，是这样的，4 月 7 日那天晚上，林广兴，也就是林水清的父亲，醉酒驾车，在永寿路口拐弯的时候，撞倒了你父亲，然后驾车逃逸。”

“你们如何确定一定是他？你们这些警察，不是动不动就抓错人吗？你们不会是图省事随便找了个替罪羊吧？”

“小伙子，你冷静点儿，我们都是有证据的。”

“什么证据？别告诉我你的嘴巴就是证据。”

“有目击证人看到林广兴开着白色的捷达，在事发当天晚上 10 点左右，从五清县开回三泰县。林广兴的车头严重破损，上面的血迹和你父亲的刚好匹配。况且，我们今天下午已经扣押了林广兴，他已经认罪了。如果你不相信，可以过来一趟，看看他的口供笔录，甚至可以和他当面对质。”

青城气冲冲地走出门，往警察局跑去。到了警察局，他看见林广兴戴着手铐站在拘留间里。看见青城进来，林广兴下意识地后退了几步。青城走到铁门前，狠狠地瞪着他：“为什么？到底为什么？真的是你，真的是你杀了我爸爸吗？”

“对不起，对不起。”林广兴缩到角落里，不敢抬头看他。

“你为什么要逃走？你为什么不打电话？你为什么不叫救护车？如果你叫救护车，我爸爸也许就不会死。”青城用拳头用力地砸着铁门，歇斯底里地喊道。

“我喝醉了，不知道那是你爸爸。如果我知道是你爸爸，我绝对不会丢下他不管的。”

“你这个禽兽，喝醉了还开车，你拿别人的命当笑话，别人的命就不是命吗？你就是杀人犯，赤裸裸的杀人犯。”

“对不起，对不起。”林广兴突然跪了下来，不停地磕头。

林广兴这一跪，就像一个大锤，敲碎了贾青城高高筑起的仇恨之墙。那仇恨碎了一地，变得无力而沧桑。

他拖着沉重的步子离开了看守所，走了许久才回到家，径直走进自己的房间，锁上了门。

“孩子，好孩子，快点把门打开，你这样，让妈妈怎么办？”美凤用力砸门，可贾青城就是不开门。她只好叫来胡凯，帮忙劝导。

“我知道你痛苦，你恨，你绝望，你想静一静，你甚至想逃离这个可恶的世界，可是你有没有为美凤阿姨想过？如果你不坚强，她只会更痛苦；如果你绝望了，那她该如何活下去？

只有当你振作起来，勇敢地面对一切，美凤阿姨才能从这种痛苦里慢慢走出来。青城，为了你妈妈，把门打开吧，你必须振作，你没有选择。”

胡凯坐在青城房间的门口，对着那扇紧闭的门，苦口婆心。

过了许久，青城终于打开了门，胡凯走了进去，静静地陪在他身边。他们一句话都没说，只听见钟表的嘀嗒声。

晚饭的时候，胡凯把青城叫了下来，他们围着桌子坐下。

美凤拉着青城的手说：“孩子，人死不能复生，你要坚强，妈妈还要靠你呢。”

“他会被判刑吗？”贾青城冷冷地问道。

“会！”

“几年？”

“我也不知道，但是他一定会得到报应的，只是从此以后你不能再和林水清有任何联系了。”

“为什么？这和她有什么关系？”贾青城眉头紧锁，他发自骨髓深处的痛楚质问，也问痛了胡凯的心。

“有关系，每次看到她，我就恨，我对她那么好，为什么他们却这么对我们？其实，上个月我就知道凶手是林广兴，可是我没有告诉你们，我跟警察说等你们高考完了以后再去逮捕林广兴。你知道吗，我每次端着夜宵给林水清的时候，都好想在碗里放老鼠药，让她妈妈也承受和我一样的痛苦。可是，我不能那么做啊，青城，我不能那么做啊！”

“妈，我以后再也不见她了，请你不要伤害她！”贾青城的语气突然变得坚定而冷静，他妥协得太快，完全出乎了胡凯的意料。

水清回到家，看到秋霞坐在凳子上发愣。

“妈妈，你怎么了，怎么不高兴？”

“你爸爸被抓走了。”

“什么？为什么？”

“他杀了人。”

“啊？怎么可能，爸爸怎么可能会杀人？”

“他撞死了青城的爸爸！”

“原来是他！他活该被抓，他没有人性，他为什么要这么对青城，为什么？不行，我要去找青城，我要向他道歉！”林水清只觉一阵眩晕，说着就要往外跑。

“你给我站住。你不用去了，他们刚才来过了。”秋霞递给水清一块白布，白布上写着几个大字：林水清和贾青城永远不再相见。

“不，我一定要去！”

“林水清，你不许去，你难道没看出来这是一封血书吗？”

水清这才闻到一股淡淡的血腥味，她仔细一看，那的确是青城的字体。“血书又怎么样，别忘了，是我爸爸杀了他爸爸。”

“你给我闭嘴！你爸爸没有杀人，那是车祸，是意外！”

“醉酒驾车，肇事逃逸，见死不救，和杀人有什么区别？”水清的语气变得凛冽冰冷，她疯狂地跑到了青城家门口，用力地敲门，可是许久都没有人开门。

“青城，你开门啊，青城！”敲累了，她在门口坐了下来。这时天空突然下起了大雨，把她浇成了落汤鸡。雨水冲刷着她的身体，她感到阵阵寒意，直扑心底。

水清的敲门声就像一个个拳头砸向贾青城的心脏。他躲在自己的房间里，戴着耳机，想要屏蔽窗外的一切，可当他看到天空下起了雨，看到林水清在雨中瑟瑟发抖，他于心不忍，走到窗户边，对着她喊道：“林水清，你滚！再也不要出现在我的世界里。你爸爸是杀人犯，我永远都不会原谅你们的！”

听到青城的声音，林水清站了起来，抬头对他说：“青城，对不起，对不起！”

“收起你那虚伪的眼泪吧，我再也不想看到你了！”

“不要，青城，不要这样对我！”林水清发自肺腑的苦苦哀求，和雨声一起在贾青城的脑海里回旋。

“你快滚吧，你爸是杀人犯，你妈是贱货，你们一家都是贱货。”

听到“贱货”两个字，林水清的哭声突然停了，她迅速转身，迈开步子，用力地踩着雨水，往前走去。

贾青城看着她渐渐消失在雨中的背影，哭成了泪人。站在一旁的美凤走了过来，拍了拍他的肩膀：“儿子，你做了正确的事情，你这是为了她好，有一天她会明白的。”

一个月后，在得知林广兴被判了 3 年徒刑后，青城和美凤一家从三泰县搬到了五清县，并带走了贾建文的骨灰。

高考成绩也出来了，青城和胡凯上了重点线，水清上了本科线，他们如愿以偿地考出了自己的水平。

填志愿那天，青城在教室里和水清打了个照面，他们没有说话，形同路人。

10 年后，青城听说水清的爸爸得肝癌去世了，据说是因为受良心的谴责，生活中一直郁郁寡欢。

4

“先生、女士，还要续水吗？”

服务员的声音把他们从思绪里拉了回来，青城看见水清脸上挂着黑色的眼泪，笑了起来：“你知道，你现在像谁吗？”

“谁？”

“韩剧里的女主角。”

“真的吗？你是说我和她们一样漂亮？”

“韩剧里的女主角哭的时候，不是一把鼻涕一把泪，而是一半睫毛膏一半眼影。”

水清这才意识到自己的失态，她拿出镜子照了照，发现自己眼圈四周都被染成了黑色，脸颊上有几道黑印子。

“哎呀妈呀，我快成熊猫了。”水清差点儿叫出声来。

“可不是，既然知道自己爱哭，就该买防水的睫毛膏啊！”

“你连这个都懂？学识渊博啊！”

“没办法，女闺密太多，想不知道都难。”

“哦？你还在延续高中时候的优良传统，一直扮演妇女之友的角色？”

“可不是嘛，我天生玉树临风，妇女趋之若鹜。”

“花心大萝卜。”

“花心没错，但不是萝卜。”

“是雪里红，还是心里美？”

“是红菜头。”

“不还是萝卜吗？只是高级了那么一点点。”

他们又笑了。

水清看了看表，不知不觉已经是下午 2 点钟了。

“我一会儿就要走了，小亮 3 点放学。”

“北京的小学放学真早啊!”

“可不是，老嚷嚷着减负，到头来，倒是觉得家长的负担更重了。”

“教育体制改革比经济体制改革更加困难，牵扯了很多社会历史因素，不可能一步到位。不过不管是在香港还是内地，都一样，天道酬勤，所以孩子从小懂得努力很重要。就像在香港，年轻人需要很努力，很拼命才能过上相对好一些的生活，尤其是金融圈，竞争太残酷，优胜劣汰，适者生存，那些被刷下来的很惨，所以中环经常有人跳楼，我都司空见惯了。”青城说着，语气变得严肃。

“我听说香港的房子更贵。”

“没错，因为香港政府严格控制土地开发，房子就变成了香饽饽，比金子还贵。哦对了，你去过香港吗?”

“还没有呢，以前一直想带小亮去迪士尼，可是自从上海开了迪士尼，就觉得没有太多必要去香港了。”

“现在有理由了，因为我在那里啊，我在香港有两套公寓，你过来的话不用住宾馆，住我的公寓就行。”

水清心想：连香港都有好几套房子，这家伙到底有多少房子啊?

“住你家里不合适吧？我去的话还是住宾馆比较好。”

“干吗这么见外？还是担心我是色情狂，把你非礼了?”

“哈哈，你是色情狂没错，可是想非礼我，好像没那么容易，我情商很高的。”

“哈哈，也是，谁非礼谁还不一定呢!”

水清脸又红了。

“你这是过的双城生活，天哪，你在香港不会还有一个家吧？”

“怎么可能，我分身乏术啊。我 1/3 的时间都在飞机上，再加上去往机场的时间，我算了一下，应该有一半的时间属于交通部门，剩下一半的时间，家庭和工作平分。”

“这么说来，你太太真的很伟大，可以一直默默无闻地支持你，守候你。只要一有时间，你就该好好陪她们。像这样出来和我闲逛，我都觉得有点儿对不起你家人了。”

“你是想说，陪伴是最长情的告白？真爱，守心不守身，就算身居两地，内心依然惺惺相惜，并常常共鸣，这就够了，不一定要朝朝暮暮吧？不过你如此深明大义，真不愧是我的水清。”

“我可不是你的水清，我是我儿子的，和你没有半毛钱关系。”

贾青城顿感尴尬，收起了笑容。“说真的，来香港看我吧！”他又伸手想握住水清的手，可是水清却条件反射般把手缩了回去。

“不行，我时间安排不开，没人带孩子。”林水清明明心里想答应，嘴上却又忍不住推托。

“你就可怜可怜我这个双漂吧！”

“什么是双漂？”

“既是港漂，又是北漂。”

“双漂？真有意思。”水清忍不住笑了。

“我明天就走了，去法国待一段时间，虽然有时差，不好聊天，但是你可以给我留言啊！”

“嗯，从法国直接回北京吗？”

“从法国回香港，待一个星期再回来，你会……想我吗？”

“应该不会吧，对我来说，你不过就是个熟悉的陌生人。”水清的语气里带着几分凉凉的暧昧。

“究竟是熟悉多一些，还是陌生多一些？”

“有多么熟悉，就有多么陌生。”

“哈哈，你简直就是个段子手啊！”

“没有段子手的人生不算是好人生，哈哈哈。”

“服了你了。说真的，来香港的事，好好考虑一下。”

“嗯，先提上日程，再慢慢计划。”

“不要太慢哦，光阴似箭，流水无情。”

“对了，你有多少年没有回老家了？”

“17 年了，不知道为什么，就是不想回去。”青城若有所思地看着远处，说道。

“不回去看看你爸爸吗？”

“我们搬到五清县的时候，把我爸爸的骨灰也带去了，在那边买了坟地。选了个黄道吉日作为我父亲的忌日，后来才发现跟我岳父的忌日刚好是同一天，所以我几乎每年都回五清县，祭祀我爸和我岳父。”

“啊，怎么会这么巧合？”

“是啊，有时候人不能不信命。”

“你和你太太真是有缘！”

“嗯，我 9 月中旬会回五清，到时候，如果还有时间想去三泰看看，回老房子转一转，还有一些亲戚朋友，也要拜访。”

“嗯，三泰县发展得很快，你是该回去看看。”

“如果你跟我一起回去就好了，咱们可以把以前走过的路再走一遍，重温一下青春的足迹。说来也奇怪，再见你之前，关于三泰县所有的记忆都模糊不清，可是见了你以后，很多事情不知不觉地就浮现在脑海中。”

“希望你想起来的，都是愉快的记忆。”

“既然是记忆，必然酸甜苦辣都有，只是过了那么久，个中滋味已经变成一个个疤痕，再没有切身的感受了。时间就是这么伟大，能冲淡一切。不过，有一些刻骨铭心的体会像是被锁在了大脑的某个房间里，每次经过房间的门口，都忍不住偷偷看一眼，想要打开却又不敢打开。直到有一天，你鼓足勇气打开那个锁，才发现里面的一切还是那么鲜活，历历在目，仿佛就发生在昨天。”青城转头看着窗外，柳树青青的枝条悬挂在水边，他陷入了淡淡的忧伤。

“是的，很多记忆不是被淡忘了，不是被抛弃了，只是被屏蔽了而已，一旦出现相关的人和事、类似的场景，那段记忆就会被瞬间激活。”

“今天我请你吧。”水清说。

“为什么你请我？”

“上次你请的，这次我请你。”

“这是女权主义的表现吗？”

“不是啦，只是觉得每次都让你请，我有点儿不好意思。”

“不可以的，每次必须都是我请客，有什么不好意思的？你陪我一天了，没有收三陪费就不错了。”青城假装拉下了脸。

“三陪费可以有啊，我收了你的三陪费，请你喝茶，不就皆大欢喜了。”水清伸出手掌，假装要钱。

“不急不急，先看看是哪‘三陪’，定价不同的。”

“当然是陪玩，陪喝，陪划船了。”

“不对，是陪聊，陪吃，陪睡。等最后一陪也实现了，咱们来个月结怎么样?”

“大坏蛋!”水清的脸莫名地红了，听起来明明是一句玩笑话，却让她感到羞涩难耐。

“请叫我雷锋!”青城掏出一张黑卡，递给了服务员，嘴里说道，“下回不要给我整这样的幺蛾子。”

水清浅浅一笑：“好，知道了，听雷锋的。”

分开的时候，青城递给水清一张名片，跟她说：“这是我的名片，上面有我香港办公室的电话。我把我公寓的电话写在了背面。”水清收起了名片，心情突然有些沉重，沉重里又带着几分新鲜的期待。

第七章　什刹海　现苍凉

1

接下来的一个月，对于水清来说，格外漫长。她每天和永志吃睡在一起，却总是惦记着远方的贾青城，回忆着他的每一个表情和他说过的每一句话，想到动情之处还会傻傻地笑出声来。她忍不住每隔几秒就看一眼手机，生怕错过了贾青城发来的任何消息。青城很少在觅谈上出现，而每一次的出现，都成了最珍贵的生活福利。

夏天的暑热开始笼罩京城，空气变得异常燥热。除了照顾小亮的起居和打理烦琐的家务外，林水清开始买各种书打发时间。她隐约觉得自己变了，开始厌倦往日的平淡安逸，内心燃起了提升自己的渴望。贾青城的再次出现，就像一个警钟把她从沉沉的睡意中敲醒，让她看到了自己的迷失。她开始重新审视自己，并下定决心改变自己，至于要变成什么样子，她也说不清楚。

7 月 9 日，水清收到青城的消息："水清，我回来了，明天出来一起吃饭吧!”

“好!”林水清喜笑颜开，恨不得踮起脚尖翩翩起舞。

第二天早晨，什刹海。

青城戴着个墨镜，在湖边静静地等着水清。晨风吹过湖面，泛起层层涟漪，湖面上一对鸳鸯结伴戏水。

水清穿着一身藕荷色连衣裙，戴着宝蓝色遮阳帽，像一朵百合随风飘摇，飘进了贾青城的视线。看着她越走越近，他怀疑自己是否闯入了某个电影场景，精妙绝伦，亦幻亦真。

水清走到他跟前，原本想质问他为什么这么久才回来？可看见他一脸憔悴，胡子拉碴，她竟无法责备他半句。

“你终于回来了。”她轻声说道，红扑扑的脸上难掩羞涩。

“如果不是你在，我可能到秋天才会回来。”

“北京的秋天很短，一转眼就是寒冷的冬日，所以北平之秋显得异常珍贵。这个秋天，我们一起去香山看红叶吧?”

“好，只是我的生活飘忽不定，计划赶不上变化，现在答应你的事情，不一定真的能兑现。不过只要一有时间，我就会尽量回来，看看家人，也看看你。”贾青城伸手拿起林水清帽檐上的一片枯叶，仔细瞧了瞧，心灰意懒地说:“你看这叶子，前几天也许还是绿意盎然，今天就成了枯枝败叶。”

“你不用担心我，我也有家人陪伴。”

“我常常担心，约你出来会给你添麻烦。”

“不要这么说。过去几年，我把几乎全部的人生都给了他们；现在，我想要片刻属于自己的宁静，不过分吧？倒是你，没有太多时间陪你的家人，还要抽出时间来见我。”看见青城愁眉不展，水清也变得有些闷闷不乐。

“你也是我的家人，是我生命的一部分。你虽然没有生活在我的家里，可是你早已生活在我的心里、我的灵魂里，深深地扎根在青春的记忆里。”贾青城伸手拨弄林水清垂在胸前的长发，接着说，“你的头发还是这么好看，和高中时候的一模一样，那时候我最想枕着你的长发入眠。只可惜……”贾青城欲言又止，下意识地朝湖面看去。湖中心停泊着一艘白色的帆船，船上坐着一个姑娘。

“巴黎的事情处理得怎么样了？”林水清伸手握住了贾青城停在她发梢的手，问道。

“还好，一切都按计划进行。我的工作就是负责看管好客户的钱，并让他们的钱不断地生出新的钱。”

“真搞不懂那些人，都那么有钱了，还要赚钱。”

“人在不同的阶段、不同的位置，处于不同的圈子，自然有不同的感受、不同的追求，大家互相不理解都无可厚非。”

“就好像有很多事业有成的女性朋友都理解不了，为什么我可以每天在家无所事事一样。她们表面上都说羡慕我不用朝九晚五，随时可以喝茶逛街，可事实上呢，她们的心里却在默默地同情我，甚至怜悯我，一事无成，只能依靠男人。”

“那也不一定，人的感受是瞬息万变的。她们得意之时可能会对你的状态嗤之以鼻，可一到她们遇到事业瓶颈，困惑之时又会羡慕你的轻松自由。”

“什么轻松自由啊，不过是表面现象而已。最近我才深刻地体会到，如果一个人想要真正的自由，就必须实现经济独立。只有在经济上不依赖任何人，才能获得灵魂深处的自由，而创造经济价值的过程就是实现灵魂自由的过程。前几年碌碌无为，浪费光阴，肠子都悔青了。”

“你只说对了一半。一个人能创造经济价值，他只是实现了一半的自由，剩下的一半最好是无关经济的，比如旅行、公益、修为，等等。”

“可是如果没经济成果，如何旅行，如何做公益？”

“旅行不需要多少钱，公益有时候与钱没有任何关系，就像你，有大把的时间，就可以去做公益，可以去养老院、孤儿院帮忙，不需要任何金钱的支撑。”

“没错，我一直都想去帮助别人，却从来没有付诸行动。”

“既然是公益，最好不要有任何强求。普通人做公益和企业家不同，有的企业家的公益常常戴着公益的帽子，求名求利，公益可以为他们带来更好的经济效益。而普通人呢，最重要的是过好自己的人生，不要成为被公益的对象，这也是对社会的一种贡献。”

“达则兼济天下，穷则独善其身。”

“归纳得很精辟。”

不知不觉，他们走到了后海酒吧一条街。

水清失望地说：“我有好几年没有来这里了，没想到成了一幅这么落败的景象。记得上一届世界杯期间，我和一个澳大利亚的朋友来这里，歌舞升平，人潮涌动，好生热闹。那时坐在湖边，微风袭来，清清凉凉，十分惬意。再看看现在，门可罗雀，早已不是昨日的什刹海了。”

“再过几年，也许湖就被填平了，成了大街。城市规划中，所有的事物都在不断地变化，昨日就是昨日，很难重现。”

“就让昨日待在昨日吧，为什么一定要重现？让昨日都变成新鲜的明日，不是更好吗？”

“是更好，怕就怕没有明日。你懂得用发展的眼光看问题了，有独到的见解。谁敢说你是普通的家庭主妇？”青城看着她，眼睛在她身上停留了几秒钟，又匆匆看向远方。

“我常常以智者自居，远远地看着这个世界，看着世人辛苦奔忙，却又晕头转向，不知所为。我对他们心生怜悯，不知道他们是否知道自己的疾苦，我甚至有一种世人皆醉我独醒的自恋。”林水清笑了，露出调皮的羞涩。

“如果他们不知道，那就是没有疾苦。不过我相信大部分人都深知自己的疾苦，只是进入一个围城，却不知道怎么出来，抑或是有时候想出来，有时候又不想，所以成天在围城里乱转，等真的想出来的时候，才发现围城的门已经被锁紧，再也打不开了。很多时候，机会就像是你在野外遇到的野山湖，口干舌燥的时候，远远看见一潭清水，你不假思索地跳进去，以为可以在里面快乐地遨游，大口地畅饮，直到你发现湖底是深深的泥沼，越挣扎就陷得越深。”贾青城的语气里带着淡淡的苦涩和自嘲。

林水清禁不住问道：“你究竟怎么了，是不是遇到了不顺心的事情？看你一点儿都不开心。”

“没什么，可能是在巴黎待久了，那个看起来小资时尚的城市，却让我觉得孤独无助。我不懂法语，也不喜欢西餐，所以变得颓废憔悴。”

“一定要保重身体，留得青山万里长。最近流行一句话：活着就是胜利，赚钱只是游戏，健康才是目的。”

“没错，活着就是胜利，健康才是目的。”

走着走着，已到中午，青城觉得肚子有些饿了，便说道："饿了吗？去吃饭吧？"

"你想吃什么？看你今天不开心，我请你吃饭。"林水清提高了声调，想让气氛变得活跃些。

"敢情好啊，有人请吃饭。突然想尝尝老北京美食，可否？"贾青城也提高了声调，紧绷的表情松懈了下来。

"当然可以！还真是个地道的吃货，一说到吃的就笑了。豆汁、卤煮，连我这个吃货界的翘楚都害怕的玩意儿，你居然都敢挑战？不愧是勇敢的吃货！"

"从来没喝过豆汁，更别说卤煮了，听说有一股刺鼻的膻味。但是，今天我一定要挑战一下，争取把你打败。"

"应该是和榴梿的味道差不多吧，刚尝的时候恶心反胃，可是只要鼓足勇气多吃几次，就会深深爱上，并为之疯狂，榴梿的臭不知不觉成了迷迭香。"

"哦？你也喜欢吃榴梿？心有灵犀，连兴趣爱好都拷贝我的。"青城终于喜笑颜开，露出一口白牙。

那一刻，林水清觉得他好生英俊，他笑起来的样子就像寒冷冬日里的骄阳，让人觉得暖心。"我是喜欢吃榴梿，可是那么贵的家伙，像我这样的一年吃个一两次就不错了。"

"如果你喜欢，我给你买一车，囤着慢慢吃。"

"别吹牛了，就算买得起榴梿也买不起囤榴梿的地方，这年头，没有什么比空间更昂贵了。再说了，榴梿壳的刺锐利而坚硬，很难剥的，等我吃完一车榴梿，已经奄奄一息了。"

"哈哈，这也好办，雇一个人专门给你剥榴梿。"贾青城一脸认真的样子，逗得林水清哈哈大笑。

"哈哈哈，榴梿乌托邦。"

“榴梿乌托邦，就这么定了！击掌为证！”贾青城伸出手掌，林水清也伸出手掌，“啪”的一声，两只手掌在空中激烈地碰撞，那声音清脆悦耳，在他们的心头上空久久地回响。

2

他们走进一个老北京小吃店，里面挂着许多照片，照片里是店老板和一些知名人士的合影。

“咱们喝完豆汁，要不要也来张合影，让老板挂在墙上？”青城指了指其中一张照片，打趣道。

“美得你，你又不是名人。”

“你是啊！三泰一中的校花，不但自带美颜功能，还自带名人效应呢！”

“照片下面写着：过气的或者是过期的校花？那你是谁？”

“我是路人甲，你的粉丝。”贾青城歪着头，看着水清，眼神里流露出的浓浓爱意，灼烧着林水清的心。她感觉自己的灵魂快要沦陷了。

“您的豆汁来了，请慢用。”服务员端上来两碗暗绿色的汤，散发着一股无法形容的怪味。

“太好喝了，此汤只应天上有，一点儿没有臭脚丫的味道。”贾青城鼓足勇气尝了一口，差点儿没喷出来。

“讨厌，能不能有点儿节操？明明就是臭豆腐的香味。”林水清也尝了一口。

“鼓足勇气再来一口，看会不会闻出点儿别的。”贾青城紧闭双眼，又喝了一小口，突然睁大眼睛，故作惊讶地说：“天啊！这一口，是猪头肉的香味。你也试试？”

“真的假的啊?”水清不情愿地又喝了一口:“哪有啊,还是那个味!”

“上当了吧?尝一尝就行了,别太当真,明明不喜欢,不要太勉强。”

“不是你要来吃的吗?”

“我只是觉得,人生不要留遗憾,来北京十多年了,也算半个老北京人了,居然没有尝过豆汁。常常有人问我,北京有名的豆汁到底啥味?我每次都忽悠他们说:可好喝了,香香的、糯糯的,可酸爽了。然后就看着他们露出很期待的表情:真的吗?那我下次去北京一定要尝一尝。”

“我早说,你不是好人嘛。”水清大笑起来。

“我变坏了吗?”

“不是变坏的,本来就不是好人。”

“只有和你在一起的时候,我才会使坏,究竟谁是坏人?”贾青城又直直地看着林水清。她的目光不再躲闪,那种因渐渐熟悉而流露出的自然,却让贾青城有些莫名的怅然。

喝完豆汁,他们又尝了尝卤煮,这道传说中的京城名菜,让他们发出了声声赞叹:“帝都卤煮,煮出了老家大肠的风味,名不虚传!”

从小吃店出来,水清看了看表,已是下午2点钟了。“我要走了,马上要接孩子了。”

“好的,接孩子要紧,你儿子一定很听话吧?”

“还不错,就是到了讨狗嫌的年纪,爱捣乱,爱犟嘴。”

“那是心理成长的表现,不要太在意,儿子和妈最亲了,再大一些,他就都明白了。”

“你闺女一定很喜欢你吧？你这么会哄人开心。”

“哪有啊？一年到头见不了几次面，每次刚混熟一些，我又走了，再回来的时候，她看我就像一个陌生的坏人，得慢慢适应一会儿，可是等适应得差不多了，我又该走了。唉！还好有她妈妈陪伴她。”青城无奈地说。

“可不是嘛，孩子的心最纯净了，不会伪装，谁陪她多，她就和谁亲。”

“走吧，去停车场，我送你回去。”

“不用，真的不用，我自己打车回去。”

“为什么，让我送你一次不行吗？”

“孩子很敏感的，他看到有陌生人送我，一定会好奇，我实在不知道该怎么解释。”

“你就说是你的朋友。”

“孩子的心里藏不住话。”

贾青城有些无趣地朝停车场走去，打开车后备箱，拿出一个红色的袋子，递给了林水清。

“这是我给你买的裙子，希望你喜欢。不大确定这个尺码是不是正好合适，万一不合适，你跟我说，我下周去巴黎的时候拿去换。”

“你下周又去巴黎？”

“对啊，那个案子还没出结果，还得过去一趟。”

“如果一切顺利的话，两个星期后，你等我回来。”

“好，那个去香港的事，我还没想好。”

“我明白，但是要尽快。”

水清不清楚，青城说的尽快，到底要多快，她也不明白，为什么要尽快。

青城看着水清坐上出租车，他拨通了胡凯的电话：“胡凯，是我。”

“青城？怎么想起给我打电话了？”

“老熟人了，给你打个电话，还需要理由吗？”

“也是也是，你最近怎么样？见水清了吗？”

“见了，得感谢你让我再次联系上她。”

“干吗这么见外呢？怎么样，你们俩聊得不错吧？”

“很不错，恍惚又回到了高中。”

“那就好，那就好。”胡凯听着，有些苦涩的喜悦，就像在高中时候一样，青城和水清不管是闹翻了还是和好了，总是让他滋生一些矛盾的情绪。

“我今天打电话，是有一件事情要告诉你，请你务必替我保密，除了你和我，任何人都不知道，也不能知道。”

“什么事情这么神秘啊？”胡凯问道。

“……”说完，贾青城匆匆挂了电话。

电话另一端，胡凯紧紧地握着手机，呆呆地站着，许久没有缓过神来。

第八章　永志嫖娼　水清断肠

1

水清回到家，拿出青城送的裙子，趁小亮写作业，赶紧走到镜子前试了试。裙子大小非常合适。那是一件粉色压花无袖礼服，领口处镶着碎钻，闪闪发亮，衬得她的皮肤嫩白细腻；立体裁剪的设计，衬得她的身材丰满、曲线柔美。她心花怒放，左看右看，怎么看都看不够。

这时，张嫂走了进来："气质非凡，天下无双！这么漂亮的裙子，在哪里买的?"

"在，在一个小店里淘的。"林水清一脸尴尬，吞吞吐吐。

"哪个小店，能淘到这么好的东西？看起来像某个国际大牌子。"

"不可能的，就是街边小店，如果像大牌子，那一定是山寨版的。"

"有可能。现在国人的拷贝能力太强了，无论多复杂、多前卫的设计，都能随时出来仿品，以假乱真，难分真伪。"

"可不是，满大街都是国际名牌，人手一个，真亦假，假亦真，明明拿的是真货，都成了假的。”

“那也不对，真正识货的，还是能分出来真假的。远远看着一样，细究起来就不同了。”

“不用细究，我这件肯定是假的。”林水清故作镇定。

“管它真假，穿起来好看才是正道。对了，中午的时候，永志又回来一趟，可是没进家门，我心想，这人真是怪了，他不回自己家，回来干什么啊？”

“是吗？他回来肯定有他的理由。”

“水清啊，我越来越觉得，男人都是下半身动物，你看对面那个发廊，每天晚上有多少男的进进出出……”

“我都没有关注过他们，就觉得那几个女的穿着太暴露了，不太养眼。”

“你我看了不养眼，可是男人们就好那口，还好我就一个人过日子，这要是家里有个男人成天往那边瞅，那我还睡得着觉吗？”

“也没什么吧，大多数男人也就看看而已，有贼心没贼胆。”

“也是，我估计永志就不会。不过最近发廊里来了个年轻漂亮的大闺女，估摸也就十八九岁吧。看见她一脸的稚嫩和无奈，我这心里就不好受，小小年纪就出来吃这口饭，以后想改行都难喽。”

“人哪就是这样，常常得了眼前的乖，种下长远的痛。”

“你知道就好。嫂子是过来人，把这个世界看得透透的了，你们还年轻，好的人生都要靠自己把握。”

张嫂话中有话，林水清心知肚明，可不知为什么，她就是无心追问究竟，好像这个事情完全在她的兴趣之外。

“哎，有一天，我看见胡同口那个火锅店里，坐着一个男人，看着像一个熟人，他对面就坐着发廊店那个新来的姑娘。当时那个男的背对着我，我也不好意思走近了看……”张嫂终于还是沉不住气。

“你是说那个男人很像永志？”林水清接了话，语气平静得像一潭死水，把张嫂吓了一跳。

“你怎么知道的？你一点儿都不担心？”

“没什么可担心的，人与人之间，哪儿那么容易发生肉体纠缠？人又不是动物。”

“你说的是女人，男人可不一样。”

“对啊，那个姑娘，也是女人啊，我相信她会洁身自好的。”

“那可不一定，人家是吃这口饭的。”

“既然人家是吃这口饭的，那也不能让她饿死吧，天底下总有男人要来背这个锅，没有天理一定是别人家的男人。”

“水清！你是不是脑子进水了？这就有些不像话了！万一，万一那个女的有什么传染病呢？万一那个男的就是永志呢？万一……”

“天哪，这倒是个问题，我可不能让他们祸害了我家小亮！我一定要问清楚。”林水清怔了一下，瞬间被点醒了。

“终于明白了吧？”张嫂终于松了一口气。

“可是，不知道为什么，我不想去质问他。”

“那是因为你自己也出问题了？刚听说他去见那个女孩，你是不是有种释然，好像他那么做，你还会好受点儿？”张嫂把林水清的心思猜得八九不离十，吓坏了林水清，不愧是过来人，看问题一针见血，让人无处隐藏。

“你又不是不知道永志的性格，你质问他什么，他都不会承认的，软磨硬泡的，有什么意思？再说了，中午他回来看到门锁着，知道我出去了，肯定也要质问我去哪里了。两个人互相质疑，互相折磨，多没劲！”

“你就说你去见女同学了。”

“你觉得他会相信吗？他那个人你还不了解吗？生性多疑，明明说的是真话，他都听成假的。”

“这好办，今天他没看见我，他要问起你，我就说你跟我在一起，陪我去逛街了。不过，你得答应我一件事。”

“答应你什么？”水清一脸困惑。

“答应我以后不要再见送你裙子的这个男人了。”

听了张嫂这一句，林水清脸红心跳，半天说不出话来。

“嫂子是过来人，你第一次出去见他，我就知道，你和这位男同学关系不一样。女人的爱恨都写在脸上，想藏都藏不住。”

“高中的时候是好朋友，仅此而已。”

“好朋友？男女之间哪有什么纯粹的友谊啊？那所谓的友谊里就没有些占有的欲望？”

“当然没有，你都想到哪儿去了？”林水清百口莫辩。

“你没有，不代表他没有啊！就说这件裙子吧，不是什么高仿，我一眼就看出来是正品，造价不菲，普通的朋友关系能送你这么贵的裙子？可是你想想啊，除了偶尔送你个昂贵的、永志不能给你买的奢侈品以外，他还能给你什么？他能给你多少时间？他能对你投入多少精力？在你真正需要他的时候，他会第一时间出现在你的眼前吗？对于忙碌的成功男人来说，给你的陪伴才是真正的奢侈品。有的男人虽然不能给你太多物质享受，却可以给你大把的时间，甚至为你付出生命。退一万步说，就算这个男人比永志还爱你，可他终究不是小亮的亲爹啊，他永远都不可能像永志一样爱小亮的。当一个女人有了孩子，就不能只顾自己的爱恨了。”

张嫂越说越激动，眼睛里泛着泪光。她过深的代入感，让林水清有些猝不及防。可张嫂的话句句有理，无懈可击，就像一枝荆棘，划破了林水清原本想苦苦守护的窗户纸，让她不得不直面现实。可现实究竟是什么？她也说不清楚。

倒是张嫂苦口婆心的关爱，让她好生感动。她甚至想张开双臂，拥抱眼前这个泪眼婆娑的女人，好像自己竟无意间深深伤害了这个局外人。水清递给张嫂一张纸巾，佯装微笑着说：“我的好嫂子，情况没你想得那么严重。不过我答应你，为了小亮，我以后尽量不见他了。”水清话一出口，顿感一阵心痛，仿佛经历了刻骨铭心的割舍。她快速脱下裙子，装进一个黑色的袋子，把袋子扔到衣柜的角落里。

张嫂笑了，眼角的两滴清泪掉落脸颊，她赶忙用袖口擦去，似乎害怕水清看见，可是水清早已看得清清楚楚。

傍晚，李永志一进门就径直走回了卧室，看见小亮在写作业，他摸着小亮的头，笑着说：“小亮真棒，是爸爸的好儿子，好好写作业。等爸爸赚大钱了，就买个大房子，给你弄个书房，再弄个游乐场怎么样？”

“真的吗？爸爸，什么时候？”

“快了，快了。”

李永志一副春风得意的样子，很是反常。张嫂看在眼里，急在心里。她把他叫到院子里，和他推心置腹地聊了起来。林水清在厨房里，看着他们俩你一言我一语的样子，竟觉得好笑。

张嫂走后，李永志走进厨房，笑眯眯地说：“老婆，辛苦了，今天我来炒菜吧。”

他破天荒的下厨请求，让林水清倒吸了一口寒气，她隐约感觉到了善意背后隐藏的不妙。

当天晚上，李永志说要投资一个项目，要把存折里的五万块钱取出来。水清二话不说就答应了。在花钱的问题上，林水清从来不抗争，不质问，就像李永志说的，钱都是他挣的，他想怎么花是他的自由。

2

一个星期以后，小亮开始放暑假，林水清带着他回到了三泰县。晚上，一家人正围着桌子吃饭，张嫂打来了电话。

“不好了，水清，出事了，出大事了！”

“张嫂，你别急，慢慢说，到底出了什么事？谁出事了？”

“是永志，他被警察带走了。”

“啊？为什么？他犯了什么法？”

“他嫖娼，被抓走了。你快回来吧，想办法把他从警察局救出来。”

“我这前脚刚回来呢，不行我给舅舅打个电话，让他想想办法，如果那边能解决的话，我就不用赶回去了。”

“包总那么好面子，这种事情让他出面，还不把他活活气死？”

“好吧，那我马上订火车票回去。”

“那你快点儿，在拘留所待着可不好受。”

"最快也得明天早上才能到。不管怎么样，今天晚上他只能在里面待着了，让他在里面反省反省也没什么不好。"

林水清买了火车票，连夜往北京赶。

第二天早上，张嫂开车去火车站接她。"说也奇怪了，这个发廊开了那么多年了，头一回被查，还偏偏让永志给碰上了。真是命背啊！"

"苍蝇不叮无缝的蛋。现在政府动不动就扫黄，那个地方早晚得出事。"

"你说会不会是被人举报了？那天我还听豆腐摊的老板娘数落他老公老不正经，生意不好好做，动不动就跑到隔壁和那几个女人闲聊。"

"是吗？可做了这么多年的邻居，天天见，都有感情了，不至于因为这点事去举报吧。"

"那可不一定，女人啊，因为这种事杀人放火的，大有人在呢，女人啊就是一根筋！"

"所以说女人傻啊，男人都出去嫖了，底线都没了，还用得着为他死去活来，搭上性命和青春吗？"林水清的语气，冷得像一阵北风。

"你啊，就是想得太明白了，可是有时候呢，聪明反被聪明误。"对于林水清丝毫没有起伏的情绪，张嫂实在有些无奈。

林水清从银行里取出仅剩的一些钱，把李永志保了出来。

刚跨出看守所的大门，永志就"扑通"一声跪在了林水清面前，忏悔道："对不起，老婆，我发誓以后再也不去发廊店，再也不做对不起你和小亮的事情了。你原谅我吧！"

"起来吧，不就是嫖个娼，用得着这样吗？"林水清讽刺道。

“是啊，永志，有什么话回家再说吧，你这样让人看笑话啊！”看着李永志狼狈不堪的样子，张嫂实在有些于心不忍。

“不，如果水清不原谅我，我就不起来。我一直跪着，跪到死。”李永志眼里含着泪花，表情懊丧不已，就像一个犯了错误的孩子，等着被原谅。

“你消停点儿吧，还不够丢人的，如果你想跪，就在这儿跪下去，跪到天昏地暗、地老天荒，我可没时间在这儿跟你耗。”

林水清说着就要走，李永志连忙站了起来：“好好好，回家再说。”

他们坐上了张嫂的车，林水清一言不发，李永志却说个不停：“其实根本就没有什么投资项目，都是发廊店那个老板娘设的圈套。有一天，我从发廊店门口经过，她跟我说店里来了一个年轻的女孩，才 18 岁，让我进去看看。我在门口看了一眼那女孩，她一脸稚嫩，眼睛里都是无奈。我当时觉得这么小的孩子走这条路怪可怜的，就想进去劝劝她别干这行，赶紧回家，这时听见张嫂在后面喊我，我就走开了。

“可是自从那天以后，我每天从发廊店门口经过，总忍不住往里面看。那个女孩的孤独无奈的眼神总在我脑海里挥之不去。终于有一天晚上，趁你和小亮先睡了，我带着那个女孩去吃夜宵，她跟我说，她是发廊老板娘的同乡，在单亲家庭长大，她的父亲在她很小的时候就去世了，母亲体弱多病，家里还有一个读初中的弟弟，她是实在没办法，才出来干这一行的。我问她，为什么不找个正规的工作，以后有发展，也不用看别人的脸色？她说她高中都没读完，在老家找不到好工作，听说有个远房亲戚在北京开了大公司，所以就来投奔她，可是到了这儿才知道是娱乐场所。每次看到那些男人色眯眯的样子，她就很害怕，想快点逃走，但又苦于身上没有钱。没赚到钱，老板娘也不会轻易放她走，因为来北京的路费什么的都是老板娘给出的。我听后越发觉得她可怜，于是就跟她承诺想办法帮她逃走，所以就去你那里要了存折，故意说是要投资项目赚大钱。

“我把你给我的5万块钱都给了她，让她快点回家给她妈妈治病，可是她说要报答我，要在离开北京之前……把她的处子之身……献给我。”

李永志开始变得吞吞吐吐。

“哼，她要报答你，所以你就和她睡了？”张嫂大声地质问道。

“我当时真的是一时糊涂，我喝了点酒，人有点儿晕，再加上她一再要求，还说这是她唯一可以报答我的方式，唉！没忍住，把她给糟蹋了，把自己也给坑了。老婆，你原谅我吧，我是个罪人，是个王八蛋，你打我骂我都行，但是求你一定要原谅我。”

水清还是一言不发。

“你俩以后好好过日子吧，为了小亮。想在北京扎根可不是容易的事，别成天因为外头不相关的人耽误了孩子。这个事情过去了就让它过去吧，到此为止，别再发酵了。尤其是你，永志，放着这么好的老婆不疼爱，去外面拈花惹草，太不像话了。”张嫂严厉训斥道，俨然一个长辈的口吻。

“对，对，张嫂说得太对了。一定要让小亮在北京读初中，读大学，要让他出人头地。”

对于李永志的话，林水清半信半疑，可看着他追悔莫及、信誓旦旦的样子，她还着实有些心疼。她相信经过这一次的沉痛教训，他应该醒悟了。

没过几天，发廊店又重整旗鼓，那些被抓走的女人们又都回来了。只是这一回，她们的衣着不再暴露，妆容也淡了许多，连老板娘的表情都变谦逊了，原本“色泽发廊”的名字，也改成了“色泽美容院”。

“什么个意思，怎么又开张了，这些人怎么都出来了，不是被拘留了吗?”张嫂气冲冲地来找水清。

“张嫂就别生气了，人家又没有杀人放火，总不能老关着人家吧？抓进去批评教育几天，明白事理了，就成了。再说了，人家整顿后都成美容院了，以后也有女顾客，应该是改邪归正了。”

听了水清的话，张嫂笑了，心想：这个水清啊，还真是天真哪!

她走到发廊店门口，故意说要去做美容，可是老板娘说：“女顾客要实行会员制，一次性办卡必须超过 5 万元才能进店消费。”

张嫂目瞪口呆，心想这简直就是敲诈嘛，不过她也明白，这不过是老板娘限制女顾客进店的手段罢了。“那个年轻的姑娘，还在你这里吗?”张嫂试探性地问道。

“不在了，早走了，不是李永志给她赎身了吗？这个李永志，把我的摇钱树都给挖走了。我还没找他算账呢!”老板娘故意提高了语调，生怕别人听不到。

“你就不能小点声吗？好像被扫黄多光荣似的。人啊，就别太缺德了，赚了亏心钱，花着心里不踏实。”

“怎么缺德，怎么亏心了？你情我愿的，谁亏待谁了？我们姑娘哪个不是用一片真心伺候这些男人们？一个愿打一个愿挨，谁都别装什么清高，别装圣人！”老板娘振振有词。

“说来也真可笑，被警察局这么一闹，你倒摇身一变成了美容院董事长了，高大上啊！”

“说出来不怕气着你，我们的生意比以前更好了，档次更高了，最关键的是警察都整顿过了，不会再有问题了。以前男人们都偷偷摸摸地瞟我们，女人们光明正大地翻白眼；现在不同了，男人们说是来做保健的，谁敢拦着？”老板娘的声音更大了，她双手叉着腰，仿佛在证明自己的彪悍。

“行了，别太得意，你当这街上的女人都是傻子啊？”

“别人傻不傻我不知道，反正我不傻，张嫂也不傻，可也不算太聪明，干了亏心事，以为天下人都不知道呢？”

“万事皆因果，知道了又如何？”张嫂愣了一下，脸色突然沉了下来，迈着大步离开了。

看着张嫂婀娜妖娆的身姿在胡同里摇曳，老板娘狠狠地吐了口唾沫：“明明是个风骚的女人，还要立贞节牌坊，呸！”

接下来的三个月，水清一家相安无事。青城偶尔会发来觅谈询问近况，他们互报平安，三言两语也就散了。青城成了一个电影片段，被埋藏在意识深处，偶尔遇见特定的音乐或场景，才会冒出来纠缠片刻，只是片刻。而后就剩小小的家中，圆融的平静。水清觉得这样很好，让青城活在另一个时空里，对她再也没有干扰。在只有关怀没有纠缠的关系中，相忘于江湖，相念于心间。

水清也越来越认同张嫂的话：有的男人虽然不能给你很多的钱，却能给你足够的陪伴。陪伴是最长情的告白，谁说不是呢？

第九章　永志再犯　水清退场

1

两个月后，已是初秋，京城各个角落，蔷薇花开，月季争艳。

水清一家到地坛公园赏月季，他们大手拉小手，相视而笑。小亮蹲在草地上专心致志地观察着小蚂蚁，水清和永志坐在一旁的石凳上静静地看着。时间仿佛静止了，画面太美，美得水清有些不敢看。

突然，永志的手机响了，打破了平静。他一看号码，似乎吓了一跳，脸色变得极其难看，他又看了看水清，快速把电话挂断了。不一会儿，电话又响了，永志又挂断了电话。

“到底谁来的电话，你怎么不接呢?”水清不解地问道。

“陌生号码，估计是骚扰电话。”永志刚说完，电话又响了，他拿着电话，犹豫不决。

“你快接吧，说不准是哪个亲戚的新号码，骚扰电话一般不会打了又打的。”

“行，我去那边接好了，刚好上个厕所。”永志接了电话，快步往公厕走去：“谁让你打电话的？你打电话干什么？”

电话另一头是一个女人的声音：“我想你了，一到周末我就觉得特别难受。”

“我和她在一块儿呢，赶紧挂了吧，引起她怀疑的话就麻烦了。”永志挂了电话，去了趟厕所，假装若无其事地走回到林水清面前：“就是一个骚扰电话，没完没了地打，被我骂了一通才消停的。”

水清没有接话，可她心里早已明白了什么。都说女人有第六感，她从来不信，她只相信因果。可刚才永志看到号码时的慌张和躲在厕所接电话的尴尬，给了她明显的暗示。她没有质问，也没有指责。她不问，不是故作大度，而是因为心死，哀莫大于心死。

第二天，送完小亮，林水清回到家，看见家门口站着一个女人，身穿大红色的连衣裙，脚上是一双足足有 13 厘米高的黑色高跟鞋。

“我是志哥的相好，我要嫁给他，你和她离婚吧。我就不明白了，你为什么老缠着他？他早就不爱你了，他爱的是我。”看见林水清越走越近，女人捋了捋头发，高抬着下巴，得意地说。

林水清停住了脚步，仿佛有块石头阻碍她继续往前走。她双眼紧闭，竭力按捺着胸中的怒火。这个与她素昧平生的女人，竟敢如此无羞无畏地闯入她的人生，还以一副教母的姿态来践踏她的尊严，那么决绝，那么自信，让她不禁打了个寒战。

“这是他对你说的？”林水清故作冷静，可是颤抖的声音还是出卖了她。

“是啊，是你在他之前先出轨的，他早就决定和你离婚了。是你老缠着他，他都不爱你了，你缠着他有什么意思？”女人更加趾高气扬，目光中带着轻蔑。

“我怎么不知道他想要和我离婚，他答应娶你了？”

“你就别装了，你心里早就没他了，你爱上了你的初恋情人，那个叫什么贾青城的大土豪，你说你，心够大的啊！占着两个男人，你累不累啊？”

“放屁！”林水清火冒三丈，灵魂深处有一个声音说：“杀了她，杀了这个不要脸的女人。”她很想冲上去，扯下女人那染得像鬃毛一样的头发，把她的脸抓花，哪怕用尽她所有的力气也在所不惜。

可是她知道她不能，她使劲地吞咽着唾沫，努力地大口呼吸，不停地对自己说：“为了小亮，我要冷静，我要冷静。”

“志哥是我的，一定是我的，永远是我的，你知道为什么吗？因为我把处子之身都献给他了，此生非他不嫁，所以你就识相点儿，赶紧退出吧。”女人看见她气急败坏的样子，更加嚣张跋扈。

林水清脑子一片混乱，平时的三寸不烂之舌竟憋不出半个可以反驳的字眼。

这时，张嫂突然从她自己家中冲了出来，跑到女人面前，一巴掌打到女人的脸上：“贱货，臭不要脸，竟然找到家里来了？还这么嚣张，你妈没教你怎么做人，我来教你！”

一个红色的掌印出现在女人原本白皙细腻的右脸颊上。

“你这个没人要的老女人，凭什么打我？”女人冲着张嫂嚷嚷着。

“我没人要怎么了，我没人要要你养活了？一巴掌不够是吗？要不要我在你左脸上也来一下？”

见张嫂来势汹汹，女人只好无趣地走开，她哭了，眼泪哗啦啦地流：“林水清，醒醒吧，给爱一条生路，放手也是爱。成全我们吧！”

女人最后这一句，如雷贯耳，响彻宇宙。林水清竟对她产生了几分敬意。她爱得那么直接，那么纯粹，那么勇敢，那么释放，就算有些天真，倒也天真得真切可爱。而她自己呢？在爱情面前，总是一副怯生生的样子，想要爱却又不敢爱，唯唯诺诺，生怕自己受到伤害。可试问人世间哪一种爱绝对没有伤害？张嫂，一个局外人，不也受到了伤害吗？

林水清把张嫂叫到屋里，给她倒了水，劝她消消气。她觉得好生愧疚，明明该大打出手的是她自己，可是却偏偏让张嫂代己受气。看着张嫂气得发紫的脸庞，她好生心疼。

“真痛快，几十年没有下手了，这种二货，不打不知道她自己是谁。”张嫂咬牙切齿，眼里冒着几道凶光，让林水清觉得好陌生，平日里优雅淡定的张嫂突然变成了一个陌生人。

“好嫂子，你就别生气了，因为我们的事，总是让你操心，我心里真的过意不去。经过这个事，我也算明白了，人说男人偷吃，有第一次就会有第二次。我以前不以为然，这一次，我不得不信了。”

“偷吃就偷吃吧，还惹上这么个二货。真是没眼光！”

“男人们都希望天下大同，妻妾成群，恨不得个个都当皇帝。”

“对了，你打算怎么办？”

“还能怎么办，离呗！”

“你傻啊，那个女人让你离你就离？”

“离不离和那个女人有什么关系？有一句话说得好，能让你离婚的不是小三，不是外遇，不是出轨，而是因为不爱了，或者没法再爱了。”

“话是这么说，可是你也别太冲动，等永志回来问个清楚。”

“问清楚？怎么会问得清楚呢？两面三刀的，谁知道哪句是真话，哪句是假话？”

“也是，那就先分居，你先住我家。不，不对，你不能离开家，万一那个女人住进去了，虐待小亮怎么办？”

“如果李永志把那女的都领回家了，我还有什么可挣扎的？”

“你就别天真了，男人都是靠下半身思考问题的，现在他们正热乎着呢，啥事干不出来啊？不如你现在出去散散心，看看外面的世界，认识你 8 年了，也没见你去哪里旅游，一天到晚守在家里。反正小亮也在外婆家，你就放心去玩，怎么开心怎么来，要是没钱的话，我借给你。”

“不用你借钱给我，我存折里还剩一些钱，都是这些年省吃俭用存下的，够我旅游了。我一会儿就走，找个宾馆住下，安排一下旅游的行程。”

“好！嫂子支持你！你准备去哪里？”

“还没定呢，有个同学在香港，想去看看。”

“哦？是那个贾青城吗？”

张嫂说出贾青城三个字的时候，水清吓了一大跳，记忆里她从来没有在张嫂面前提起过贾青城的名字，以防节外生枝，可是张嫂又是如何知道的呢？

“张嫂怎么知道他的名字?”

看到水清有些尴尬的表情，张嫂连忙解释道：“刚才那个女人和你吵架的时候说的啊，刚好我有个远房亲戚的孩子也叫这个名字，所以就记住了，世界之大同名字的太多了，不足为奇。”

“哦。”林水清应了一声，没有多问。

晚上，永志回到家，没见到水清，便跑到张嫂家：“张嫂，你知道林水清去哪里了吗?”

“你老婆去哪儿了，我怎么会知道?有什么事，问你的相好去吧!”

“张嫂真会开玩笑，我哪有什么相好啊?”

“你少装蒜，死到临头了还嘴硬，不见棺材不掉泪!”

永志似乎明白了什么，气冲冲地跑去那个女人的住处，想要对她一顿责骂，可一看见女人脸上的掌印，他什么话也说不出来了。女人说是林水清把她打成这样的。李永志把女人搂在怀里，安慰她说：“林水清太狠了，居然真的对你动手。没事，以后再也不用怕她了，她已经走了。”

“真的吗?那我们以后自由了?”女人欣喜若狂。

“自由了……”永志的语气出奇地冷淡，看着女人笑逐颜开，他却有些怅然若失。

2

9 月 7 日上午，水清找了个宾馆住下，给青城发消息：“青城，你好吗?”

“我还好，你呢?最近怎么样?看你都没怎么搭理我，我也不好意思老打搅你。”

“青城，我想去香港看你。”

“太好了，你终于想通了，港澳通行证办好了吗?”

“是，想通了。通行证去年就办了，一直没派上用场。你现在在哪里?”

“我在北京，前天刚回来，后天是我父亲和岳父的忌日，回去给他们上坟。”

“对，你跟我说过，那你几号回到香港?”

“不出意外的话，应该是12号。9号祭祀完了，10号、11号回老家转转，机会不多，这次一定要成行。我订了12日中午的飞机，12号下午到香港，你最好也那个时候到，咱们可以在机场会合。”

“好的，就这么定了。”

“你把港澳通行证号码给我吧，我帮你订票。”

“不用了，我自己订吧，我有钱。”

“我有很多航空公司的积分，不用就作废了，听话，把身份证号发给我。”

“那好吧，谢谢。”

“跟我还客气什么呢。”

十分钟后，水清收到国泰港龙航空的订票信息，飞机将会在9月12日中午12点钟起飞。

水清找了家理发店，想修修干枯的发梢，理发师却一个劲儿地建议她剪一个披肩梨花头，她踌躇了许久，终于忍痛割爱，剪去了原本咖啡色的大波浪。

从理发店出来，她甩了甩头发，感觉一阵清爽。原以为留了多年的长发一下子被剪短了，会是多么痛彻心扉的割舍，可是结果看来，她真是多虑了，没有了长发的纠缠，她觉得自己顷刻间重生了，有一种自由从头而降，直达心灵。她走进一个商场，看中一双宝蓝色的高跟鞋，鞋跟有 7 厘米那么高，鞋面镶着亮色水晶，在灯光下闪着细碎的光芒。她把鞋穿在脚上，站在镜子前静静地欣赏着，才发现自己的脚原来是那么娇小嫩白，玲珑可爱。她想，这双鞋和青城给她买的粉色压花连衣裙一定是绝配，就像她和青城，原本就是天生一对。

买完了鞋，她又去化妆品店，买了口红和腮红，她相信这两件东西可以让她有些暗沉的脸色变得粉嫩并显得精神。一想起上次见青城的时候他那张颓废的脸，她就觉得好生心疼，如果可以，她要化作一缕春风，或者一道阳光，扫去他心灵的阴霾。

想着想着，她脸上不由得露出笑容，嘴角的梨涡快跑到脸颊上了，梨涡里满是憧憬。回到宾馆，她在浴缸里泡了个澡，沐浴液香浓的味道，让她想起了自己家洗洁精的气味。她感慨人生如白云苍狗，喜怒无常。从浴缸里出来，她站在镜子前细细端详着自己的身体，才发现自己美得像一颗洁白的珍珠。她用手轻轻地触摸着自己的乳房，潸然泪下。

她穿上浴袍，坐在窗前，似在凝视，又像是在思考。

时光过得太慢，慢得几乎能听到秒针的嘀嗒声。

不知不觉，她睡着了。梦见贾青城搂着她，坐在一艘白色的游艇上，成群的海鸥在海面上快乐地翱翔。青城满脸堆笑，幸福无比，时不时地伸出手，给海鸥喂食。突然，其中一只海鸥不停地啄着他的手心，他疼痛无比，拼命甩手想要挣脱，可是海鸥锋利的爪子紧紧地抠着他的手背，不一会儿，他的手开始流血，不停地滴在游艇的甲板上，他也晕倒在甲板上。顷刻间，整个游艇都染成了血红色，贾青城渐渐地消失在血泊中。林水清歇斯底里地喊着他的名字："青城！青城……"她醒了，吓得直哆嗦，看了看表，是凌晨3点。

9月9日，林水清继续在北京的大街小巷漫无目的地闲逛，她先去了故宫，在里面晃晃悠悠好几个钟头，又去了南锣鼓巷，在那里尝尽了各种小吃。只是美景也好，美食也罢，都毫无新意。她只希望时间快些过去，好让她早点儿见到日思夜想的贾青城。

说来也怪，贾青城好像听到了她的心声一样，真的于10日早上发来消息，告诉水清说他今天有急事要赶回香港，已经通知助理把水清的机票改到今天，她稍后就会收到新的航班信息。

不一会儿，林水清收到了航空公司发来的信息：您的航班已经成功改签到9月10日下午3点整……

第十章　水清赴港　开门见殇

1

9 月 10 日，下午 3 点，飞机准时起飞，4 个小时后，飞机安全降落在香港国际机场。

一下飞机，水清就看见了青城的觅谈留言："水清，我本来是要在机场等你的，可是客户催得太急，我要先去见客户了，你现在去我公寓也不合适，没有钥匙进不了门。公寓附近有一家茶餐厅，名字叫"港货"，你打车先去那里吃点东西。等我和客户的会面快结束了，我给你发信息，你再往公寓走，反正离得不远。"

水清有些失望地回了句："好的，你先忙，我等你消息。"

青城叮嘱了一句："水清，一定要注意安全。"

林水清打了个车，直奔"港货"餐厅。餐厅里人很多，她找了一个偏僻的位置坐了下来。

吃完饭，已经是晚上 10 点整了，青城终于发了消息。

"我已经见完客户了，你现在过来吧。地址是：××××，青港公寓 2306。

“对了，我太累了，要先洗个澡，门没锁，你直接推门进来。进门以后的左手边有个花瓶，花瓶底下藏着我送给你的惊喜，你先打开看看。我等着你带着惊喜来见我。”

晚上 10 点 25 分，林水清到了青港公寓，在门卫的坚持下，她签下了自己的名字和证件号码。水清坐电梯到了 23 层，走到 2306 的门口，她下意识地敲了敲门，无人应答。她慢慢转动门把手，门开了，她看见一个富丽堂皇的大厅。大厅的正中央放着一个墨绿色欧式沙发；沙发正上方是一盏金黄色的水晶吊灯，正发着冷冷的光；沙发正对的是一扇黄花梨木门，木门上刻着镂空花纹。公寓入口处的左手边，一个蓝黑色的花瓶里插着一大束红色的玫瑰花，花朵娇艳欲滴，散发出浓烈的香味。

水清迫不及待地挪开花瓶，看到一个大红色信封，信封里是一张长方形支票，支票上的数字有好多个零，她数了数，确定是 200 万元。她有些激动，也有些慌张，可能是因为从来没有见过这么大的数字，也没见过这么好看的支票。

她拿着支票小步跑向那扇紧闭的黄花梨木门，正要敲门，却听到里面传来哗哗的流水声，她迟疑了，抬起的手又慢慢地垂下。她走到沙发前，拍了拍身上的灰尘，在沙发上坐了下来。她时不时地看向那扇木门，像是好奇木门后面究竟是什么模样，又好像是在等着沐浴之后的青城开门而出，张开双臂，带着微笑迎接她。

一切都好安静，她仿佛可以听见自己加速的心跳声。可是过了好一会儿，那扇黄花梨木门却依然一动不动地立着，沉默而严肃。她这才脉脉含羞地一步步走向那扇木门，一边敲门一边喊道："青城，青城！"

里面没有回音，她伸手去推门，竟觉门有些重，仿佛有一种反作用力，故意和她对着干。她只觉心要跳出胸膛，脸变得滚烫。

她费了很大的力气才推开门，看见贾青城正仰面躺在床上，身上盖着银灰色丝绸被面，丝毫没有觉察到她的出现。她想：他一定是睡着了，这个贾宝玉，还真是任性，这个时候还能睡得这么平静，一定是累坏了吧？

她走近他，在床边坐了下来，推了推他的肩膀，轻轻地叫着他的名字："青城，醒一醒，醒一醒！"

青城没有任何反应，她又伸手摸了摸他的脸。他的脸像冰块一样，寒气直窜到她的心间，这时她才突然意识到不测，她掀开他的被子，发现他四肢僵硬，指甲变得乌黑。

她全身颤抖，心怦怦直跳，感觉快要跳出来了，无边的恐惧灼烧着她的每一个细胞。她不停抖动的手，不情愿地、慢慢地移向他的鼻孔处。"啊！"她大叫一声，他，已经没有了呼吸。

"手机，120，120，救救他，救救我的青城！"她一边不停地念叨着，一边到处找手机。她放大的瞳孔里，看到了一团凌乱，她已经分不清物件和颜色，她只觉得天旋地转，天昏地暗。

不知道翻找了多久，她才在自己的背包里找到手机，她使劲地按键，可是手抖得太厉害了，好几次都拨错了。她换了只手，用左手总算按出了120，可是电话怎么也打不通。

她满身是汗，整个人绝望地瘫软在地板上，眼泪不停地往下流，一颗颗滴落在她的手上。她的指尖在地毯上胡乱地划着，留下一道道印儿，突然，她的指尖触到一个白色的信封，上面写着：致水清。她连忙拆开信封打开里面的信，迷迷糊糊地看到了信上的字。

吾爱水清：

这几个月与你的重逢使我重拾年少时的快乐，仿佛自己又回到了十多年前，那任性不羁的时光。如果不是再遇见你，我可能在几个月前就已经不在人世了。自从再见你那天起，我的灵魂就找到了归期。我想了很久，由你第一个发现我的尸体，是最理想的期许。我不想我年迈的母亲看到我僵硬地躺在床上的样子，也不愿我的妻子和女儿看到我没有血色的惨白的面容。可是你，我的水清，你早早就了解我这个不完美的躯体，就算我再丑陋，你也不会嫌弃，不是吗？我曾经想，如果我能在你的怀里，安静地死去，那该是多么美好的结局，可是我不想让你触碰我冰冷的躯体……

你当爱你自己，如同我爱你；你当善待自己，过好这世间的点点滴滴。我愿意等你，直到与你在天堂相遇。

城

看完信，林水清的眼泪莫名地戛然而止，只觉得一阵恶心，好像是有人故意往她的胃里灌入某种充满恶臭的物质。她举起支票，轻蔑地看了看，果断地撕成了碎片，狠狠地撒在贾青城的脸上。那是一张僵硬、苍白、无情而陌生的脸，和她之前认识的青城判若两人。

她走出了公寓的大门，进了电梯，到了一层，踉踉跄跄地走了出去。她吐了，吐得满身都是。门口的保安看到她的样子，赶紧过来问道：“小姐，你怎么了？出了什么事？”

“23层，快叫救护车，2306，快去！”她火急火燎地对保安说，保安冲上了电梯。

林水清迷迷糊糊地坐上的士，对司机说：“我要回北京。”

司机说：“北京太远了，开不到，你得坐飞机！”

“对，去机场，快去机场！”

的士迅速往机场驶去，林水清低下头，才看见自己手里握着的信纸已经被眼泪完全地浸透，变成了一团纸浆。

出租车在林立的高楼间快速地奔跑。香港的夜晚灯火辉煌，四处是五颜六色的光，可林水清却觉得自己被扔进了人间炼狱，她只想快点逃离这里。

2

到了香港国际机场，林水清就像一个迷途的羔羊在机场里四处乱转，她的身上一片狼藉，粉色的裙子上到处都是泪渍和污渍，丝袜破了好几个洞，宝蓝色的高跟鞋就像一个诅咒，牢牢地捆绑着她的双脚。

她坐在一把椅子上，把鞋子脱了下来，鞋子离脚的瞬间，她才觉得疼痛无比，脚上磨出了好几个水泡。她把脚放在椅子上，抱着腿，把头埋在膝盖之间，就像是一个无助的弃儿，被这个世界无情地遗忘在世俗和喧嚣中。

行人络绎不绝地从她身边走过，总是用异样的眼光看着她，她觉得自己像一只流浪猫，被整个世界抛弃在陌生的地域，孤苦伶仃，颠沛流离。她对自己产生了深深的厌恶感，也开始唾弃身上的装扮，一副故意讨人喜欢，甚至巴结献媚的模样。她感觉全身上下每一寸肌肤都写满了羞耻。

“他怎么可以这样对我，怎么可以这样欺骗我的感情？怎么可以处心积虑，让我成为他自杀棋局里的一颗棋子？他以为他做得清高而漂亮，可在我看来，却是一副彻头彻尾的小人模样。那张支票，他以为我接近他是为了他的钱？他真的以为花点儿钱就能弥补他对我造成的伤害吗？既然这样，为什么不让我安安静静地留在他的记忆里？记忆里也许有泪，也许有恨，可是至少不用天人两隔，至少可以期许。而现在呢？一切都停止了，他为了逃离这俗世的喧嚣，无情地把我一个人留在这个人间细数伤痕，他就真的心安吗？”她不停地问，没完没了地问。

她不知道究竟该去哪里。她想给小亮打个电话，又担心小亮听出她语气不对；她也想过给张嫂打电话，可是她怎么忍心让张嫂看到自己的样子？最后她决定打电话给胡凯。

拨通了胡凯的电话，她大哭起来，抽抽泣泣，呜呜咽咽。

“水清，到底怎么了？快说话啊，到底出什么事了？怎么哭得这么厉害？”胡凯紧张地问道。

“青城死了，贾青城他死了！”

“什么？你说什么？怎么会这么快？”

“真的，是真的。”林水清继续哭着，哭得肝肠寸断。

“你听谁说的？你现在在哪里？”

“我亲眼看见他死的，他自杀了，我在香港。”

“你看见他死的？他自杀了？怎么可能？你别着急，冷静一下，把经过跟我描述一下。水清，林水清，别再哭了，请你醒一醒，静一静，把事情经过说清楚。”

林水清深吸了一口气，断断续续地，把发生的一切跟胡凯说了一遍。

“水清，你一定要冷静，我相信青城不会自杀的，这个事情可能另有隐情，你一定要振作。你今天不要回北京，你就在香港找个宾馆住下，警察明天一定会传唤你的。”

“传唤我？为什么？”

“因为第一个发现尸体的人，往往是最早被传唤的，也许是证人，也许是嫌疑人。”

“什么？嫌疑人？我是嫌疑人？怎么可能?!”林水清不解地问道，内心的愤懑和悲痛又添了几分紧张和恐惧。“嫌疑人”这个只有在电视剧里才会听到的名称，居然就这么牵强又很自然地被套在了她的头上。她突然觉得自己是个巨大的讽刺，究竟是太不幸，还是因为太天真？她已经无力去申诉，也不想去考证。

“所有和案件及死者有关的人都可能成为嫌疑人，另外，你没有报警，更容易引起警察的怀疑。当时那种情况，你一定被吓坏了，所以你没报警。”

“我当时想打 120 来着，可是打不通。”

“对，因为香港的急救电话不是 120。”

“可是我下楼的时候，示意门口的保安去 23 层了。”

“我相信保安已经报警了。你先找个宾馆住下，我明天一早就赶过去，如果你连夜赶回北京，会加重你的嫌疑，你最好留在香港配合警察调查。”

“好的，我听你的。”

“水清，听我说，青城不会自杀的，他不会就这么丢下你的，你要相信他。”

“好，胡凯，你明天一定要来，一定要来。我等你，你一定要来！”林水清挂了电话，嘴里还反复强调着，她只觉天塌下来了，也唯有胡凯能替她挡一挡了。

林水清重新穿上高跟鞋，走到洗手间的镜子前，洗了个脸，拿湿纸巾擦了擦裙子上的污渍，然后大步向机场门口走去。她坐上了一辆开往中环的机场大巴，大巴的窗户大开着，潮热的夜风拂面吹来，却吹得她瑟瑟发抖。青城苍白僵硬的脸和胡凯的话交替出现在她的脑海里，就像两个人发出的不同的声音，都想要努力地说服她。她只觉得脑袋发疼，纠结愤懑，仿佛自己马上要人格分裂了。她把手握成一个紧紧的拳头堵在胸口，那胸口好像生生被挖走了一块，无论她多么努力都填补不上。她竭尽全力想让自己相信贾青城不会自杀，不会就这么抛下她，更不会如此刻意地伤害她，可刚刚发生的血淋淋的事实，总是残忍地折磨着她对青城原本坚定的信任。

水清到了中环，找了一家宾馆住下，又接到胡凯的来电。胡凯嘱咐她一定要好好回想白天发生的一切，做好第二天警察找她录口供的准备。她彻夜未眠，努力收拾心情，回忆白天所见的人和事，可是杂乱无章的情绪，让她每想起一些场景，又马上陷入了混乱。

她似睡非睡，迷迷糊糊中，关于青城的一切，就像无数个视频片段在她的脑海中一遍又一遍闪现。高中操场桂花树下的细语呢喃，紫竹院里柔情似水的眼神碰撞，高考前医院里那堵冰冷的墙和她无助的彷徨，还有什刹海中央那艘白色的帆船……他笑起来露出的雪白牙齿和嘴角的酒窝，变成了一道道裂口深深地刻在她的灵魂深处，他每笑一次，她就痛一次。可每当他的笑脸变换成那张僵硬的死者的脸的时候，她的痛就总会添上几分厌，而这种厌竟能神奇地淡化她的痛。她多么希望自己能蜷成一个茧，用平庸死死包裹此时所有的惨烈，她不要那些刻骨铭心的鲜艳，她只要她的心停止凛冽。

这一夜实在太漫长，她有种自己人生的前半段仅仅过了这一晚的错觉。

第二天早上 9 点钟，有人敲门。林水清开了门，看见一男一女站在门口。他们同时亮出警牌，异口同声地说："我们是香港中环警署，找你是要了解贾青城死亡一案。"

"请进来吧，我一直在等你们。"林水清蓬头垢面，一脸倦容，注意到警察并没有用"自杀"一词。

"你知道我们要来？"女警官千惠问道。

"是的，我第一个发现尸体，发现后还没有报警，警察完全有理由怀疑我。"水清连忙解释道。

"我们只是想排除一切他杀的可能，希望你理解。你当时为什么没有报警，也没有打急救电话？"男警官家辉说道。

"看了青城给我的信，我相信他是自杀的，所以没有报警，我当时拨了 120，就是打不通。下楼的时候，我让保安去 23 层，就是希望保安打急救电话，并且报警。"

"我能看一下那封信吗？"千惠问。

"那封信，被我扔了。"

“被你扔了？那可是非常重要的物证。”家辉说完站了起来，在屋子里来回走着，好像在找什么。

“因为信纸一直被我攥在手里，被眼泪弄湿了，字迹已经模糊，而且我当时很生气，到了机场的时候，扔在垃圾桶里了。”

“那你还记得上面的字迹吗？你能认出来是贾青城的字迹吗？”千惠问道。

“那封信是打印的，从头到尾没有任何书写的部分。”

“没有贾青城的签名？”

“没有，不信你们可以去机场的垃圾桶里翻一翻。”

“你逗我们呢？机场一天换十几个垃圾袋，上哪儿找你的信去啊？”

“请问你和贾青城是什么关系？”千惠继续问道。

“他是我高中同学。”林水清小声说道。

“这应该是过去的关系，我问的是，你们现在是什么关系？”

“我们现在也是同学关系，好多年没有联系了，去年刚联系上，有时候会一起吃饭散步。”

“在你看来，你们是恋人吗？”

“算是吧。”林水清尴尬地低下了头，感觉对方好像要看透自己的善恶美丑。

“为什么说算是？”

“高中的时候我们恋爱过，最近我才发现，原来这么多年过去了，我依然爱他。”她说出“爱”这个字的时候，竟又觉得有些反胃。

“嗯，现场的支票碎片，是你撕的吗？”

“是的。”

“为什么撕了？”

“因为愤怒。我是没钱，也确实需要钱，但绝对不需要这样的施舍。我来找他，是因为我想念他，想和他在一起。可正当我兴致勃勃地来看他的时候，却看到了他……”林水清哽咽着，“他留下的支票不是一种安慰，而是一种讽刺，一种亵渎。”

“你知道支票上面的数字吗？”

“知道，我看了，是 200 万。”

“他什么时候给你支票的？”

“到他公寓之前，他给我发信息，说在公寓入口的花瓶底下有惊喜。支票就压在花瓶底下，放在一个大红色的信封里。”

“一个男人对一个女人出手这么阔绰，这个女人对他来说肯定不普通。”千惠的语气带着试探。

“那要看是哪种不普通。在这之前，贾青城和你提过支票的事吗？或者他跟你透露过他的财产状况吗？”

“从来没有。他发信息跟我说，公寓花瓶底下给我准备了惊喜，我并不知道所谓的惊喜是什么。”

“那个红色的信封里除了支票还有什么？”

“只有支票，其他什么也没有。”

“你确定吗？可是我们在信封里发现了少量的皮屑，你知道那是什么东西吗？”

“皮屑？什么皮屑？我没有看到啊！真的没有。”林水清十分惊诧地看着千惠，感到了无边的恐惧。

“你和他的关系，他的家人知道吗？”千惠接着问。

“应该不知道，我们没什么特殊的关系，只是偶尔一起吃饭、喝茶、聊天，仅此而已。”

“会不会他的家人早知道你的存在？”

“应该不会，青城十分尊重和珍惜他的太太，他绝对不会拿我的存在去伤害她。”

“既然这样，你为什么还要来找他？”

“因为，我，我也说不清楚。”林水清牵强地回答着，她觉得警察刨根问底的质疑太没天理，她明明就是青城死后最痛苦的存在，却还要经受这些没有丝毫同情意味的盘问，难道仅仅是因为她不是名正言顺的家属？没有可以用来博取同情的招牌？

“昨天晚上，下飞机后，你去了哪里？”

“我去了港货茶餐厅。”

“你为什么去那里，而不是别的茶餐厅？”

“是青城发消息让我去的，他说他要见客户，那个时间不方便见我，让我先去那里吃点东西。我第一次来香港，人生地不熟，所以去了他推荐的地方。”

“你大概几点到餐厅的？”

“晚上 8 点 5 分左右。”

“那又是几点离开港货茶餐厅的？”

“晚上 10 点 15 分。”

“为什么那个时间离开？”

“因为青城发消息叫我过去。不信你自己看。”说着水清把手机递给了警察，警察并没有伸手接手机。

“晚上 8 点 5 分到 10 点 15 分，你一直待在港货茶餐厅吗？其间从来没有离开过？”

“没有，绝对没有。”

“有什么可以证明吗?”

“这还需要证明吗? 我当时就是一直坐在那里吃东西。哦，对了，吃到一半，我上了一次洗手间。”

“上厕所用了多长时间?”

“也就 5 分钟吧。”

问到这里，千惠站了起来。

“今天就到这里，谢谢您的配合，如果可以，希望您留在香港继续配合我们调查。”

千惠走到门口，对家辉说:“房间里有什么发现吗?”

家辉摇了摇头，他们一起走出了林水清的房间。

3

11 日中午，胡凯赶到了林水清所住的宾馆。见到胡凯那一刻，林水清又一次哭成了泪人。

“哭吧，大声地哭出来。”胡凯紧紧地握着她的手，想把她拥入怀中，却不知怎么迟疑了许久，也不敢冒昧行动。林水清的眼泪滴滴掉落在胡凯的手上，胡凯觉得那泪里有一种久违的暖，直达他的心坎。

那天下午，胡凯和林水清来到青城公寓的楼下，发现有警车停在大楼的门口。胡凯示意水清回避，他想一个人坐电梯上去，却被保安和警察拦住了。

胡凯给警察出示了一封介绍信，警察才勉强让他通行。胡凯坐上电梯，到了 23 层，看见 2306 的门口拉着警戒线，公寓里有几个警官正在收集证据，看见胡凯上来，非常诧异和不满，质疑地问道："你是谁？这是案发现场，闲杂人等不能进来。"

胡凯又拿出那封介绍信，那几个警察突然态度大变，让他走进了公寓。

胡凯这才看见躺在床上的贾青城。他戴着一个黑框眼镜，穿着一套整齐的黑色西装，西装里面是一件干净的白衬衫，他的手上戴着一块劳力士手表，脚上穿着一双擦得油亮的尖头皮鞋。从上到下，整整齐齐。可能是因为尸体已经僵硬，所以贾青城的脸显得笨拙木讷，和胡凯记忆里的他有些不同。至于哪里不同，胡凯也说不上来。

靠近尸体的枕头上，放着一个黑色的苹果手机，看样子电量已经耗尽，和尸体一样安静地躺着，没有任何挣扎的迹象。胡凯想，如果人可以像手机一样，一充电就能恢复生命，那该多好啊。床头柜上放着一个菱形压花水晶玻璃杯子，杯子里残留着一些褐色的液体，胡凯目不转睛地盯着那个杯子，心想：究竟是什么东西，让青城一命呜呼了？

他伸手想端起杯子看一看，这时一个警官制止了他："胡先生，我们非常高兴你来配合我们调查，但是，我希望你尊重我们查案的程序，保持物证的完整性。"

胡凯有些不好意思地把手缩了回来，说了句："我明白。恕我冒昧，杯子里的溶解物已经鉴定过了吗？"

另一个警察走过来对他说："胡先生，您好，我叫张家辉，是调查这次案件的主要负责人。杯子里的溶解物已经送去鉴定，今天下午会出结果，如果您感兴趣，可以随我们到警署一趟。"

“那真是太好了，我正是这么想的。”

站在公寓大厅的林水清又一次看见保安，她觉得自己从未看清过保安的样子，就像她昨天明明来过这个地方，却好像依然十分陌生，她清楚地记得自己如何进来，却怎么也想不起来，究竟是如何出去的。昨天，那个五雷轰顶的昨天，是那么贴近，好像刹那的须臾，却又仿佛那么遥远，好似过了千年。

从公寓里出来的时候，胡凯仔细看了看入口处的花瓶，他纳闷：如果青城想给水清支票，为什么要藏在花瓶底下，而不是放在床头柜上？

当天下午，胡凯和办案的警察一起到了警署，旁听了家辉关于案件调查进程的报告。报告的内容主要有三点：

（1）杯子里的溶解物被鉴定为雷公藤碱，是一种剧毒，是从一种名为雷公藤的植物上提取的。

（2）林水清坚持称自己是晚上 8 点 5 分左右进入茶餐厅，晚上 10 点 15 分离开前往死者公寓，其间只有 5 分钟上厕所的时间。港货茶餐厅没有内部摄像头，可是餐厅门口的监控和贾青城公寓的电梯监控显示，林水清曾经于晚上 8 点 45 分离开茶餐厅，晚上 8 点 55 分出现在贾青城公寓的电梯里，并于晚上 9 点 55 分离开公寓，晚上 10 点 5 分回到茶餐厅，又于晚上 10 点 15 分离开茶餐厅，晚上 10 点 25 分再度出现在死者公寓的电梯里。

（3）我们对茶餐厅的工作人员进行一一盘问，并没有人记得林水清是否离开过茶餐厅，因为那天是周末，餐厅里的人很多，餐厅采取柜台点单、自取餐点的方式。机器里显示林水清所坐的 17 号桌于晚上 8 点 10 分点了一杯奶茶、一个肠粉和一碟凤爪。至于她在餐厅里坐了多久，中间有没有离开，没有人记得，也无从考证。

香港警署坚持认为，林水清的口供有假，必须立刻传唤她，并且把她设定为头号嫌疑人。

听完报告，胡凯完全不相信自己的耳朵，坚持要看监控录像，可是一看完录像，他整个人都崩溃了，监控记录的内容和刚才警署所描述的一模一样。林水清两进两出青城的公寓。

水清，怎么会是水清？不可能，绝对不可能！他了解的水清绝对不会做这种事情，不过十多年没见了，谁知道生活会如何改变一个人呢？抑或是应青城的要求，辅助他自杀？不对，如果真是这样，那水清在香港机场给自己打电话的时候，就不会那么震惊，那么崩溃。难道是……除非，除非她并不知道自己究竟干了什么？

胡凯越想越害怕，他开始怪罪自己。如果当时他没有去北京看水清，没有把青城的名片留给她，如果当时他没有打电话告诉青城水清也在北京，那么这一切是不是就不会发生？前一秒他觉得自己简直就是一个千古罪人，可是后一秒他又告诉自己不能乱了思绪，一定要保持清醒，一定要从他们之间的人物关系中挣脱出来，以一个专业警察的角度，冷静地、理智地去思考和分析，不让任何的表面现象干扰自己的判断，哪怕是香港警署的调查结果。

当了十多年的专业刑警，处理过几十件有名的刑事案件，让他成了上海小有名气的“魔都神探”。他也渐渐明白，在一些扑朔迷离的案件中，逻辑、监控、口供有可能都是假象。那些看似最符合常理的判断，也有可能是最脱离事实的。有时候杀手就像一个魔术师，精心地安排一场魔术表演，让人看来十分逼真。而观众们只忠于自己双眼所见的所谓的事实，却永远都不知道，也想不明白，魔术师在后台究竟做了什么。

4

一个小时后，两个警察把林水清带到了警署，进审讯室之前，水清远远地看见坐在警署大厅处的胡凯，想要大声喊他，胡凯只是朝她点了点头，没说什么。

在审讯室里，警察把监控录像的情景跟林水清描述了一番后，严厉地说："9 月 10 号晚上 8 点 55 分到 9 点 55 分，你在死者公寓究竟做了什么？"

"我没去啊，我一直在茶餐厅里面，你可以去问里面的人，那天里面吃饭的人很多，你可以问他们啊！"林水清情绪十分激动，她感觉自己百口莫辩。

"你只管回答我们的问题，至于怎么查案是我们的事。"

"没错，查案是你们的事，可是调查的结果直接关系到我的生死，难道你们就可以随便冤枉好人吗？"水清提高了声调，眼睛里充满了愤怒和不解。

"你现在是头号嫌疑人，如果你真是好人，就应该早点认罪，接受法律的制裁，接受良心的谴责。"

"我没有杀人！没有杀人！你们凭什么把我定为头号嫌疑人？凭什么？如果青城不是自杀的，那么凶手一定逍遥法外，你们不去抓真正的凶手，一天到晚来审讯我，你们算什么警察，大名鼎鼎的香港警察就是这么办案的吗？"水清歇斯底里地喊着。

“请你保持冷静。我们已经掌握证据，证明你有绝对的作案时间。而且监控录像和人最大的区别是，它不会说谎。”

“我进公寓的时候，青城已经死了。”无论林水清多么努力地为自己辩解，似乎都无济于事。她气急败坏，差点儿晕倒在地上。

在审讯室外面旁听的胡凯实在看不下去了，他抗议说：“她现在也只是嫌疑人，没有绝对的证据证明她一定是凶手，你们这种无异于逼供的行为，会让她精神崩溃的，这也不符合基本人权。”他申请让他进去与水清对话。

香港警察鉴于他和水清特殊的关系和情感，刚开始不同意胡凯的提议，担心他会包庇凶手。

“别忘了，死去的那一位也是我年少时的挚友，我绝对不会包庇任何人，再说我是一名警察，我要对得起警察这两个字。”胡凯据理力争，无奈之下，香港警察允许胡凯进入了审讯室。

“胡凯，你一定要救救我，我真的没有杀人。”

看见胡凯进来，林水清像是见到了救星，她央求着，像一个蚂蚱紧紧地盯着自己的救命稻草。

“水清，看着我，一定要保持冷静。现在证据对你很不利，从青城公寓的监控记录看，你确实有作案时间，但是你要相信，不管内地的法律还是香港的法律，都不会冤枉好人的。我也是一名警察，在这一行干了快二十年了，我清楚，你现在要做的就是要顶住压力，努力证明自己的清白。一定要坚强，一定要冷静，不能乱，知道吗？”

听了胡凯这番话，水清平静了许多，她在凳子上坐了下来：“好，我听你的。”

“你再好好想想，晚上 8 点 45 分到 10 点 5 分，你究竟去了哪里，干了什么？”

“连你也怀疑我？”

“我不是怀疑你，我是要帮助你证明自己的清白。警察只相信证据，如果那个时间你一直在茶餐厅里面，一定要有人证或者物证，你再好好想一想，有没有见过什么印象深刻的人？”

林水清闭上眼睛，搜索枯肠，几分钟后，她突然睁大眼睛：“我想起来了，我吃饭吃到一半的时候，大约是晚上 9 点 30 分，有一个男孩走过来递给我一个关于圣经的传单，我跟他说，我早已经是基督徒了，可是他好像没听懂，就走开了。”

“那个圣经的单子现在在哪里？那个小孩的样子你还记得吗？”

“单子我已经扔掉了，那个小男孩十五六岁的样子，长得很高，差不多 1 米 75 吧，对了，他的制服上好像写着慈幼会。”

“非常好，这个信息非常重要。”

就在这时，门外旁听的家辉推开门，示意胡凯出去：“胡先生，我觉得你这种审讯的方式有碍司法公正，你完全是站在嫌疑人的立场上，你别忘了我们要对得起死者和死者家属。”

“我觉得找出真正的凶手，就是对死者及其家属最大的安慰。”

“我们会根据她提供的线索，尽快地找到发传单的小孩，但是也希望胡先生查案的时候，不要受个人情感的干扰，否则我们恐怕很难继续合作。”家辉的语气生硬而坚定。

“放心，我以后注意，拜托你们尽快找到那个小孩。”

“另外，我们暂时不会关押林水清，但是我们会派人在她所住的宾馆保护她。”

“保护她还是监视她?”

“保护也好，监视也罢，对她来说都是好事。胡先生也应该放下执念。”

“我申请去保护她。”

“鉴于你们的特殊关系，你去保护她不合适，但是你可以协助我们的警员。”

“那好吧。”

胡凯在林水清的隔壁住了下来。

根据林水清的口供，香港警察来到慈幼会学校，他们通过一番排查，终于找到了水清所说的男孩，男孩说：“我当然记得。那位漂亮姐姐穿着粉色的连衣裙，坐在餐厅的角落里，她非常礼貌地接过我给的传单，还面带微笑，很幸福的样子。当时我就想，这个世界上怎么会有这么漂亮的姐姐，就跟下凡的仙女一样。我当时甚至想，如果我和她年龄相当，我一定会追她的。”

“那你还记得你是几点进入那个餐厅的吗?”家辉笑着问。

“我当然记得，晚上 9 点 25 分的时候，我妈打电话催我回家，她总是担心我被叫去‘占中’什么的，所以她规定我必须在晚上 9 点 30 分前回家。”

“你那天为什么晚上 9 点 30 分了还在茶餐厅?”

“一般情况下，我接完妈妈电话就径直回家了，我家离茶餐厅很近，步行也就 10 分钟。那天妈妈说肚子饿了，让我带夜宵回去，我才进店点了个外卖。等餐的时候，正好看见漂亮姐姐一个人坐在角落里，我就过去给她发传单，本来想跟她聊几句，可惜我国语不好，她又不会粤语，互相听不懂，所以我就走了。”

“可是据我所知，那个漂亮姐姐能说一口流利的英语。”

“是吗？早知道这样就用英语跟她聊了。唉！真后悔，话说这个姐姐现在在哪里？下次我请她喝茶，用英语聊。”

“你这个小浪仔！你提供的信息非常重要，谢谢你，但是我们如何确定你没有撒谎呢？”

“这还不简单啊？那天和我同去的还有我同班同学，他也看到漂亮姐姐了，回家的路上，我们俩还一个劲儿地聊她呢。”

“那我去和你那位同学聊一聊，你不介意吧？”

“当然不介意，支持警察的工作是我们公民的职责，我这就去把他叫来。”

家辉对男孩的同学进行了一通盘问，得到的回答和男孩所描述的情景没有任何出入。

家辉离开学校前，男孩诡异地对他说：“对了，那个茶餐厅的厕所旁边有个小门，我每次上厕所的时候，都会看见快递小哥从那个后门出去，不知道这个线索对你们查案有没有帮助？”

“你怎么知道我们是来查案的？”

“我早就知道了，警察找上门，不是嫌疑人，就是证人。”

“好吧，那你觉得这个小门能帮到我们什么？”

“你想，如果那位姐姐半道上想出去办什么事，为什么不从没有探头的后门出去，而偏偏选择从正门出去？除非她故意想让人看见。”

“你怎么知道茶餐厅后面没有监控的?”

“这是众人皆知的秘密，别忘了我们是未成年人，和女朋友搂搂抱抱，或者偷偷摸摸干点什么事情，在监控底下不大合适吧？茶餐厅的后门，俨然就是一个秘密花园。有些涉及隐私的细节我可以不透露吧。”男孩诡异地笑了。

“万一她不知道那里有小门呢?”家辉也忍不住笑了。

“怎么可能？那个茶餐厅不大，坐在哪个位置都能看到厕所的门。因为太明显了，想不看到都很难。再说了，如果一个人想干坏事，她一定会去踩点的，除非她是激情犯罪。”

“你懂得真多啊!”

“多看几本推理小说就什么都明白了。尤其是东野圭吾的推理小说，他会让你知道，永远不要被表象蒙蔽，真相远没有你想得那么简单。而且，一定要坚守作案动机原则，别告诉我你没看过他的书?”

家辉被问得有些不好意思：“看过看过，那今天就到这里吧，谢谢你！你提供的线索很重要!”

告别了男孩，家辉满脑子都是“作案动机”四个大字。有了清楚的不在场证明，如果再排除作案动机，那么林水清的嫌疑就可以基本被排除了。

如果谋财是动机，那么她完全可以偷偷地拿走支票，尽快离开香港，等到时机成熟，再把支票兑现。贾青城的公寓里没有任何监控，也就不会有人知道支票的存在，她可以轻而易举地达到目的。如此看来，谋财不是作案动机。

家辉想来想去，贾青城的死对林水清来说没有任何好处，除非她是纯粹地为情而杀，而一个有了老公、孩子的女人，为情动手杀死了十多年未见的初恋情人，于情于理都说不通。

而且，每次他看林水清的眼睛，都能看到一道光芒，纯粹而真实，他的直觉告诉他这个女人连说谎杜撰的能力都没有。只是他诧异为何这样一个女人身上，竟有一股可怕的力量，一种让人为之拼命的魅惑力。

5

家辉回到了警署，看到焦急等待的胡凯，对他说："我们找到了传单男孩，他的口供和林水清的口供高度吻合。"

"太好了，这样水清就有了可靠的不在场证明，就可以基本解除嫌疑了。"

"只能是基本解除，最好是解除作案动机。"

"作案动机？如果是作案动机，我觉得贾青城的太太，安容，有更大的嫌疑，万一安容早已经知道青城和水清的关系……"

"可是从社交软件公司的后台记录看，没有任何线索显示安容已经知晓他们之间的关系，所有的聊天记录里面没有任何相关内容。"

"正是这样才值得怀疑，青城的职业非常特殊，一年到头有2/3的时间都不在太太身边，这位太太从来不担心、不质疑，你不觉得很反常吗？究竟是因为绝对的信任，还是在装糊涂，睁一只眼闭一只眼？因为就算质疑了，也没有办法改变现状，只能无奈地接受。"

"既然如此，就假设她知道林水清和贾青城旧情复燃，她也应该无动于衷吧？"

“错！女人只有在自己的地位没有被威胁的时候才会无动于衷，一旦她发现有劲敌出现，心理就会发生根本的变化，恐惧和仇恨就会立刻占据整个身心。”

“就算安容有动机，可是她的不在场证明比林水清的更加明确。10 号下午 5 点钟，安容就已经离开了青城的公寓，并且乘飞机离开了香港。而根据尸检报告，贾青城的死亡时间在 10 号晚上 8 点到 10 点之间，并且安容离开公寓的时候，从楼道的监控里清楚地看到了活着的贾青城。”

“你是说贾青城走出公寓，目送安容？”

“不是，是快递小哥送比萨过来，安容打开门，示意小哥把比萨放在公寓大厅的茶几上。那时，贾青城正巧坐在茶几旁的沙发上，毫发无伤，快递小哥和贾青城打了个招呼就离开了，安容关上公寓的大门，这一幕刚好被走廊里的摄像头拍到。大约两分钟后，安容就拉着行李箱走出来，乘电梯离开了公寓。”

“会不会是在比萨里下了毒，毒性在几个小时以后发作？”

“没有可能，从现场遗留的比萨里，没有发现可疑物。再说了，安容离开的时候是下午 5 点钟，而贾青城死亡的时间在晚上 8 点到 10 点之间。”

“如此说来，安容的不在场证明非常完整。那么她有没有可能假扮林水清进入公寓对贾青城下手？”

“没有可能。认尸的时候，我见过她，她很瘦小，林水清却很丰满，两个人的体型完全不一样，如果她假扮林水清，一眼就能看出来。这也是我们一直没有传唤她的原因，而且作为死者家属，我们相信她正经历着巨大的痛苦。”

“那么凶手一定另有其人。现在的关键是找到监控视频中的另一个林水清。”

“对，那个和林水清长得一模一样的女人。”

“不，既然不是林水清，就一定有不一样的地方。我认为还是要从监控录像下手。”

“那个视频我看了快一百遍了，完全看不出两个人有什么区别。”

“林水清是我的高中同学，对于她身上的某些特征，我还是有印象的，所以我觉得有必要再看一下监控视频。”

“哦？胡先生对林水清的身体很了解吗？”家辉诡异地笑了。

“不是你想的那样，我看得到的，别人都看得到。”胡凯连忙解释道。

他们调出监控视频，视频里两个林水清都戴着遮阳帽和白色的口罩，穿着粉色的连衣裙和宝蓝色的高跟鞋。她们的个头和体型几乎没有明显的差异。

“有一点我想不明白，因为香港天气炎热，戴个帽子遮阳可以理解，为什么林水清进青城的公寓要戴口罩？”家辉不解地问道。

“这一点我倒是理解，毕竟两个都是有家室的人，也许水清不希望被人认出来，或者被摄像头拍下来，毕竟那是青城的公寓。”

“即便如此，那个假的林水清想要模仿得这么逼真，那得多了解她？买一样的裙子、一样的鞋子，留一样的发型？”

“其实也不难，水清的裙子是某个国际大牌的爆款，这种限量版的裙子在哪里有卖，一查就很清楚。帽子和口罩嘛，买个差不多颜色和样子的也容易，这就是现代女人追求时尚流行的结果。当年当季流行的东西到处都是，轻而易举就可以找到同款。等一下，倒回去，看鞋子，对！看鞋子。”胡凯急促地说，好像有了什么大发现。

“两个人的鞋子不一样，水清的鞋子上镶着 6 颗水晶而另一个女人的鞋子上是 5 颗水晶，如果不细看根本就看不出来。”

“没错，确实不一样，胡先生火眼金睛啊！可是就算不一样，对案件也没有什么帮助了，这宝蓝色镶假水晶的鞋子，满大街都是，排查起来范围太大。再说了，如果是正规店里购买的，还有记录，可是万一是批发市场买的便宜货，甚至地摊货，就没有任何办法取证了。”

“说的也是，可是这至少更加肯定了这个女人不是林水清了。”

“你对林水清真是用情至深啊！”

“都说青春年少时的情感最真挚、最长久了。”

“我也希望她尽快摆脱嫌疑。一看就是个不错的女人。”

胡凯转过来看着家辉，家辉突然脸红了，连忙解释道：“我没别的意思。”

胡凯没说什么，继续看视频。突然，他想起了什么：“我记得水清右手的手臂上有一颗黑痣。”

他们放大了那个女人的手臂，居然看到她的手臂上，同一个地方也有一个黑点，只是这个黑点明显是用黑笔画上去的，和自然生长的黑痣有明显区别。

到此为止，他们更加肯定地排除了林水清作案的嫌疑。接着他们反复地看安容离开青城公寓时的视频，也没有发现什么特别的线索。在视频中，安容对青城照顾有加，两个人的动作十分亲昵。胡凯不禁感叹："多么好的两口子，就这么天人相隔了。"而机场的监控视频和航空公司的空乘人员都证明，安容在离开青城的公寓后直奔机场，离开了香港。

安容的名字从嫌疑人的名单里被划去了。

名单里只留下一个名字：假林水清。

6

应家属的强烈要求，青城的遗体在一个星期以后火化。遗体告别仪式上，胡凯和水清遇见安容和美凤，胡凯安慰美凤说："美凤阿姨，节哀啊。"

美凤冷冷地看着他："你真是作孽啊!"美凤的话让胡凯一头雾水，他估计美凤一定是伤心过度，已经不认得他和水清了。

更让胡凯觉得不可思议的是，在整个仪式上，安容居然一脸平静，一滴眼泪也没有，倒是林水清，哭成了断肠人。

当贾青城的遗体被推进火化炉那一刻，美凤悲恸欲绝，大声地喊着青城的名字，那喊声就像一个个诅咒，刺痛林水清的脑袋。安容紧紧地抱着小惠，目不转睛地盯着火化炉，她的表情严肃而冷漠，依然没有眼泪。小惠不但没有哭，还显得活泼而轻松，好像火化炉里的那个人，她根本不认识。

林水清几次想冲到火化炉前，胡凯紧紧地抱着她，使劲往外推，生怕她和安容起正面冲突。

从殡仪馆出来，小惠、美凤和安容在胡凯和水清的前面走着，胡凯叫着小惠的名字，追了上去，没想到美凤转过身恶狠狠地对他说："够了，离我们家人远一点儿吧，你就是一个扫帚星，那个女人是个害人精！"

她狠狠地瞪了林水清一眼，水清站住了，不敢往前走，胡凯也站住了。

青城生命中最重要的三个女人，三代人，步调一致地往前走去，渐渐地消失在他们的视线里。

"就这样了吗，就这样结束了吗？青城就这么死了，白白地死了吗？难道就让凶手一直逍遥法外吗？"林水清转过头看了看殡仪馆的大门，莫名平静了许多，仿佛在胸中停留了许久的挣扎已经不那么痛了。青城就这么消失了，化成了灰烬，她再也看不见、摸不着了，她还有什么可挣扎的？她的内心倒是又生出了几许空乏的绝望，岁月都在转瞬间飘摇向前，你站在原地还没缓过神来，一切已面目全非。

"现在的案情陷入了胶着，我也很无奈，只能慢慢地寻找线索了。"胡凯长叹了一口气。

"不是说现在科技很发达了吗？不是说现在的刑侦手段很高明了吗？为什么这么普普通通的一个女人你们都找不出来？"水清这才仔细看了一眼胡凯，发现他胡子拉碴，颓废不堪。

"这个女人一点儿都不普通，她一定是经过精心策划的。对了，你以前见过安容吗？"

"从来没有。"

"为什么我总觉得在哪里见过她？"

"应该没有，听青城说她是五清县的，只是因为早年父母双亡，早早就来到了北京。”

“父母双亡?”胡凯嘴里念叨着。

“胡凯，我们现在怎么办?”

“你先回北京吧，我想回老家一趟，看能不能找出一些线索。”

“那我也回老家吧，回去看看小亮和我妈妈。”

第十一章　回乡查案　偶识流浪汉

1

三泰县，灵越镇，小亮看见林水清突然出现在门口，高兴得跳了起来：“妈妈回来了，外婆，妈妈回来了！”

“妈妈好想你啊，好想你啊！”林水清抱起小亮，紧紧地搂在怀里。

水清的妈妈秋霞也跑了出来：“可算回来了，我打电话给永志，他说你出去旅游了，让我别担心。你这怎么突然想起来去旅游了？”

“是，刚回来，去了趟香港。”

“香港？妈妈去迪士尼了？为什么不带我去？妈妈真坏！”小亮噘着嘴，生气了。

“妈妈没去迪士尼！去迪士尼怎么能一个人去呢？当然是要和我的宝贝儿子一起去喽。妈妈去办事情了。”林水清连忙安抚小亮。

“怎么样，玩得怎么样？”秋霞问道。

“好玩。”水清哽咽地说着，不敢转过脸看秋霞。

“你怎么了？怎么哭了？”看见林水清眼里的眼泪，秋霞的心沉了一下。

“没事，就是太久没见你和小亮了，忍不住。”

“妈妈一定是感动的，妈妈不是哭，是感动，外婆，你懂不懂啊？”小亮用手擦去了水清的眼泪，水清笑了。

“是感动！还是我们亮仔聪明啊，我们亮仔最棒了！”水清在小亮的脸上连亲了好几口。林水清搂着小亮，漂泊的心突然有了几分圆融的归属感。

站在门外的胡凯看见他们团圆的样子，悄悄地走开，回到了自己的祖屋。胡凯家的老屋子空空的，散发着一股浓烈的潮湿霉味儿。自从5年前他的父母搬到上海和他同住，这个屋子就一直空着。胡凯走到自己的房间看了看，一只老鼠躲在床底下，小心翼翼地探出头，好像在跟他打招呼。

胡凯吓了一跳，好多年没有见过老鼠，都快忘了它们的样子了。他不禁感叹这个屋子空置太久了，老鼠都胆大包天了。

坏了，胡凯突然想起来自己一直想找的高中毕业册，可能被老鼠咬烂了。那本毕业册里有他们高三（2）班的全体合影，还有许多同学的私照和同学们留给他的评语和祝福。最重要的是，毕业册里还有几张他和林水清、贾青城三个人的合影。如今贾青城不在了，合影变得格外珍贵，他下定决心一定要把那本毕业册找回来。

他原本想先找个宾馆住下，好好睡一觉，第二天起来再找，可是一想起刚才那只胆大的老鼠，他就担心毕业册已经被咬得不堪入目了，于是他决定马上开始找。

他把自己的房间翻了个底儿朝天，除了一窝窝大蟑螂和到处跑的老鼠，什么有价值的物件都没找到。他又跑到储物间里仔细地翻了翻，也没有。他十分失望，觉得有些累了，在老旧的沙发上坐了下来。他看看窗外，夜幕已经降临，他又想起了贾青城，内心突然感慨无限，眼睛不由得湿润了。

突然，从楼上某个地方传来一阵响动，把他从思绪中唤醒。他沿着声音传来的方向往上走，走到了阁楼的门口，推开阁楼的小门，看见一只乌鸦正努力想要往外飞。阁楼的两扇窗户半掩着，乌鸦怎么飞也飞不出去，它尝试了好几次，都撞到了窗户板上。他赶紧打开窗子，对乌鸦说："哥们儿，快走吧，也不知道你是怎么飞进来的。"

乌鸦用尖锐的喙啄了啄窗户旁边的木盒子，然后跳下窗台，张开翅膀，快速飞到了窗外，站到对面的树梢上。胡凯打开木盒子，看到了他苦苦寻找的毕业纪念册。他再抬头看窗外的时候，乌鸦已不见踪影。

他抖了抖纪念册上的灰尘，又用纸巾擦了一遍，那些久违的曾经熟悉的脸庞慢慢地映现了。他把纪念册的每一页都翻了一遍，不放过任何一张照片，不错过任何一个字。他慢慢地读着，细细品来觉得很有意思。"年轻时候的我们啊，真是充满了朝气和梦想啊!"他感叹道。

当翻到水清那页时，他把水清的照片撕了下来放入包中。当翻到青城那一页时，他的心情又变得无比沉重。岁月不断地前行，毕业册里留在世上的人会越变越少吧？想到这里，他又看了看窗外，天色已经完全黑了，弯弯的月亮出现在星空中。"老家的天空真干净啊！已经好久没有看到这么美的星空了。

如果青城的灵魂能回到这里，在这里享受大自然赋予的纯净，那也算是一件好事，也是一种解脱吧。”他安慰自己说。

大约花了一个小时，他才看完整本纪念册，可就是没有看到三个人的合影，他在放纪念册的盒子里翻了翻，终于找到了。他满足地笑了，好像完成了一项重大使命。他正要关上盒子，突然看见盒子底部有一张老得已经发黄的照片，照片里他拉着一个小女孩的手，站在一座长长的白色石桥上。小女孩扎着长长的马尾，穿着一身淡粉色连衣裙，和青城的女儿小惠有几分相似。他搜索枯肠，怎么也想不起来小女孩是谁，于是决定把照片带回上海，看看他爸妈是否记得。

正在这时，电话响了，胡凯一看是老周。“老周啊，你吓我一跳。”

“别蒙我了，你这个大刑警还能被人吓着?”

“我正在看老照片呢，家里黑乎乎的，也没个灯，还好有手机。”

“让你到我家住，你又不来，小心老房子闹鬼。”

“鬼我倒是不怕，我怕人，人比鬼可怕。”

“别告诉我，你真的要在那里待一夜。你们这些神探，把自己整得神神叨叨的。”

“没有，刚把高中纪念册找出来，现在就出去找宾馆。”

“这就对了。老房子里的老鼠不可怕，就怕有蛇，咱们南方潮湿，蛇多。对了，明天我想去趟隔壁县，你一起去吧? 那里有座山不错，咱们去爬爬山，叙叙旧。”

“我是带着任务回来的，哪有时间和你一起去潇洒啊?”

“什么任务? 大不了就是查案嘛，去爬爬山，吸吸山上的灵气，说不定醍醐灌顶，什么答案都出来了。就这么定了，我明天早上8点去宾馆接你。”

“那行吧。”胡凯只好答应了。老周是他的发小，也是小学同学，大大咧咧、没心没肺的样子，一点儿没变。

2

第二天早上8点钟，胡凯坐上了老周的奥迪车，直奔五清县。

一路上，老周东拉西扯，滔滔不绝。

“哎呀！我说老弟啊，5年没见，你又老了不少了啊？干刑警这行，辛苦吧？”

“倒也没觉得多辛苦，就是遇到破不了的案子，心里揪得慌。”

“你们还真伟大。你说死者也好，凶手也罢，说白了与你何干？可到头来受累的还是你们啊！像我这样，做点儿小生意，赚点儿小钱，养家糊口的，过好自己的小日子，从来不用操心他人死活，不也挺好吗？”

“是啊，你这样也很好，可人人都像你这样，谁给那些冤死的人申冤？”

“这话不对，要是人人都像我这样，就不会有人冤死了。”

“要是人人都像你这样，开着好车，吃喝玩乐，那就是天下大同、共产主义了。”

“哈哈哈！”老周哈哈大笑。

“5年没回，都大变样了，省道都修到家门口了，再过几年国道都开始修了。”胡凯感叹道。

“可不是，发展太快了，转眼间一切都变了。就说这个路口，3 年前还是一摊烂泥，你看现在修得多气派。”

“太清路、武三路，以前没见过这路名啊！”

“这两条是新路，以前是一片荒地。这个路口也是刚命名的。不过说起当年这里发生的一起有名的交通事故，你就知道了。”

“什么交通事故？”

“不就是一个男的开车撞死了他的高中同学。”

“啊！就是这里啊？变化太大了！”

“也难怪，你几年不回一次。每次回来都变样儿。从这个路口过去，不远就进入五清县了。”

“原来如此，两个县挨得这么近啊？”

“你不会没去过五清县吧？”

“记忆里是没有去过，不知道小时候妈妈是否带我去过呢？”

“你们这些书呆子，成天就知道啃书本。你们埋头苦读的时候，我成天带着女同学到这边游山玩水。”

“是吗？没看出来，你当年这么猛啊！”

“这种事还能让人看出来吗？”

看着老周一脸得意，胡凯忍不住笑出声来。

“车倒是也能开上去，不过咱们还是下车爬山吧，锻炼一下筋骨，沿着这条山路能到山顶，这两年我每隔两个星期就来这儿爬一爬，身体比以前好多了。”不知不觉间已经到了目的地，老周的车在一个山脚下停了下来。

他们沿着一条狭长的山路往上爬。“带你见个人。”快到山顶的时候，老周带着胡凯沿着主路旁的一条小路，向深山里走去，大约10分钟后，到了一座茅草屋前。

“今天人不在，奇了怪了，以前每次来都在，这次跑哪里去了？”老周走进去瞧了一眼。

“什么人？”

“一个可怜人，智障，一个人住这里。”

“一个老人？”

“不算老，看样子四十岁左右。”

“那谁照顾他？”

“没人照顾，一定是小时候被父母遗弃了，自生自灭。”

“那他没东西吃，怎么活下去？”

“这种人，生命力倒是很顽强的，在山上随便扒拉些东西都能填饱肚子，就像一只野生的白沙龙，能威胁它生命的不是饥饿，而是豺狼虎豹，还好这座山上已经很少有这样的猛兽了。不过有一次，看见他啃着面包，吓我一跳，我问他是谁给的，他只是傻笑着，用手指向远处，我估计是哪个上山玩的人不小心掉的，被他捡了去。”

“真是可怜啊，我们的公路越修越好，城市大厦也越来越气派，可是我们的社会福利制度确实还有待改善，这样的人没有人关心，没有人监护，是很容易出问题的。这个县没有收容所吗？”

“收容所是有，可是管理混乱，工作人员不够，国家拨款不多，社会救助也跟不上，像他这样的智障进去，和坐牢无异，还不如放任在这山野之中，至少还自由自在。”

“是啊，很多福利机构就是一个躯壳，看上去很美而已。再说了，就算是解决了一批，还会有许多批出现。失足少女们常常遗弃甚至杀害自己的亲生骨肉，她们对生命的漠视、对生活的无知，都是教育缺失的表现。不管是家庭教育还是学校教育，都应该把生命教育放在第一位。”胡凯愤愤不平。

“过分追求成绩，导致了狭隘的功利主义，忽略了人性最基本也是最需要的教育。”

“来这里爬山的人多吗？”

“大都是开车从北坡直接上山顶，像我这样靠自己的双腿上来的很少。”

“真的是科技越发展，人类就越懒。”

“还不是因为这座山不是神山。”

“神山？”

“就是山上有神灵的山，每到过年过节，人们就去拜神，信徒们带着各种供品和一颗虔诚的心跋山涉水、翻山越岭去拜神。所以神山上面，就跟你们大城市的旅游景点一样，挤满了人。”

“那你为什么不去？你不信？”

“也不是不信，只是我觉得神仙无处不在，不一定非得跑到特定的山上，再说了，哪个山有没有神仙岂是人类说了算？在我看来，只要内心大善，神仙就在你心里。”

“说得太好了，老周，小时候觉得你吊儿郎当的，没想到你现在都成哲人了。”

“快到不惑之年了，有许多事情自然就明白了，所以说生活就是人最好的老师，能把日子过好了，就是优秀学生。”

“非常赞同。那么这个人是什么时候搬到这里的呢？你第一次见到他是什么时候？”

“第一次见到是 5 年前的春天，至于他什么时候搬来的，就不得而知了。”

“如果是被人拐卖的，也应该有人报失踪，怕就怕，他是黑户。如果他一出生就是智障，他的父母狠心放弃他的话，就不会给他上户口，那他在这个国家、这个社会、这个世界就是个没有身份的人。”

“也就是说，他只有原始的生命，却没有政治生命，没有社会生命。可是既然有这个茅草屋，就该是有人把他安顿在这里的。”

“这不是什么茅草屋，你没看出来吗？这就是个棺木屋。”

“棺木屋？”

“看来你不了解咱们这一带老的丧葬习俗。以前，人死后，都要先放入棺木中，然后把棺木抬到临时搭建的木屋里，再把木屋的门用泥土封上或者用木条盖上，若干年后，尸体完全腐烂，亲属挑个黄道吉日，请来捡骨师把骨头一根根捡出来，放入一个叫金瓶瓮的罐子里，再择日把金瓶瓮放入事先建好的坟座中。”

“程序这么复杂？难怪要实行火葬，死后被火一烧，化成灰了，一劳永逸。”

“我就不喜欢火葬，一想到要被高温火烧，我就害怕。”

“怕什么？人都死了，也感觉不到疼痛了。”

“你怎么知道不会疼？死人的感受让活人来总结，太没天理了！怕就怕在那些科技、医疗都落后的地方，仅仅根据是否咽气来判断人死亡与否。万一只是暂时昏迷呢？被推进去烧的时候醒了，那得多疼啊？如果是土葬的话，说不准人还能活过来呢。”老周言之凿凿，胡凯无言以对。

“也许人们不愿意爬山，和这个屋子有些关系。”

“没错，记得很小的时候，跟着妈妈去山上捡柴火，一到爷爷棺木屋那里，我就胆战心惊，总觉得爷爷会从里面爬出来。所以很多人不愿意在这一侧山上，跟这个棺木屋也有关系。可是现在想想，爷爷在我出生前就去世了，连个照片也没留下，如果那时候爷爷能走出来让我见一面，也算圆了爷孙梦啊。”

“这么想就对了。这么说来，这个智障是在这个死人被捡骨了之后才进来的，那说不定他和这个死人有什么关系？”

“那就不得而知了。咱们这一带都是山，几乎每座山上都有棺木屋，也说不准他碰巧流浪到这里，看到这个以为是房子就住进来了，也算是个挡风遮雨的地方，你看看这个床板，明明就是棺木的盖子。”老周指着一块狭窄的厚木板说。

“没错，事实上他一直睡在棺材上，只不过棺材盖板被翻过来了。棺木上的棉被又是谁放上去的？以他的能力，应该不知道在上面铺棉被。”

“你的意思是，其实一直有人在暗中照顾他？懂不懂铺棉被要看他智障的程度，有的智障人士，基本的生活自理还是懂的。”

“你说的没错，估计我想多了。不管怎么样，你下次来爬山的时候，再过来看看他回来没有。”

“可万一他没回来，又能如何？没有身份，没有照片，不过就是我大脑里一个单纯的记忆影像。”

“当刑警这么多年，我也遇到过不少科学无法解释的现象，就像昨天飞进我家的乌鸦，我总觉得今天我们来这里，看到这个屋子不是偶然。”

“什么飞进你家的乌鸦，大名鼎鼎的刑警开始迷信了？哈哈！”

胡凯有些不好意思地说："我说的是直觉，警察办案很多时候靠直觉，信不信由你。"

"类似于女人的第六感？"

胡凯淡淡一笑，没有回答。

从山上下来，老周提议去吃农家乐，他们的车经过一座白石桥的时候，胡凯让老周把车停下，他从袋子里掏出那张老照片仔细看了看。

"老周，这个地方我来过，你看这是我小时候的照片。"

"对啊，不就是这座桥吗？这座桥有年头了。"

"原来我小时候来过这里，可惜就是想不起来这个女孩是谁了。"

"说不定是你的小情人呢，长得很可爱。不过女大十八变，说不定现在长残了呢，又说不定人家孩子都比你高了，原来你风流得比我还早啊！"老周打趣道。

"别开玩笑了，我的童年照太少，每发现一张都格外珍惜。我就是好奇，怎么能把我的童年伙伴给忘了呢？"

"回去问问你爸妈，是不是他们给你找的童养媳？"

老周口无遮拦，胡凯无奈地摇摇头。

3

傍晚，和老周分开后，胡凯约林水清一起来到了三泰一中。

学校的大门和十多年前没什么两样，只是几个红色的大字已经不再那么鲜亮。

门卫一脸的严肃，要求他们必须提供相关证件才能进入。

走进大门，还是那一列长长的阶梯式的台阶，他们一步步地往上爬，很久才到平地。

水清不禁感叹：“真的不年轻了，以前没觉得这些台阶这么高这么陡。”

“是啊，那时候都是跑上来的，直接冲到教室，现在啊，爬着都嫌累，更别说是跑了。”

“你还记得以前我们三个人在这儿比赛吗?”

“当然记得，我和青城跑台阶，你从旁边的平缓一些的水泥地绕上来，每次都是你赢。”

“我知道，都是你们让着我的。”

“被你发现了，原来你比我们想象得聪明很多啊!”

从平台往左转，他们走到了操场，操场边上的桂花树开得正欢，黄色的小花在绿叶中轻轻点头，浓烈的花香弥漫着整个操场。

“你以前很爱哭，经常在树底下抹眼泪，我一直想走过去问你怎么了，可那时候我们不认识，不敢冒昧，终于有一天，我鼓足勇气准备走向你的时候，却看到青城正向你走去。”

“是啊，一旦家里有什么不愉快的事情，我就会跑到树下偷偷地流泪，看见有人过来，就低头佯装看书。”

“那时候，我总是想，女孩子终究是水做的，这么爱哭。”

“我长了一颗泪痣，就在眼睛底下，天生就爱哭。小学的时候，妈妈说泪痣破相，王昭君国色天香，可就因为画师给她的画像添了一颗泪痣，从此命运多舛。于是妈妈带我去医院把泪痣给点了去，以为我从此不再爱哭了，可谁知我爱哭的毛病到现在还没治好。”

“为什么要治呢？女人的眼泪就像天上掉落的雨水，滋润着这个世界，这是一种贡献。”

“既然是雨水，泛滥起来也会淹没大地的。我一直都十分佩服那些很少流泪的女人，干脆利落，不拖泥带水。”

“就像青城的太太安容那样？在火化池旁一滴眼泪都没掉！”

“也许是悲痛过度，哭不出来了，也许是她的悲痛用另一种方式化解了。”

“这个女人真真不容易啊，父母双亡，现在又失去了丈夫，希望她以后的人生少一些磨难。”

“以前，青城很任性，我行我素。”水清低头看着自己的鞋子，她想起当年陪青城一起走圈的场景。

“他很自我，可是对咱们俩却很包容。尤其是对你，几近宠溺。”

“是啊，有一次他和同学打架，我陪他在操场走圈。”

“你们走圈，我在教室的走廊上远远地看着，你们俩一般转完三圈就会反方向转。”

“真的吗？我都不知道。”

“那是一种习惯，你自己可能没有意识到，你还记得他们打架的原因吗？”

“只记得，和他打架的叫张波，是隔壁班的。张波说青城的爸爸是负心汉，青城一生气先动手打了他的鼻子，流了很多血。第二天张波拿了一把小刀，跟在青城后面，趁青城不注意在他的肩膀上划了一刀，刀口很深，缝了三针。”

“负心汉？缝针的时候，咱俩陪着他去的，这个事情把校长都惊动了，据说因为对方有教育局的背景，几乎所有老师都站到了青城的对立面。”

“是的，那时候我觉得特别心寒。”

“不知道张波为什么会说青城的爸爸是负心汉。”水清停下脚步。

“你认识张波？”

“认识，以前给我写过纸条，是咱们隔壁班的，不过现在在哪里就不知道了。”

“这个简单，找高中同学打听一下。以前给你写过纸条的男生真多啊！”

“有什么用？不能当饭吃。我们马上开始行动吧，不找出凶手，我连觉都睡不好。”

“嗯，我已经向上级请示，争取在这里多待一些时间。倒是你，李永志那边没有问题吗？”

“我们已经分居了。”

“什么？为什么？”

“他出轨了，嫖娼。”

“没想到闹成这样，都是我不好。”

“跟你没关系，我现在想明白了，我和李永志本来就不是一路人。”

“那还一起过了那么多年？”

“以前我妈妈总说，人有懵懂期，我都不信。经过青城的事情，我才明白，人只有经历过才会清醒。”

“你以后怎么打算？”

“现在我什么都不想，只想快点找出杀害青城的凶手，只有这样，我以后的人生才会有意义。”

“一定会的。”胡凯伸出手，想握住林水清的手。林水清把手快速抽回，大步往前走去。

走到操场的尽头，林水清无意间转过头，仿佛隐约看到贾青城站在原高三（2）班的教室门口，对着她招手，她想要转过身朝他走去，可一眨眼他又消失得无影无踪，幻化成她胸口的一抹沉重。

第十二章　空寂山村　又遇血案

1

“你好，请问是张波吗？”

“是我，请问你是？”

“我是林水清。”

“你是谁，林水清？高中那个校花？你怎么知道我的电话？”

“还校花呢，一把年纪了。我从一个高中同学那里要到了你的电话。”

“真的是你啊？你怎么会打电话的？居然还记得我，我有点儿受宠若惊。”

“我有点儿事要找你，请你喝茶。”

“什么事啊？好事，还是坏事？”张波警觉地问道。

“见面聊吧。”

傍晚，水清和张波坐在咖啡厅里。

“谢谢你出来见我。”

"别这么见外，别忘了我还追过你呢。"张波笑着说。

"那是追吗？不就是个纸条吗？"

"那只是纸条之一，我写了几十张纸条，刚送出第一张就被你拒绝了，就再没有勇气送别的纸条了。我本来想如果你同意了，我就马上去给你准备礼物。"

"这么说是我拒绝你太早了，我应该先收下你的礼物，然后再拒绝你？"

"好了好了，不要再伤害我这个失败者的心了。有什么事情就说吧。"

"你还记得你当年和贾青城打架的事情吗？"

"记得啊，怎么突然问这个？这个事情已经过去好久了，当时两家不是都和解了吗？"张波紧张地问道。

"你别紧张，就是打听个事情。"

"你别吓我，那件事情我现在想起来还很后悔，那时候年轻不懂事，干了傻事，他身上估计还有一个疤吧？"

"年少轻狂，犯点错误也不奇怪。"

"他现在怎么样了？有机会我还想跟他道个歉呢。"

"他呀，他还不错，我一定会把你的好意转达给他的。如果我没记错的话，当时你们打架的导火索，是你说他父亲是负心汉。我想知道，你当时为什么那么说？"

"我，我就是随口一说。"张波的脸色突然变得异常难看，脸上的笑容不见了。

水清看得出来张波表情的变化，她更加好奇了。她也变得异常严肃，直直地盯着他："张波，我告诉你，这件事情人命关天，你一定要跟我说真话，青城身上那个刀疤一直都在，如果你有丝毫歉意，就请你说实话。"

"好吧，是一个阿姨说的，她跟我妈妈在屋子里聊天的时候，我偷听到的。因为贾青城自恃清高，我行我素，我早就看他不顺眼了，所以当我听到这样的消息，就更加有理由去挑衅他了。"

"到底是什么消息？你能不能说得具体一点。"林水清有些迫不及待。

"你别这样看着我行吗？我的心跳都加速了，别忘了，我可是暗恋过你的人。"

"滚一边去，说正事，别跑题！到底什么事情？她们到底聊了什么？"

"我也没有细听，就听那个阿姨说什么负心汉，见死不救，薄情寡义。一个劲儿地骂。"

"那你妈妈说了什么？"

"我妈就是一个劲儿地安慰她啊！说什么事已至此，生活还要继续，千万别冲动什么的。"

"你为什么一直不把关键的事情说出来？"

"什么关键的事情？"

"为什么这个阿姨这么说啊？总有理由吧？不可能莫名其妙说别人负心汉啊。"

"我真的只知道这些，具体的你去问青城爸爸啊。"

"你少装蒜，青城爸爸在咱们高考那年不就去世了吗？你还是不是人了？"水清的语气变得十分焦躁。

"我的大校花，你小点声，别吓着别人了。"

"求你了，张波，请你跟我说实话吧！"水清的眼中泛着泪光，她近乎央求的眼神，让张波不知所措。

"不是我不告诉你，是我真的不知道。"

"那你能帮我一个忙吗？你能帮我约你妈妈出来吗？现在就打电话。"

"你这个样子太吓人了！我打电话还不行吗？但是我妈妈不一定会出来的，她一直都不想提起那个阿姨的事情。"

"你快打电话吧！"

"妈，我在××咖啡厅，你能过来一下吗？我高中同学有事情问你。关于那个阿姨的。"张波赶紧拨通了他妈妈秀芹的电话，又转过头对水清说："我妈让你去我家，她说她知道你要问什么。"

"她知道？好，我们现在去你家。"

到了张波家，一进门，就看见张波的妈妈坐在沙发上，好像早已在等着的样子。

看见水清进来，她冷冷地说："张波的同学吧，请坐。"

"不好意思，阿姨，打扰您了。"水清在她对面坐了下来。

"没有关系，有什么问题你就问吧。"秀芹说道，一副胸有成竹的样子。

"我们上高三那年，张波说他听见您和一个阿姨的对话，说贾青城的爸爸是负心汉。我想知道那个阿姨为什么这么说，她现在又在哪里？"

"我先回答你前一个问题，我那位朋友说贾建文是负心汉，是因为我们上高中的时候他们俩本来是恋人，可是后来他移情别恋，喜欢上了别人，抛弃了我的朋友。我的朋友那天到我家，刚好又聊起这个事情，才这么说的。"

"可是张波说，她当时还提到什么见死不救？"

"怎么可能？不就是两个小孩子闹分手的事情吗？哪有什

么生啊死的，一定是张波记错了。这么多年过去了，记错了也不奇怪。”秀芹的表情变得尴尬，不过她马上调节了情绪。

“那，你能告诉我那位阿姨现在在哪里吗？我想亲自问问她。”

“不瞒你说，她 15 年前就已经去世了。”秀芹长长地叹了一口气。

“什么？怎么会？”

“她投河自尽了，所以请你别再打听她的消息了，一提起她，我的心里就揪得慌。”秀芹手捂着胸口，很痛心的样子。

“谢谢阿姨。”水清失望地走出张波家的大门，她感觉自己全身都没有了力气，刚刚找到的线索又断了，她十分绝望。

“你注意身体，别把自己累垮了。这个贾青城也是，为什么让你跑来问这些问题，有事让他自己来办，劳烦你一个女人算什么？”

水清没有听进去张波的话，她步履蹒跚地走出张波家的大门，走到胡凯住的宾馆的时候，天已经黑了，她感觉自己像走了一个世纪那么长。无意间，她抬头看了看天上，看到那颗最亮的星星已经高高挂着，她有种那颗星也正看着她的错觉，仿佛有千言万语要对她讲。她的嘴里竟不自觉地叫出青城的名字。她伸出手，踮起脚尖，想要触摸那颗星，就像要触摸青城的脸庞。

“水清！”这时，胡凯叫着她的名字，从她身后走来，她连忙把手收了回来，尴尬地看着胡凯。

“你干吗呢？怎么样，张波那边怎么说的？”胡凯接着问。

“张波妈妈说，当年说青城爸爸是负心汉的女人，在十多年前已经投河自尽了。咱们的线索断了。”

"投河自尽？这个女人究竟经历了什么，要选择用这样的方式结束自己的生命？这里面一定大有故事。那张波妈妈有没有说她为什么自尽？"

"没有，她只是说，那个女人和青城的爸爸谈恋爱的时候被青城爸爸抛弃了，所以怀恨在心，才骂青城爸爸是负心汉。唉，也不知道她说的是真是假。"

水清叹了一口气，胡凯拍了拍她的肩膀，安慰道："别灰心，慢慢来，查案这种事，有时候是几个小时，有时候是几年甚至是几十年，有的案件甚至成了迷案，永远都破不了。表面上看起来是线索断了，可事实上，我们很可能找到了另一条线索的线头。"他停留在她肩膀上的手，多么渴望悄悄地下滑到她的手上，让两只手自然地相遇，紧紧地握在一起。

那是他陈旧又新鲜的理想，只是每当触及这个理想，他就会莫名感到无比慌张，生怕理想最终成了梦一场。于是他只好不情愿地把手从她肩上挪开，假装深沉地看向远方，表情非常不自然。

"真的吗？"对于他刚才的内心变化，林水清毫无察觉，对她来说，胡凯是铁定的哥们儿，她从不怀疑自己这个证据确凿的判断。她振奋了不少，又满血复活了。这时她又抬头看天上，那颗最亮的星正对着她眨着眼睛，她笑了，内心竟产生些许久违的平静。如果青城真的化作星辰，每天晚上出现在夜空中，照亮路人，她又有什么可悲哀的？

"只要我们继续沿着张波这条线索查下去，就一定会有结果的。我有一种感觉，我们离真相越来越近了，我这边也找到了一些线索。"看着水清有些上扬的嘴角，胡凯也释怀了许多。

“你找到什么了?”水清睁大了眼睛，满心希望地盯着胡凯。

2

“你看照片里的小女孩像谁?”胡凯把手机递到水清的眼前。

“谁? 看着很像小惠，难道她是……”

“对! 她是小惠的妈妈安容。”

“原来是她! 可那个男孩看着像你啊。”

“没错，是我。这是我和安容的合影。”

“到底怎么回事? 原来你们俩认识，你怎么知道她是安容?”

“我拍下这张照片发给我妈，她说在我 5 岁那年，有一次她带我去五清县的时候，在泗阳桥上遇到这个女孩，当时正好有个亲戚买了一架照相机，图新鲜，到处拍照，就给我们俩拍了一张，洗出来放在家里。因为和女孩一家只是萍水相逢，不是什么熟人，照片也没有被摆放在显眼的地方。久而久之，大家就把这事给忘了，直到前两天我找高中毕业纪念册的时候，无意间看到了。

“你仔细看就会发现小女孩眼睛里满是泪水，是因为当时她的妈妈无论如何也不让她拍照，拗不过她又哭又闹，没有办法才勉强同意的。

“拍完照片，我的亲戚要她们的联系方式，想在照片洗出来以后给她们也寄一张。可是她妈妈却说，她们是外地的，不方便留号码，照片就不要了。但是这个小女孩却很想要照片，跑过来跟我的亲戚说她叫安容，她妈妈一气之下，强行把她拉走了，从那以后，我们再也没有见过她。”

“可是天底下同名同姓的人太多了，你怎么确定她就是这个安容?”

“你仔细看照片就会发现，这个女孩的下巴处也有一个黑痣，和安容下巴的黑痣一模一样。同名同姓，又在同一个地方有同样的黑痣的，概率非常低。”

“就算这个女孩真是安容又能怎样？她的嫌疑不是已经被排除了吗？你为什么还要调查她?”水清不解地问道。

“现在我还说不清楚到底为什么，可是我觉得安容这个人太神秘了，在公安局的户籍科里居然查不到任何亲人。就算是父母双亡，总该有个亲戚吧？从户口册的办理时间来看，包安容的户口是在她 16 岁的时候签到北京的。”

“那么她的原籍在哪里?”

“说了你都不信，户口原籍写着五清县泗阳镇，可是泗阳镇派出所就没有任何户籍记录，压根儿没有这个人，也就是说她一直是黑户，直到有人帮她办了北京户口。”

“把一个黑户直接落户到北京，这得有多大的能耐啊，一定是动用了不少关系。既然这样，你如何确定她就是安容？那她现在的户口落在了哪里?”

“在北京三环的一个房子里。”

“太奇怪了，我记得青城说过，他在北京有多套房子，会不会结婚后才落户到这房子的？那又是什么单位把她的户口调到北京？以什么名义?”

“现在还不知道，我已经托我的同事继续调查，有什么新的发现，会随时和我联络。对了，我觉得咱们有必要再去一趟张波家，就算那个女人已经死了，那她总有亲戚朋友吧？也许能打听出一些消息，也可以验证下张波妈妈的话是否可信。”

“好！”对于胡凯的建议，林水清总是言听计从。这个男人总是给她一种踏实的安全感和力量感，就像一盏明灯，指引着她前进的方向。

3

下午，他们又来到张波家，刚到家门口，就看见秀芹推门出来。

“阿姨您好！又来打搅您了。”胡凯微笑地说道。

“我正要出门呢，你们这些孩子啊，怎么就是不相信大人的话呢？”

“耽误不了多少时间，工作所需，我们也没有办法。”

“什么工作需要？我也不知道你们到底啥目的。”

“阿姨，您看我这证件，能有假吗？我们查案刚好查到您这个环节了，就一定要弄个水落石出。”

“现在假警察多着呢，证件也可以造假，要说起来，你还真没法证明。”

“阿姨，我能证明，他确实是警察。”林水清连忙插话。

“你能证明什么？你俩是一路的，能证明什么？”秀芹还是不依不饶。

“妈，你就配合一下吧，我都调查过了，胡凯是警察，没错，和我们是同一届的，还是名侦探呢！”张波从房间里走了出来。

“到底发生了什么？什么事情让你们如此在意15年前的一

次闲聊?”秀芹质疑道。

“具体细节我们不便透露,我只想告诉您,我们调查那个女人,绝对没有什么恶意。我们一定会查个水落石出的,就算您今天不说,我们以后还会来的,直到您配合为止。”

“不是我不配合,该说的上次我已经和这位女同学说得很清楚了,我那个朋友已经去世了。那次闲聊之后,大约过了半年,她就跳河自尽了。你们为什么还是纠缠不清,就不能让她的灵魂安息吗?”

“阿姨,您怎么知道她的灵魂得到安息了呢?虽然我不能确定究竟发生了什么事情,但是我可以肯定,这个女人一定是受过不可承受的伤害,否则她不会投河自尽的。一个女人带着怨念投河,作为她的朋友,您就不觉得应该为她做点什么吗?”

“我能为她做什么?当年我苦口婆心地劝她,她也没听我的。现在人都走了,我还能做什么?”秀芹无奈地问道。

“您只需要把真相告诉我们,剩下的我们来处理。”

秀芹看到胡凯一副打破砂锅问到底的架势,只好把胡凯叫到里屋。

“胡警官,我想清楚地知道,你们为什么这么关心十几年前的事情,到底发生了什么事情?”

“不瞒您说,贾青城死了,他被谋杀了,可是凶手还没有找到。我们怀疑他的死和当年那次打架事件有关,所以还恳请您道出实情,帮助我们尽快找出凶手,也请您务必替我们对青城被谋杀的事情保密。”

“什么?怎么会这样?年纪轻轻的就这么没了,真是可怜啊!造化弄人。”秀芹转身走到衣柜前,打开衣柜的抽屉,从中拿出一张照片，递给了胡凯，接着说："我这个女同学啊，真是命苦啊……"

半个小时候后，胡凯从屋里走了出来，表情严肃，目光呆滞，仿佛刚经过一场痛苦的洗礼。

"到底怎么回事？"水清追问道。

"我慢慢跟你说，咱们先去一个地方。"胡凯冷冷地答道。

水清知道，胡凯一定是听到了让他震惊的故事，可是她并不清楚，为什么胡凯没有马上与她分享这个故事，难道是不想让她也跟着震惊？

胡凯也明白水清一定看出了什么，可正是因为他刚刚从秀芹那里得到的消息让他太过震惊，他不能只凭一个人的口供就下定论，他决定多方探查，等找出万无一失的谜底，再把谜底毫无保留地告诉水清。

4

根据张波的母亲提供的信息，胡凯和水清来到了五清县的绵云村。村子很小，十几座老破房子，稀疏地坐落在大山深处。房子周围是层层的梯田，田间杂草丛生，几乎没有什么农作物。

站在村口往里看，一个人影都没有，胡凯不禁感叹："城市化让这个村庄彻底失去了人气。"

"虽然没有了人气，可是却多了一些灵气，少了人类的侵扰，山上的小动物们应该过得更舒心了吧？"

"人处于生物链的顶端，在任何地方都有存在的意义，相信对这里的小动物们也一样。"

“如果把这个世界看成一个宏观整体，个人的生死就没那么重要了，我们不过都是茫茫宇宙里的一粒尘埃，多一粒，少一粒，有什么区别?”

“宇宙间的万物都是相互转换的，每一粒尘埃都不会消亡，只是变成了另一种尘埃，或者飘到了另一个地方。”

“这样说起来，我好过多了，至少青城还在这个世界上，只是我们看不到他。”

“是的，也许青城此刻正和我们在一起，化成一只蝴蝶，指引着我们去找线索。”

“也许他变成了一只麋鹿，自由地奔跑在山林间；也许他变成了一滴露珠，每天清晨降落在叶片之上。”

“也许他变成了一只乌鸦，飞进了我的阁楼里。我始终相信因果，就好像现在，谁曾想，你和我，会一起走在这荒废的山村里，还是为了已去的青城……”胡凯转过头，笑着看着林水清，好似要看到她的心里。

林水清脸红心跳，连忙岔开了话题：“这里的景色真美啊，翠竹遍野，青松成林。”

“这里也很安静，安静到感觉不出半点尘世的喧嚣。我能闻到山茶的清香，也能闻到栀子花浓烈的香气。”胡凯这才闭上眼睛，大口地呼吸着空气。

“来这里，感觉自己的灵魂被洗净了一样。”水清摘下一朵白色的栀子花，细细地欣赏着。

“等找出凶手，我们可以来这里安营扎寨，徜徉在自然的纯粹里，仰望星空，聆听鸟语，细品花香，如何?”

“好了好了，别幻想了！找到凶手要紧，只有把凶手揪出来绳之以法，我们才能回归心灵净土，人若心静，哪里都静。

走吧！”林水清重重地拍了一下胡凯的后背，把他的思绪拉回了残酷的现实。

他们走到第一个房子前，胡凯对水清说：“你站在门口等我，我进去看看有没有人。你一定要注意安全，万一有什么情况，大声喊我。”

林水清点了点头，站在门口等着。

大约5分钟后，胡凯从房子里出来：“里面没有人，看样子已经有好多年没人住了。”

他们又走到第二个房子里找了找，还是没看到人。

“胡凯，楼上站着一个人。”走到了第三个房子的楼下，林水清突然大声喊道。

胡凯抬头一看，一个白发苍苍的老伯站在窗台后，正看着他们。

“年轻人，你们是来旅游的？”看见有人进来，老伯从楼梯上走下来。

“老伯您好，我们是来旅游的。”胡凯捏了捏水清的手，示意她不要说真话。

“我们这个地方山好，水好，清净！厌烦了尘世的喧闹，偶尔过来看看，放松一下身心也好。”

“可不是嘛，工作压力大，来这个世外桃源呼吸下新鲜空气。”胡凯说道。

“做什么工作的？”老伯到屋里泡了一壶茶，拿出来几个茶杯，放在正厅中间的木桌子上。

“我在报社工作。”胡凯端起其中一个茶杯，喝了一口。

“写文章的啊，厉害。”老伯也喝了一口茶。

“老伯就一个人在家，其他人呢？”

“说了你都不信，这整个村就剩我自己了。”

“不会吧？其他人呢？”

“死的死，走的走，大部分人家都搬到镇上了。”

“那您为什么不走呢？”

“我老伴儿走得早，儿子又去了大城市，我跟去了也住不习惯，还不如在这山里清闲自在。再说了，如果我也走了，这村里就没人了，就该被魑魅魍魉给占了。”

老伯说出“魑魅魍魉”这个词，着实让胡凯和水清刮目相看，从他的样貌判断应该已过古稀之年，可是眉宇间竟有几分侠士的英气，气宇轩昂，完全不同于普通的山野村夫。

“老伯说话很有水平，是个文化人吧？”胡凯往老伯的杯子里续了一些茶水。

“算不上文化人，只是小时候上过学堂，能看懂《三国演义》《水浒传》，白天下地干活，晚上读书习字，比文盲强一点儿。”

“老伯年近古稀，却还有此心境，叫人佩服。”

“岂止古稀，已是耄耋之年。”

“哦？老伯体格如此健朗，真是让人羡慕啊！”

“唉，造化弄人啊！该走的不走，不该走的却早早走了。”

“老人长寿是儿女的福，老伯何出此言？”

“唉，说来话长，还是不说了。”

“这个村的名字挺有意思，绵云村。我想起来了，记得上高中的时候，有个同学说，他有个阿姨住在绵云村，应该就是这里吧？这个阿姨人长得漂亮，如仙女下凡，连名字都很好听，叫苏美溪。”胡凯编了个谎言，试探老伯的反应。

“你们认识小美？那你们知道她现在在哪里吗？”老伯的手猛地抖了一下，杯子里的水洒在他的手上，手背红了一片。

“老伯，您没事吧，是不是烫到了？”林水清连忙上前托着老伯的手，关切地问道。

“没事，不要紧，水不算太烫。”

“赶紧去用凉水冲一下，不然会起水泡，就该疼了。”水清说着，从厨房里舀了一盆水放在桌上，示意老伯把烫伤的手泡在水里。她自己又跑回厨房，找了些油抹在老伯的手上。

老伯看着她，眼眶湿润了。“谢谢你，姑娘，你是个孝顺的孩子。”

“可不是，我这个同事啊，人好心细，懂得孝顺老人。老伯的女儿应该也很孝顺吧？”胡凯看着他动容的表情，趁机接话。

“我女儿？我要是有个这么好的女儿，我就知足了。”老伯叹了口气，下意识地低下头，像是在故意躲避胡凯犀利的目光。

“对了，苏美溪阿姨还经常回来吗？您最近有见过她吗？”

“都死了的人，还怎么回来，若真回来，那就是鬼了。”老伯长叹了一口气，神情十分凝重。

“啊？怎么会？真是可惜啊，这么个漂亮的人，年纪轻轻地就没了。”胡凯又往老伯的杯子里倒了些茶。

“小美那个孩子啊，长得眉清目秀，聪慧过人，是个品学兼优的好孩子。村里人都说这孩子福气不浅，一定能考上好大学。那些年，我们村连一个大学生都没有。要是能出个大学生，就是光宗耀祖的大事了。”老伯从口袋里掏出纸巾擦了擦眼角的泪滴，接着说：“记得高考结束那天晚上，她跑到我家跟我说，她考试发挥得不错，应该能上个好大学。可是高考后头一天，人不见了，村里人到处找，把这附近的山都翻了个遍，连棺木屋都找过了。大家估摸着是被鬼神带走了，还请来了黄师①作法，折腾了两天两夜。第三天早上，她出现在自家门口，蓬头垢面，衣衫褴褛。后来她大病了一场，送到城里的医院救治，那以后，就很少回来了。”

“那您知道她去了哪里吗？”

“不知道去了哪里，听说是去了外省。那以后过了两年，有一天她回村把她妈妈也带走了。”

“她妈妈走了以后，她们就再也没有回来过？”

“她妈妈偶尔回来看看我，小美没有回来过。”

“那苏美溪的爸爸呢？”

“小美的爸爸是入赘到她家的。小美 10 岁那年，她爸爸就跑了，一直没有回来，母女俩相依为命，谁知后来还出了那样的事。”

“什么样的事？”胡凯顺水推舟。

“15 年前，小美投河自尽了。小美没了以后，她妈妈回到村里，因为伤心过度，精神出了问题，没过几年也走了。”

“到底是怎么回事？”胡凯接着问。

“那一年，我们县发大水，有一天小美妈妈火急火燎地跑回村，说小美跳进泗阳河里去了。我们村几乎所有的男丁都冒雨跑了出去，往泗阳桥赶。那座桥离我们有 3 公里多，我们在雨中跑了好一会儿，快到泗阳桥的时候，看见洪水已经快漫过桥面了，我们谁也不敢走近桥半步，当时小美的妈妈要冲过

---

① 黄师：江南一带主持迷信活动的巫师，当地人称为黄师。

去，被我拦住了，我站在人群前面，不让任何人靠近桥。就因为这事，她恨了我好多年，说我是见死不救，害死她女儿，还说全村人都昧了良心，后来就疯了。我当时是想，就算不刮风不下雨，过了这么久，人也没有了，就不用再搭上别人的命了。我们这个地方每年都会刮台风，有不少人走在路上都被冲走了，更别说是故意跳下去的，怎么可能活命呢？虽然我一直没有后悔当年那么做，可是一想起这母女俩的遭遇，我还是很难过。"老伯说着，手捂着胸口，眼睛直直地看着远处。

"老伯，真对不起，让您想起了当年的伤心事，可是我觉得当年您做的并没有错，您不用自责。"

"年轻人，不是没有做错就不用自责，英雄们拯救苍生，都希望天下无害，可是怎能无害？只要你选了立场，就一定会有爱恨，会有喜悲。而人世间只要有情，就一定会有立场。人都说只求问心无愧，可又有几人能承受被至亲至爱憎恨的悲苦？"

"既然人已经走了，那就让我们到她的坟前看看，悼念一下吧？"

"哪有什么坟？人一直都没有找到！"老伯说着，又低下了头，只是这一次，他很快就抬起头，看着胡凯："也正因为这个，我怕是死都不能瞑目了！"

"真是可怜啊！真想看看苏美溪阿姨的样子，只可惜那个时候照相机不多，一般人家的孩子都没拍过照片。"看着老伯沉重的样子，胡凯有些不忍，他顺势切到了正题。

"我还真有她的照片，还是我亲自给她拍的。"

"真的吗？没想到老伯当年那么前卫，还会拍照片。"

"不瞒你说，我当年是知青下乡，分到了这个村，喜欢新鲜玩意儿，花大价钱买了个相机，经常给村里的孩子们拍照片。”老伯伸手从衣服的内兜里掏出一张照片，用纸巾擦了擦，递给了胡凯：“你看，这就是小美。”

胡凯接过照片，林水清连忙从凳子上站起来，跑到胡凯的身后。他们看见一个长相俊俏的妙龄少女，穿着白色的确良衬衫和蓝色卡其布半裙，扎着长长的麻花辫，站在一片竹林中。她露着淡淡的笑容，充满了青春朝气。虽然照片已经有些模糊，可还是能看出照片里的人容貌姣好、气质不凡。

“天哪！怎么是她？”林水清一声惊叫，脸色变得十分难看。

“姑娘，你认识小美？”老伯连忙问道，睁大的眼睛里充满了期盼。

“不是，不是，不认识，我只是觉得她太漂亮了，像仙女下凡。”水清故作冷静，不敢直视老伯的眼睛。

“唉，是我想多了。这么多年过去了，我还常常梦见她回来了，站在门口求我救她。如果时光可以倒流，我一定会跳进水里救她，不管结局怎么样，至少心安理得，不用受良心的谴责。”

“老伯，如果她还在世上，总有一天会出现的，如果她已在天堂，相信她一定会原谅您的。”胡凯安慰他说。

“老伯，这个照片能给我们吗？”林水清问道。

“这是小美唯一的照片了，怎么可以给你们，你们到底是来干什么的？”老伯立刻伸手把照片拿了回去，他的动作迅速，神情紧张，跟抢无异。

“老伯，您别误会，我不是刚跟您说，我是报社的嘛。我们报社想做一个有关老照片的活动，想收集一些年代久远的老照片，所以我同事就问问您。您放心，我们不要您的照片，用手机拍一下就可以。”

“只能拍，不能拿走。”老伯有些不舍地把照片又递给了胡凯，眼神里依然带着几分疑虑。

水清用手机把照片拍了下来，胡凯把照片递到老人手里。老人的手颤抖着接过照片，胡凯又伸手握住老人的手，语重心长地说：“老伯，我们要走了，您一个人一定要照顾好自己，我们有时间再来看您。”

老人点了点头，像一个听话的孩子。

胡凯和水清告别了老人，匆匆离去。

到了村口，胡凯转过头，看见老人依旧站在门口，远远地看着他们。

“你脸色怎么这么难看，你刚才是不是认出照片上的人了，你见过她？”看到林水清整个人消沉而恍惚，胡凯已经猜到了几分。

“是，只是我无论如何，也没想到会是她。”林水清无力地回答着，没有因为认出照片里的人而有半点欣慰，反而陷入了更深的挣扎。她俯身捡起一块小石头，扔向远处的草丛，草丛抖动着，从中跑出来一只田鼠，向更远处疯狂地跑去。“还不如做一只田鼠，隐居这山林里，丝毫不见人世的喧闹。”

“别唉声叹气了，好不容易有了进展，你快说说，究竟是谁？”胡凯追问道。

“我不想说，我说不出口，我根本不相信会是她，你别逼我好吗？”林水清突然语气大变，冲着胡凯大声喊道，随即大声地哭了出来。

“对不起！”看着林水清过激的反应，胡凯竟有些不知所措。他的脑海里飘过无数种让她尽快冷静下来的方式，比如擦去她眼角的泪水，比如亲吻她的脸颊，甚至紧紧地拥她入怀中，可是每一种方式似乎都是对他和青城友谊的亵渎，他只好无奈地站着。看着水清的眼泪如珍珠一般不停地掉落在泥土里，他也陷入了无底的哀愁。

“就算你认出了她，也不能证明她一定就是凶手啊！”胡凯终于还是忍不住伸出手，想要握住林水清的手臂，他是那么小心翼翼，生怕伤害她点滴。

“你别碰我，别碰我！”林水清焦躁万分，想要推开胡凯的手，可因为用力过猛，胡凯一个不小心，踩空了，跌倒在地。他努力爬起来的瞬间，仿佛看见老伯家的窗子里一抹鲜艳的红色正来回晃动，像是一个女人的影子。

“大事不好，水清！快，快往回走！”

他们用力地往回跑。因为山路崎岖，水清有好几回差点儿跌倒，胡凯鼓励她说：“快点，水清，迟了就来不及了。”

大约过了 20 分钟，他们终于跑到了老伯家，胡凯从门口冲进去，径直跑到楼上，看见老伯躺在床上，胸口插着一把刀，鲜血流了一地。

“老伯，您要挺住，挺住！水清，快叫救护车！”胡凯大声喊道。

林水清叫了 120。可是大山深处，没通公路，救护车只能开到山脚，救护人员只能徒步上山。用最快的速度，也要花一个多小时。

水清拿一块布堵住老人的伤口，她一边哭一边鼓励他：

“老伯，您一定要挺住，一定要挺住！救护车马上就到。”

胡凯把房子上上下下，每一个角落都找了一遍，可是连一个可疑的影子都没找到。

回到老人身边，他抓着老伯的手说：“老伯，您一定要挺住。”

“让我死吧！这是我的债，我终于还了我的债！”

“老伯，您到底在说什么？告诉我，到底是谁对您下的手？”

“没有人对我下手，是我自己。”

“老伯，求您了，跟我说实话吧！到底是谁？是不是苏美溪？她根本没有死，他是您的女儿对不对？”

“与她无关，是我自己作的孽。”老伯泪流满面，全身不停地颤抖着。

“她是谁？到底是谁？”胡凯恨不得仰天长啸，对自己的失误深恶痛绝，他不得不承认自己失算了，同时他也感到凶手实在是太狠毒、太狡猾了。

老人的手松开了，失去了知觉，他的手臂垂挂在床沿上，彻底停止了挣扎。

几个小时后，救护人员终于赶到，胡凯生气地说：“你们怎么这么慢，你们是干什么吃的？”

救护人员快速走到老伯身边，做了检查后，低声说：“对不起，他已经死了。公路没通，我们也没有办法，我们也是一路跑上来的，没想到这样的地方还有人住，真是太不方便了。”

“你们能帮我们把遗体运到县警察局吗？”

“不行，你们只能给殡仪馆打电话，我们是救护车，不负责运尸体。”

“怎么可能？总不能把他就这么扔在这里吧？”

“我们有规定，如果人是在救护车运输过程中死去的，我们会根据家属要求运往太平间或者是火葬场。可是到现场人已经死亡的，我们就不能管了，你们只能联系殡仪馆了。”

胡凯只好给县刑侦科的人打了电话，他们把老伯的遗体运到了县公安局的尸检科。

第十三章　凶手自首　供认不讳

1

胡凯提着公文包，走进包亿年办公室，包亿年连忙站起来迎接："胡警官，大驾光临。"

"不敢不敢，包总是老乡，更是前辈。包总的办公室可真气派啊，不愧是咱们县的优秀企业家，给县的发展做了大贡献了。"

"过奖过奖，请坐！胡警官也是栋梁啊，为人民除害，请多指教。"

"我就是混日子的，不像包总，创造就业，帮扶众人。可敬！"

"也都是一已之私，顺带帮了别人而已。"

"不管出于什么，能帮到别人就是善行，连迁户口这样的难事，包总都能帮助别人搞定，真是能量巨大啊！"

"哪里哪里，咱们国家的户口制度这么严格，这种事情，我可是什么忙都帮不上。"

"可根据我们的调查，贾青城的太太包安容的户口，最早就是通过您公司的人事部迁到北京的，刚好我和您又是老乡，所以领导叫我过来了解下情况。”

“哦，这个事情，你可能不知道，我和安容的母亲是高中同学，我看她们孤儿寡母怪可怜的，就动用了一些关系，把她的户口迁过来了，当然，所有的程序都是合法的。”

包总想滴水不漏，胡凯却要打破砂锅。“可是据我所知，安容之前一直是黑户。包总能把黑户直接迁到北京，真是厉害!”

“哪里哪里，据我所知，贾青城的案件中，包安容早已经被排除了嫌疑，不是吗?”

“没错，是排除了嫌疑，只是在给青城办理死亡人口销户的时候，我们同事顺带查了一下安容的户口，发现了让人疑惑的地方，所以就来问个清楚。当警察的，好奇心太强，职业病。”胡凯故作尴尬地笑了一笑。

“没关系，没关系，配合警察是我们公民的职责，有什么问题你尽管问。再说了，咱们还是老乡，互相帮扶是应该的。”

“对对对，那我就不拐弯抹角了，您知道安容的母亲现在在哪里吗?”

“她的母亲十几年前就去世了，我也就是在她女儿户口的事情上帮了帮忙，平时很少联系。”

“那具体是哪一年去世的?”

“十五年前吧。”

“她是怎么死的?”胡凯暗暗观察包总的表情，不错过一丝一毫的微妙变化。

“得癌症死的。”

“什么癌？在哪个医院死的？她死的时候，包总没有回去参加葬礼吗？”

“据说是肝癌，我没有回去，具体在哪个医院，我也不清楚，那时候正是我事业上升期，实在走不开。”

“以包总对安容一家的照顾，看得出来，包总对这位女同学用情至深，没想到她去世的时候，您居然没有回去看她最后一眼？”

“那时候正是创业阶段，我一心扑在事业上，其他各种事情都被放在一边，人就是这样，野心勃勃的时候也是最无情的时候。”

“哈哈，包总也是率真之人啊！”胡凯哈哈大笑了起来，他的笑让包总更加紧张了。

“我在老家找到一张照片，是我和一个小女孩的合影，我对那个小女孩很好奇，因为过了太久也记不清小女孩的名字，所以各处打听。”胡凯掏出一张照片，递给了包总。

包总接过照片，看了一眼，随即又递给了胡凯，假装镇定地说：“挺可爱的小姑娘，找到她了吗？”

“找到了，她就是小时候的安容，难道包总没有认出来吗？”

“这是安容小时候？和现在可真是一点儿都不像了，果然是女大十八变。”

“哦，包总没有见过安容小时候吗？那包总最早是什么时候见她的？”

“我见她的时候她已经是 18 岁了，因为迁户口的事情才见的。”

“我可是听说，在安容很小的时候，包总就对她照顾有加。”

“恕包某愚昧，不明白胡警官的意思。”

“有人在某个地方看见过包总和这个小女孩，还有她妈妈三个人的合影。”

“老照片，年岁久远，也许那人看错了吧？”

“包总总该认识这个女孩吧？”胡凯打开手机的相册，放在包总面前。

“这个女孩啊！不认识，这是谁啊？”包总愣了一下，很快收拾表情，又露出了招牌式的笑容。

“现在包总该认识了吧。包总也在这张照片里，可要看仔细了。”胡凯又从书包里掏出另一张照片，高高地举到包总的跟前。

包总的脸色变得铁青，原来一字形的眉毛，挤成了八字形。他知道再狡辩下去已是没有意义，照片是他的高中毕业合影，里面清清楚楚地站着苏美溪，也站着他，而他刚好站在苏美溪的后排。

“没想到，还是逃不过这一天。”

“包总说的这一天是哪一天？”

“你说吧，想知道什么？”

“我想知道包总和苏美溪之间到底发生了什么？当然了，还有另外两位男同学，高考那年到底发生了什么？”正如胡凯所料，秀芹提供的照片定会让包总露出狐狸的尾巴。

“因果报应啊！……”

从包总的办公室出来，胡凯的脸上露出了胜利的喜悦。

2

水清拨通了张嫂的电话，没有人接。

她又拨了一次，还是没有人接。

水清拨到第五次的时候，电话的另一端，终于传来了张嫂熟悉的声音："水清吧，刚才电话设成静音了，没有听见，你最近怎么样啊？"

"我挺好的，张嫂呢？"水清的语气冷漠却坚定。

"我还是老样子，今天打电话有什么事情？"

"我想问问永志的情况。"

"我看你家的门都是锁着的，你走后，就没见他回来过。水清，你要是没有什么事情，我就先出门了，今天约了朋友喝茶。"

"没有什么事情，张嫂，您多保重。"

"你也是，再见！"

挂了电话，林水清把手机递给了胡凯。

"等一下，会不会是我们搞错了？就像推理小说里写的，很多时候，推理过程中只要是一个小小的错误，就可能全盘皆错。"胡凯接过手机，正要拨电话，水清叫住了他。

"没错，一定没有错，我们现在得出的结论不是靠推理，是靠实实在在的证据。你放心，办案十多年，对于任何一种不确定，我都绝不马虎，既然我决定打这个电话，就说明我已经百分百确定。"

"如果真是这样，请你不要太折磨她。"

"国有国法，家有家规，法律有法律的尊严，我知道自己该怎么做。我拨电话了，事不宜迟，怕节外生枝。”

水清点了点头，胡凯刚按下电话号码，就听见自己的手机响了。他拿出手机一看，是香港警署的来电，他赶紧摁下接听键。

“您好，我是胡凯。”

“胡警官，我是家辉，杀害贾青城的凶手找到了。”

“什么？怎么可能？”

“是一个叫苏美溪的中年妇女，言之凿凿，对杀害贾青城的事实供认不讳。”

“什么？她自首了？”胡凯不敢相信自己的耳朵。

“对，她刚才打电话来，说要来自首，机票都订好了，下午会到香港，让我们等她。”

“她不会是拖延时间，想要逃跑吧？”

“应该不会，她只要一拨通我们的电话，我们就能直接定位到她，我们已经和离她最近的派出所联系上了，他们会派人去监视她。”

“太好了！总算可以松一口气了。”

“这简直是得来全不费功夫啊！”

听了家辉这一句，胡凯诡异地笑了：“不费功夫的是你们。”

“你什么意思嘛，说的好像我们香港警察都不干活儿似的。”

“哈哈，哪敢哪敢，等我到了香港，请你喝茶，咱们慢慢聊。”

“苏美溪自首了。”挂了电话，胡凯看着林水清，陷入了沉思。

“自首了？怎么可能？”林水清一脸诧异。

“我也没想到，可能是我们的调查让她觉得已经无处可逃了。”

3

胡凯和家辉坐在审讯室里，对面坐着苏美溪，正穿着那件粉色压花裙子，脚上穿着宝蓝色的皮鞋。她双手交叉在胸前，目光平视，表情平静。灯光打在她的脸上，她的脸显得更加白皙细腻。她就像在暗处的一道光，照得人晃眼。

胡凯推开审讯室大门，看到苏美溪的那一刻，竟有些恍惚，目光似乎停滞了。

“苏美溪，请你把头抬起来。”家辉的语气有些生硬。

苏美溪抬起头，直直地看着胡凯，眼神里没有丝毫的恐惧和慌张。

“既然你已经来自首，就说明你已经承认自己犯下的罪行。”胡凯的语气温和，困惑于眼前这个看起来手无缚鸡之力的美艳妇人，如何就成了杀人犯。

“我承认，我杀了人，我也愿意接受法律的制裁。”苏美溪说得很坚定，每一个字都干净而利落。

“你说你杀了人，你究竟杀了谁？”

“你们不是已经查得很清楚了吗？为什么还要问我？”

“我们希望亲耳听你说，同时我们也必须对你的口供进行录音。”

“我杀了贾青城。”

“怎么杀的？用什么方式？什么时间？”

“2017 年 9 月 10 号晚上 9 点，我让他喝下了我亲手熬的毒药。”

“什么毒?”

“雷公藤碱。”

“你一个普通的妇女如何知道这种毒药?你是从哪里拿到这个毒药的?究竟是谁给你提供的?”

“我很小的时候，妈妈就教我辨认山上各种有毒的植物。雷公藤有剧毒，我记得清清楚楚。后来，我跟人学了医，当了护士，对各种植物的性能有了更深的了解。”

“可是雷公藤碱是从雷公藤的植物里提取的，你没有设备，如何提取?”

“不需要提取，只需将若干雷公藤的茎皮刮下，熬汤即可。”

“贾青城是一个聪明绝顶的人，他怎么可能轻易地喝下你给的一杯毒药?”

“再聪明的人也有愚蠢的时候，更何况贾青城一天到晚只想着赚钱，他对生活常识知之甚少，对他下手比对一般人都容易。”

“希望你说得明白一点。”

“贾青城有肾炎，平时有服用雷公藤中成药。可是他觉得效果不明显，于是我建议安容为他准备草药。贾青城没有多想，他并不知道雷公藤有剧毒，只是觉得既然药片里都有这个成分，中草药也一定可以服用，而且效果更好。于是10号晚上8点多，我在我自己的公寓里，把备好的雷公藤草汤，装入一个矿泉水瓶子中。”

“据我所知，在贾青城的世界里，安容是无父无母的孤儿，所以贾青城并不知道你是安容的生母，他甚至根本不认识你这个人。一个陌生女人突然跑到他家里让他喝药，他当时就没有半点怀疑吗？”

“他当然怀疑，于是发觅谈给安容求证。”

“这么说，安容也参与了下毒过程？”

胡凯的眼中射出两道凛冽的光。苏美溪连忙解释道：“没有，绝对没有，安容在下午五点左右就离开了公寓，坐飞机离开了香港，她走之前，我跟她说，晚一些时候会熬治肾病的中药送到青城的公寓，让她嘱咐贾青城在公寓等我。安容勉强同意了，并跟贾青城说，她的一个阿姨对中药很有研究，晚些时候会送药过去，让他一定要乖乖把药喝完。”

“贾青城相信了？”

“他相信了，他从来不怀疑安容说的任何一句话，他就是那么信任她，唯一让他觉得不可思议的是我身上穿的裙子。”

“哦？裙子怎么了？”

“他说我的裙子很漂亮，穿在我身上很好看，让他想起了一个熟人。”

“你怎么说？”

“我说，裙子是朋友送的，给他送完药，我从他公寓直接到朋友家通宵打麻将，所以提前打扮了一番才出门。他说，阿姨好兴致。”

“那你递给他药，他就喝了？”

“对，我跟他说，要趁热喝，凉了喝会反胃。他有慢性胃炎，很怕反胃，所以他很快就喝了。而且我跟他说，他太太叮嘱我一定要看着他喝下去，他喝得更快了，还一脸的幸福。”

“他喝完你就离开了吗？”

“当然没有，我看着他喝完药，看着药性发挥作用，直到确定他死亡，然后布置他假装自杀的现场，最后确保万无一失，才在晚上 9 点 55 分左右离开公寓。”

“他喝下药，没有发现不对劲吗?”

“有，他开始腹痛的时候，发现自己上当了，用手指着我，问我为什么要这么对他，我跟他说因为他是负心汉……不一会儿，他就倒下了，再也动弹不了。然后我把他扶到床上，盖上被子，把杯子放在床头柜上，再把他的手机放在枕头上，制造出他安静死去的样子。”

“既然是你端药给他喝，为什么杯子上没有你的指纹?”

“那是因为我一直戴着胶皮手套。”

“你穿一件名贵的裙子，却带着一副胶皮手套出现在贾青城的跟前，难道他就不觉得奇怪?”

“我的胶皮手套是肉色的，很贴肤，贾青城开始的时候并没有注意，直到我端药给他喝的时候，他问了一句：阿姨，你为什么戴手套啊？我跟他说，是因为我刚做过手膜，不想让中药熏难看了。”

“既然你要制造贾青城自杀的现场，为什么还要模仿林水清，陷害她?”

“我只是想让警察相信，自杀的现场是林水清伪造的。”

“你是说想让我们误以为，是林水清杀了贾青城，然后也是她布置了贾青城自杀的现场?”

“没错，是这样的。我离开公寓之前，打开青城卧室洗手间的水龙头，把提前准备好的支票放入红色信封当中，再把事先备好的雷公藤粉末放入信封中，压在花瓶底下。在床头柜的桌角附近放了那封所谓的贾青城写给林水清的信。”

“万一林水清把支票和信封直接拿走，你岂不失算了?”

“以我对她的了解，在她看到贾青城死后，绝对不会拿走支票，而是会果断地撕掉。就算她拿走了，警察也会找到她的，更加坐实了她的嫌疑。”

“可是你这样胜算不大啊！非常冒险，只要有一个环节出现问题，你很可能全盘皆输。”

“既然是杀人，哪儿有不冒险的？如果杀人真能万无一失，轻而易举地逃过怀疑，恐怕这个世界上的人已经所剩无几了。虽然胜算不大，可是已经是最大的胜算了。”

“为什么这么说？”

“因为林水清之前没有来过香港，根据我对她的了解，除了贾青城，她在香港不认识任何人，对香港一无所知，所以她一定会全盘采纳贾青城所有的建议，包括去港货茶餐厅。我再三确认过港货茶餐厅内部没有监控录像，后门也没有，我一直深信，林水清没有办法找到不在场证明。”

“那这么说，也是你给林水清发消息，让她去港货茶餐厅了？”

“是的，我在我的手机上登录了贾青城的觅谈账号。以贾青城的名义给她发消息。”

“你什么时候开始登录他的账号的？”

“9 月 10 号下午 4 点左右第一次登录，那时候林水清刚到香港机场，我在觅谈里伪装成贾青城，跟她说我要见客户，走不开，让她先去港货茶餐厅。”

“你是如何知道贾青城的觅谈密码的？又是如何知道贾青城和林水清改签后的航班信息的？”

“这些都是他的助理 Candy 告诉我的。改签这种事情，都是 Candy 在处理，也是她帮助贾青城申请的觅谈账号。”

“Candy？这么说她是你安插在青城身边的线人，她也参与了谋杀贾青城的计划？”

“不是的，绝对没有，她只是负责通风报信，对计划一无所知。”

“通风报信？通什么风，报什么信？这个 Candy，是你安排在青城身边的，还是包安容？”

“是我！对于 Candy 的事情，安容并不知情，Candy 是我在香港一个朋友的女儿。Candy 对青城的财务状况和生活琐事都比较熟悉。”

“所以，如果贾青城财务上对你们有所隐瞒，或者在外面有了别的女人，Candy 就会向你们通报？”

“是的。”

“那么，Candy 是否和你提起过林水清？”

“没有，从来没有，当我知道水清出轨的对象是贾青城的时候，我打电话问过 Candy，她说，贾青城从来没有在她面前提起过林水清，这也正是我担心的地方。”

“为什么？”

“说明青城内心十分在意林水清，他只想把这个女人深藏在心间，默默地守护着，疼爱着，生怕她受到伤害。”

“可是你登录贾青城觅谈账号的时候，他的手机会提示异常，难道没有引起他的怀疑吗？”

“首先贾青城对网络聊天工具很不在行，他的脑子里每天都想着怎么赚钱，如果不是十分必要，他绝对不会在上面浪费哪怕是一秒钟时间。在重新遇到林水清之前，贾青城连觅谈的账号都没有。所以，就算他的账号被别人盗了，他都不会察觉的。”

“就算你说的都是真的，那么林水清在港货茶餐厅的时候，贾青城又在哪里？林水清一直没有出现，贾青城难道不会怀疑，也不会给她打电话吗？”

“贾青城原本打算10号和11号回三泰县的，可是就因为急于见到林水清，最后把机票改到10号回到了香港。可是因为9号晚上，他祭祖的时候喝了好几杯白酒，不胜酒力，当天夜里，他发烧了，安容只好陪着他回香港。因为一直和安容在一起，贾青城没敢明目张胆地和林水清联系，只是告诉Candy把他们两个人的机票都改签了。于是，他到了公寓以后，想办法把安容支走，再叫林水清过来。”

“一派胡言，包安容明明于傍晚5点就离开了公寓，她离开之后，贾青城完全可以立刻叫林水清到他公寓，犯不着等到几个小时以后。”

“那是因为在安容临走的时候，贾青城吃了感冒药和抗生素，由于药力较重，他睡着了，直到我叫醒他喝药，不然他可能会一直睡到第二天早上。”

“那这些细节，你又是如何知道的？据我们所知，你和包安容早就心生芥蒂，她不大可能和你聊这些琐事吧？”

“我和她的芥蒂是在贾青城死之前，贾青城死了以后，在安容知道我是凶手之前，我和她比以前亲密了许多，可以说是无话不谈，那才是母女之间该有的和谐。”

“如果安容没有参与，她又怎么会在离开时让贾青城吃下感冒药和抗生素？贾青城明明知道林水清已经到香港，他应该是刻意保持清醒才对，除非，9号晚上，安容在贾青城喝的酒里放了不该放的东西。”

“不，不是的，安容真的不知道我要杀害贾青城。我跟她说我只是想帮她捉奸，让她配合我的捉奸计划。我让她离开公寓时，督促贾青城吃药，还让她开一瓶葡萄酒，和他一起喝下，贾青城不胜酒力，喝完酒吃完药，整个人昏昏沉沉的，我就能完全控制林水清的行踪，捉奸计划就能顺利进行。”

“包安容相信了你的话，并且也照做了？可是以她和你的关系，她应该不会这么轻易就听你的。”

“你们男人，哪里知道女人遇到老公出轨这种事情是多么无助啊！当安容得知贾青城出轨高中初恋的时候，她几近崩溃，却一直不知道该如何应对，当我提出由我出面捉奸的时候，她很快就答应了。”

“你出面捉奸，而不是包安容出面，这样贾青城也不能怪罪安容？可是这样的话，你这个丈母娘不就暴露了吗？”

“都要摊牌了，暴露就暴露了，无所谓！为了能让我们母女更加亲近，我愿意付出一切。”

“那么，也就是说，从贾青城约林水清来香港开始，你就已经开始了你的杀人计划？”

“应该说是当我知道林水清出轨的对象是贾青城的时候，我就已经开始进行周密的计划了。”

“周密的计划？你真的觉得你的计划很周密吗？”

“是的，我已经尽了最大的努力。就我的能力而言，已经算是最周密的了。”

“你以为那样警察就会认为，是林水清杀了贾青城，并布置了贾青城自杀的现场？你也太小看我们警察了！话说回来，你和水清做了 8 年的邻居，是无话不谈的闺密，你就忍心去陷害她吗？”

胡凯直直地盯着苏美溪，急切地盼望着苏美溪给她满意的答案。

苏美溪低下头，避开了胡凯的目光："水清确实对我不错，我甚至曾经把她当成自己的女儿看待。自从水清一家来玉兰胡同，我觉得我的人生都变丰富了。我把小亮当成自己的外孙，打心底里疼爱他，听着小亮叫我奶奶，我是真心感到幸福。可当我发现水清出轨的对象是贾青城的时候，我再也没有办法对她好了，我只想让她痛苦，最好是痛不欲生！"说到这里，她突然从座位上站了起来，像是故意宣泄她的愤怒。

"可就算是林水清和贾青城有了实质意义上的婚外情，你也用不着将贾青城杀害啊？更何况，据我们调查，他们俩并没有发生肉体之实。"

"一定要肉体出轨才是出轨吗？据我对林水清的观察，她一直深爱着贾青城，从来没有变过。她和贾青城之间肉体出轨只是时间问题，两个原本深爱的人一旦有了肌肤之亲，恐怕就再也无法被分开了。"

"也就是说，你早就怀疑他们俩的关系？"

"不是，我是在9月7号才知道的，李永志的相好来找林水清吵架，说出了贾青城的名字，我才知道的。以前林水清从来没有跟我提起过他的名字，我也没好意思问。当我知道和她偷偷会面，暗中苟且的男人是我的女婿的时候，我开始慌了，开始恨了。"

"你知道以后做了什么？"

"那天和李永志的相好吵完架，林水清跟我说她决定去香港找她同学了。她拿着行李离开了玉兰胡同，找到宾馆住下，我一直跟踪她，直到9月8号下午。"

“你是说 9 月 7 号你就决定要杀害贾青城，嫁祸给林水清？”

“没错，所以我买了和她一样的帽子、口罩和蓝色水晶鞋。”

“可是监控显示，你们俩的鞋子有细微的差别。”

“对，她的鞋子上面有 6 颗水晶，我的上面是 5 颗，那是因为她的那款鞋子没有 37 码了，我只好买了另一双看起来差不多的。”

“说了这么多，我还没有弄清楚你的杀人动机，就算林水清和贾青城真的出轨了，你也没有必要杀了贾青城，或者说……”

“或者说，我可以直接杀了林水清？”胡凯没有接话，苏美溪明明猜出了他的心思。

“如果杀了林水清，我和安容的作案动机太明显，很容易被查出来。而且在贾青城最在意林水清的时候杀了她，贾青城恐怕永远无力再爱安容了，他只会陷入对林水清无限的思念中。那样，他对于我女儿来说，不过就是行尸走肉，保不齐还会出轨别的女人。还不如杀了他，让他的财产变成我女儿的，对于贾青城这种惜财如命的人来说，占有他的财产就是对他最好的惩罚！”

“说了这么久，你终于承认安容是你的女儿了。可据我们调查，自从安容嫁给了贾青城，你很少和她联系，这是为什么？安容对外是一个无父无母的孤儿，就连贾青城也不知道你的存在。”

“我从来不曾否认过她是我的女儿，只是她不想承认我是她的母亲。”

“为什么？”

"因为我欠她的太多，是我让她成为这个世界上不光彩的存在。"

"究竟是你不光彩，还是她不光彩？"

胡凯的话就像一个尖锐的刺尖，戳破了苏美溪脸上的平静，她突然抬眼，狠狠地盯着他，眼神里充满了愤怒和绝望。她的脸部肌肉开始痉挛，声音开始颤抖："为什么你们连起码的尊严都不留给我，我已经来自首了，为什么你们还不放过我？"

"如果我们只考虑杀人犯的尊严，那么那些被害的死者和死者家属的尊严又有谁来维护？"一直在旁听的家辉，忍不住接话。

苏美溪的情绪变得异常激动，她又从座位上站了起来，戴着手铐的双手重重地拍打着桌子。大声吼道："杀人犯就没有尊严吗？"

胡凯见状连忙走了过来，握住她的手臂，轻声说："美溪阿姨，我知道你受过苦，受过难，可是你要包庇他们到什么时候？冤有头债有主，说出来吧，说出来就再也不用那么痛苦了。属于他们的罪，让他们去背负吧。"

4

眼泪从苏美溪的眼中奔涌而出，她整个人近乎瘫软地坐回了凳子上。她把手臂从胡凯的手里抽出，把手放回到桌面上，深吸了一口气，又清了清嗓子，接着说："33 年前，高考结束后的第一天，我和他们三个约好，到天水山野餐。我们到了山上，一边吃东西一边玩。他们买了很多酒和零食，还带了收音机，说高考终于结束了，要狂欢，要彻底地发泄和释放。

“他们把音乐的声音放得很大，一边喝酒，一边像疯子一样乱蹦乱跳，还有一个人甚至把高中书本也带去了，在山上把书烧成了灰。他们喝着酒，我在边上看着，看着他们群魔乱舞的样子，觉得兴奋极了。他们三个是我最好的朋友，他们快乐，我也快乐。

“他们喝着喝着，有点儿晕了，开始劝我喝酒。在那以前，我从来没有喝过酒，我妈妈也一直提醒我绝对不能沾酒，所以我一直推搡拒绝。可是他们三个你一言我一语的，我招架不住也开始喝上了。我越喝越多，很快，我的身体不受意识控制了，和他们东倒西歪地躺在了一起。再后来，隐隐约约中，我感觉有人脱下了我的裤子，我想要抗争，却一点儿力气也没有了，我想嘶声大喊，可怎么也叫不出声来。再后来……

“等我醒来的时候，已经是第二天早上了。我一个人躺在山上，身体下面垫着一块布，我的裤子已经被穿上了，可是我知道我的身体被糟蹋了，我的裤子和野餐布上都有血迹。他们，他们把我强奸了！不，不，不是强奸，是轮奸，他们把我轮奸了！”

苏美溪咬牙切齿，青筋就像一条条黑色的虫子爬满了脸颊。

“你为什么不去报警？为什么不把这几个王八蛋送入大牢？”家辉问道。

“哈哈哈，报警？”苏美溪突然大笑了起来，笑声里充满了自嘲和鄙夷，“你以为我没有想过去报警吗？我如行尸走肉一般，好不容易走到了警察局的门口，却一个字都说不出口。那些在我的脑海里重复了千百遍的控诉，到了警察局的门口，全都飞走了，一个字也没有留下。我，我狠不下心！我是个懦夫！虽然他们那样对我，可是我还是狠不下心！我流浪了两天两夜，回到家，告诉我妈我被……可是我妈妈却说，不能告诉任何人，就把这个事情永远地埋在心里吧。

“我问她为什么，她说，如果让人知道你被……恐怕永远也不会有人娶你了，没有一个男人愿意接受不干净的身体。只要你不说，妈妈不说，这个世界上不会有人说的。我问她难道我就这样白白地被他们糟蹋了吗？她说，恶人自有天谴，老天有眼，总有一天会收拾他们的。她还说我们这个家需要男人，你一定要昂首挺胸，风风光光地嫁出去。

“几个月后，我发现我怀孕了，只好离开了绵云村，离开了我妈。”

苏美溪的身体在不停地发抖，嘴唇呈现深紫色，牙齿咯咯直响，一副被冻坏的模样。

“你去了哪里？”

“包亿年找到了我，帮助我安顿了下来。”

“你说的三个男人，究竟是哪三个？”

“林广兴，包亿年，贾建文。”

“也就是说他们三个人都参与了？”

“最开始的时候，我以为是，后来我才知道，包亿年并没有参与。”

“你如何知道包亿年没有参与，为什么可以这么肯定？你怎么知道他没有说谎？”

“孩子生下来以后，我让他和安容做了亲子鉴定，鉴定结果不匹配。而且他后来收留了我们，我愿意相信他没有参与。就算他参与了，我也不恨他，因为他努力补偿了我们。”

“可是法律讲求的是事实，不是补偿，如果他参与了，我们还是会将他绳之以法的。”

“那是你们的事情，与我无关，从我和安容的角度，我们选择原谅他。”

“我想知道15年前你为什么投河？”

“因为恨。”

“什么恨？对谁的恨能让你突然去跳河？如果说恨能让你轻生，恐怕你等不到18年以后吧？”

胡凯瞪大眼睛看着苏美溪，苏美溪低下了头，看着她的手铐，陷入了沉默。

“苏美溪，难道你还要逃避，还要隐瞒吗？”

“我没有想要隐瞒，我只是难以启齿。”

“做都做了，有什么难以启齿？你今天不说，明天也得说，反正早晚都得说。”

苏美溪还是不说话。

“如果你真的难以启齿，那我替你说，当年那场车祸……”胡凯试探性地起了个头。

“让我自己说。”苏美溪立刻接过话，语气瞬间变得冷静而果断。“安容满18岁的时候，有一天问我，她的亲生父亲究竟是谁？我跟她说，包亿年就是她的亲生父亲，她不相信，让我不要欺骗她，一直逼问我。我不想让孩子知道自己是以那种不光彩的方式来到这个世界的，所以我跟她说，你的父亲去了很远的地方，等我找到他，就一定带他来见你。于是，我万般无奈之下，联系上了贾建文和林广兴，我约他们两天后在五清县的郊外见面，可是他们俩却狠心地拒绝了我的邀请。我威胁他们说，如果不来，我就把当年的事情抖出来，他们才勉强同意和我见面。见面那天晚上，为了掩人耳目，我们走到了泗阳山的山脚。我带了两瓶白酒和三个杯子，故意让他们陪我喝酒。开始的时候，他们很警惕，拒绝喝酒，可是抵不住我软磨硬泡和威逼利诱，无奈之下喝了好几杯。微醺的时候，我跟他们说我只想知道谁是安容的亲生父亲，好给孩子一个交代，只要他们陪安容去做亲子鉴定就可以。他们俩无论如何不答应。我说：不答应就不答应吧，再陪我多喝几杯。等我们喝完那两瓶白酒，要散的时候，他们俩已经醉了，这时我提议回家，贾坚持要走路回家，我要求林开车把我捎到两个县的交界路口，林勉强同意了。林开车左右画龙，很显然他已经醉得不行了。我坐在副驾上，看到贾在右前方踉踉跄跄地走着，就在那一瞬间，我扑到驾驶座上，用力地拉动方向盘向右边转，车撞倒了贾。车停了下来，林晕晕乎乎并不清楚发生了什么，想要下车看个究竟，被我拦住了，我敦促着他快点往回开，等到了路口，我叫他停车，我下了车，到公用电话亭打了120。”

“果然不出我所料，你才是杀死青城父亲的真正凶手。”

“有一条人命死在你手上，你就是个恶魔。你是蓄谋已久吧？”家辉训斥道。

“不是，我本来只想让他们去做DNA亲子鉴定，当他们无情地拒绝我的时候，我内心对他们的憎恨突然又跑出来折磨我。”

“可是为什么他们都喝醉了，你还清醒着？难道你的酒量比他们的还大？”家辉继续问道。

“我并没有喝酒，只是假装在喝，因为光线很暗，只靠一个手电取光，他们并不知道我是装的。当年我就是喝了酒以后才被……我怎么可能再犯这种低级的错误？”

“那你为什么还要打120？如果贾死了，你应该高兴啊，为什么还要……”胡凯问道。

“我并不想置他于死地，我只想让这两个人都得到惩罚。我不想看到他们妻儿团圆，其乐融融的样子，而我的安容，连自己的亲生父亲是谁都不知道。不公平，太不公平了！”

你本来只想让贾受伤，没想到他因为你死了，所以你才投河自尽的？”胡凯切入紧要的话题。

“是的。”简简单单两个字，苏美溪说得有些讳莫如深。

“不，不是这样的，车祸发生以后，贾死了，林也被判了刑，而你，真正的肇事者却完全脱了干系。你本应该庆幸有人替你背了黑锅，可是你却在那个时候投河，这显然说不通。”胡凯说着，发现这时的苏美溪已经开始躲躲闪闪了。

“我只是觉得贾罪不至死，我说过，对于那三个男人，我曾经是那么爱他们，就像爱我的亲人一样。所以当我造成了贾的死亡，我陷入了自责和痛苦的深渊，度日如年，才会投河。”

“不对，你之所以投河，是因为贾死了以后，你才知道这三个男人当中，只有他没有对你做那样的事，另外两个人才是真凶。包一开始就欺骗了你，只是你不愿意承认罢了。”胡凯的目光像一把利剑刺向苏美溪的胸膛，让她无处隐遁。

苏美溪低下头，沉默了。

“你投河以后是怎么活下来的？是谁救了你？”家辉接着问。

“我跳进河里以后，马上就后悔了，还好我学过游泳，顺着水流的方向往下游漂了好一会儿后，我看到一个席梦思床垫，就使劲地爬了上去，紧紧地拽着垫子的边缘，直到有人看见我，把我拖上岸，我才知道，我被冲到了平凉县。我上了岸，从垫子上下来，什么话都没说就走开了，因为我不想任何人记住我的脸。

从那一刻开始，我下定决心隐姓埋名，重新做人，与人为善，好好地活下去。我原以为，逃过此劫，就该一马平川。谁知，林水清竟出现在我的世界里，扰乱一切，逼我重蹈覆辙。”

“你有今天不过是因果报应，就算没有林水清，你还是要承担所有的恶果，所以，你就不要把自己犯的错误算在别人头上了。”家辉严厉地说道。

看见她的情绪有些波动，胡凯提议审讯暂停20分钟。

家辉和胡凯走出审讯室，来到休息室，一边喝茶，一边聊案情。

“既然包亿年明明参与了，为什么还敢跟安容去做亲子鉴定？”家辉百思不得其解。

“这还不好理解吗？包先跟苏说他没有参与，可是苏不相信，于是包建议去做亲子鉴定。”胡凯解释道。

“如果鉴定结果匹配的话，不就证明他说谎了吗？那不是自己打脸吗？”

“如果鉴定结果是匹配的，包一定会说，既然是他的孩子，就让他帮助抚养长大吧。对于苏来说，如果说有一种恨比被人轮奸更刻骨，更无法释怀，那就是被轮奸之后无人问津，无人负责。而包算准了，在苏最需要的时候出现在她的生命里，不管当年他有没有参与，她都不会再恨他，甚至还会感谢他。”

“这么说来，包真是个阴险小人。可是贾死了以后，他为什么又要承认他参与了呢?”

“你以为是包承认的? 你啊，真是心性纯良。是贾死了以后，林受不了良心的谴责，说出了实情。”

“原来是这样啊! 我一时糊涂了。”家辉恍然大悟，拍了拍自己的脑袋。

“苏美溪知道真相后逼问包，他最后也承认贾是无辜的，苏才知道她怪错了人，杀错了人，才去投河的。”

“车祸发生的时候，林虽然喝醉了，但可能也知道是苏转动了方向盘，造成了贾的死。可是相比之下，交通肇事罪比轮奸罪要轻很多，就没有说出实情。而且林包庇了苏，也算是一种偿还。”

“是不是主观意识的包庇，就不得而知了，人在醉酒状态下，对于突然发生的事情没有意识，也很有可能。但是有一点是肯定的，当林事后知道自己撞死了贾的时候，终于良心发现，找到苏说出了贾没有参与轮奸的真相。”

“苏听了以后，一方面感觉自己杀错了人；另一方面因为被包欺骗了多年，甚至连贾的死也是因为包的误导，心里愤懑不已，可尽管如此，她也不能对包做什么，因为她的女儿需要包的庇护。在这种万般无奈的矛盾之下，她只能选择自尽，以求灵魂解脱。可是有一点我不明白，既然贾没有参与轮奸，为什么他不说出实情?”

“我从侧面打听过，当年贾和苏是恋人，只是没有公开而已，虽然贾没有参与，可是他目睹自己的恋人被蹂躏，却无动于衷，没有出手制止，本身就理亏。再加上另外两个是贾的铁哥们，对于叛逆期的青少年来说，在这种情况下说出实情，有悖兄弟情义。”

“于是只能选择闭嘴，让苏一个人承受所有的悲愤。”

“也不完全是，相信那三个男人，这么多年来也不好过。这就是因果，自己种下的罪孽，就算法律不来惩罚，也总会受到良心的谴责，痛苦难耐。”

“这么说来还是包比较聪明，至少他敢于面对。”

“虽然他撒了谎，骗了苏，对贾的死也有责任，可是至少他帮助苏抚养了安容，这么多年给她们提供吃穿用度，所以苏说她不恨包，我也多少可以理解。”

“没错，杀人不过头点地，这就是为什么很多死者家属面对杀人犯的道歉时，心都软了，恨也减少了。”

“哪怕那个道歉其实没有任何诚意，不过是杀人犯为了博取同情或者减刑而演的一场戏。虽然低着头，却依然可能面目狰狞，只是别人看不见罢了！”

“走吧，回审讯室吧，以防夜长梦多。”

5

回到审讯室，他们继续刚才的讯问，苏美溪的回答和他们两人在休息室里的分析和猜测几乎没有任何出入。

“张国栋也是你杀的?”胡凯接着问。

“是!”苏美溪的回答干脆利落，毫不掩饰。

“他是你什么人，为什么要杀他?”

“他是我的仇人。”

“他明明是你的亲生父亲，怎么就成了你的仇人?”

“谁说亲生父亲就不能是仇人？他不过就是在我母亲的体内放了一颗精子，既没生我，也没养我，怎么就不能是仇人?”

“是什么导致你如此恨他？”

“什么知青？人模狗样的东西，到我们村，把我妈妈睡了，知道我妈妈怀了我以后，就彻底逃避责任，对我们不管不顾。”

“你怎么知道你妈妈和他不是真心相爱？”

“呸！什么真心相爱？这世上哪有什么真爱？那只是我妈一厢情愿罢了！”

“虽然我不想对家母不敬，可是据我了解，张国栋已有妻儿的事实，家母一直心知肚明。”

“这就是我最恨他的地方，明明有个幸福的家庭，却偏偏跟我妈妈说，是被逼婚的，无奈之下才要了孩子，他们的婚姻不过是个躯壳。”

“于是你母亲就信了？”

“我母亲不但信了，还陷入了拯救他于水深火热的幻想。直到有一天，他的妻子儿子跑到我们村来找他，我母亲看着他们一家三口其乐融融的样子，才知道他是个骗子，可是那时候我在她肚子里已经 3 个月大了，无奈之下才勉强答应了隔壁村的提亲，嫁了过去。可是我出生的时候，那家人一算日子就知道不对劲，我比别的孩子早 3 个月出生，足斤足两一点儿毛病也没有，他们提议要去做亲子鉴定，我妈妈就知道纸包不住火，只好搬回了绵云村。从此，我们俩孤儿寡母，相依为命。”

“就因为这些，你就对你的亲生父亲下毒手？不得不说，你真是太狠毒了。”

“我承认我狠毒，可是我狠毒还不是他造成的？如果当年他对我们母女负责，我的人生就不会这样，我就不会喜欢接近班里的男同学，就不会被……”

“你是说在一个没有父亲的世界里长大，让你特别渴望亲近男同学？”

“何止如此，因为我出生的时候，我外公也已经去世，我和母亲在一个完全没有男人的世界里摸爬滚打，使我特别渴望亲近男人，哪怕多闻一下他们身上的气息，都会让我觉得陶醉。”

“这就是你为什么会喜欢和林、包、贾三人混在一起的原因？”

“是的，我喜欢他们身上的阳刚之气，我一直以为，那种气息是男人身上发出的善意，谁知道……”

“你要相信大部分男人身上的气息，都是善意的，只是你遇人不淑罢了。”家辉插话道。

“是吗？就像胡警官对林水清那样关心，也是出于善意？”

“苏美溪，我希望你不要跑题，并且尊重办案警官。”家辉提醒她说。

苏美溪一声冷笑，没有说话。

“这么说，你一直都知道我和水清在调查你，根据航空公司的记录，你成功地杀害了贾青城以后，就回到了北京，那么你是什么时候回到绵云村的？”胡凯问道。

“我只是买了航空公司的机票，但是并没有上飞机。”

“怎么可能？每一班飞机起飞前，都会核对乘客名单，没有上飞机的话，广播里会呼叫你的名字，乘务人员对没有上飞机的乘客的名单，也一定有印象。”

“登机的时候，我早早地去刷了登机牌，然后我跟地勤说，我的孩子上厕所去了，我要在门口等一下他，地勤答应了，后来登机的人越来越多，他们就把我忘了，而只要是登机牌已经刷入系统，人是不是在飞机上，根本没有人在意，也很难查证，空乘人员不可能记住每一个人的脸。”

“这倒是，然后你一直潜伏在香港，暗中观察我们？”

“没错，我跟你们住在同一个宾馆。事实上，我就住在林水清的隔壁，她住906，我住908，而你住在904。所以每当你到林水清的房间里讨论案情的时候，我把耳朵贴着墙，能听得一清二楚。”

胡凯瞬间瞪大了眼睛，身为知名侦探，被一个杀人犯如此跟踪偷听，却毫无察觉，他不禁感叹自己的疏忽。

“你胆子可真大啊，你那不是往枪口上撞吗？”家辉大声说。

“不会，你们记住的是监控里类似于林水清的女人，在你们的印象中，我应该和林水清的年龄、样子相差无几，绝对不是一个五十几岁的老女人。只要在你们没找到苏美溪之前，只要林水清没有看见我，就算你们清清楚楚地看见我，都不会怀疑我。”

苏美溪的分析一点儿漏洞都没有，十分站得住脚，就像张国栋说的，她果然是个智商、情商都极高的女人。

“所以你一方面敦促安容尽快火化，另一方面知道我们对监控里的你束手无策，你才放心地回到了北京？”

“是的，我当时觉得只要青城的遗体被火化了，你们又找不到监控里的人，这个案子就会永远地被定为谜案。”

“但是你万万没想到，我们会从青城和张波打架这件事情中找出线索？”

“是，所以说只要你把秘密告诉一个人，就一定会有更多的人知道，如果当年我没有跟秀芹说起那件事，你们就一定找不到我。”

“法网恢恢，疏而不漏，就算没有张波母亲秀芹提供的线索，我们也一定会把你挖出来的。既然已经回了北京，你又如何知道，我们会去绵云村调查你？”

“我一直担心你们会回去调查我，只是我没想到会那么快。有一天中午，包亿年给我打电话，说秀芹给他打电话，说起有人询问我的过去，不知道是什么原因，我就明白了。”

“那么秀芹并不知道你没死？”

“她以为我真的死了，除了安容，这个世界上只有包亿年知道我还活着。挂了包亿年的电话，我立刻订票往绵云村赶，可惜被你们抢先了一步。”

“你是说我们到绵云村的时候，你也到了？可是为什么我们从村口进来，却一直没有看见你？”

“别忘了我是在绵云村长大的，我对那里的每一寸土地都了如指掌，除了南北两头的大路，山上还有许多近路可以进村。我从我家后山的小路上来，看到你和林水清坐在张国栋的对面。我躲在房子后面的柴火间里，听到了你们的对话。”

“那你为什么不出面阻止我们，以你杀人的经验，你完全可以把我们都杀了。”

“哈哈，我是杀人犯没错，可是我不是傻瓜，我杀得了贾青城，可是我未必杀得了你。再说，我又何必搭上你们的性命？冤有头债有主，我不是恶魔，没有绝对的理由，我不会伤及无辜。”

“你现在开始吹嘘你人性的光辉已经太晚了，算上你的亲生父亲，你已经杀了三个人，你就是一个十足的杀人恶魔。”

家辉说道。

“杀人犯就不可以有人性的光辉吗？杀人犯也是人，也有血有肉，有情有爱。”

“你连自己亲生父亲都不放过，谈什么情、什么爱？”家辉继续说。

“张国栋不是我杀的，我没有杀张国栋！”苏美溪突然加快了语速。

“你说什么？如果不是你杀的，那他是怎么死的？”胡凯问道。

“他跟你们说，我当年投河，他没有救我是因为不想搭上乡亲们的性命。而事实根本不是如此。等你们走远，我从暗处出来质问他：为什么这么虚伪，不敢说真话，不敢承认自己的罪过？看到我突然出现，他非常激动，跟我说他说的都是真的，他心里一直有我们母女。

“我又问他，为什么我投河的时候，他不来救我？

“他说，当时他老婆威胁他说，如果他来救我，她也去跳河。他没有办法，只好向他老婆妥协。后来，他一直在找我，打听了很多人，找了很多地方。他一口一个女儿地叫着，要过来抱我，我拿起了在桌上放着的水果刀，指着他不让他靠近我，可是谁知他一步步地逼近，突然抓住我的手往他自己身上刺了进去。还说：既然已经见到我最后一面，他已经满足了，这样死去是他最好的结局，他让我不要再恨他，不要再恨这个世界了。他叫我快点走，如果警察来的时候，他还有一口气，他一定会告诉警察他是自杀的，跟我没有关系。”

“可听张国栋这么一说，你不得不把刀再插得深一些，好让警察到的时候，他已经彻底咽气，再也不能开口说话了。”

“如果他开口说话，就是在告诉警察，你还活在这个世界上，再加上水清在照片上认出你，那么张嫂就是苏美溪，张嫂就是凶手的事实，就毋庸置疑了。”家辉补充道。

“当我看见你和水清又往村里跑，我就赶紧从后门跑到了另一个房子里，躲了起来。在那个废旧的发臭的屋子里，我才想明白，不管我是否补那一刀，躲与不躲，我都已经彻底暴露了。”

“可为什么最后来自首了?”

“我把这个世界上最恨的人都杀了，那些欠我的人全都死了，我活着又有什么意义？而且，听了张国栋的话，我才知道原来我并没有我自己想象的那么不幸。”

“于是你就来自首了?”胡凯还是有一些怀疑。

“躲在那个屋子里，我看到了我母亲的脸。她对我说：不要再作孽了，停止杀害吧，去自首吧。听了妈妈的话，我想了想，与其颠沛流离、四处逃窜，不如抬起头，挺直身板，勇敢地走进监狱的大门。”

“可是从你手机的通话记录来看，你是接了包亿年的电话，才打电话自首的。他究竟跟你说了什么?”

“他只是跟我说，你们在查安容的户口，而且你们已经知道安容是我的女儿了。一想到我这个杀人犯，可能会给安容和小惠的生活带来困扰和折磨，我就心如刀绞。既然我已经成了杀人犯，我就别再当逃犯了，否则安容和小惠将会被无休止地盘查和监视。所以我决定自首，给自己一点儿尊严，也给她们一些安宁，如果法律能让我早一天死掉，也能让她们的生活早日脱离困扰。”

“你以为你死了，就不会困扰她们了吗？你知道……”胡凯连忙用手臂碰了碰家辉，家辉欲言又止。

6

“今天的审讯就到这里，谢谢你的配合，请多保重。”胡凯站了起来，一身轻松地走出审讯室。

家辉跟在后面说道：“没想到这么顺利，这么快就录完了口供。”

“是，真是有些出乎意料，对杀人事实供认不讳，情感也很真挚，真是省了我们不少心啊！”胡凯满面春风，压在心头的一块大石头终于被搬走了。

“自首的犯人一般都是如此，因为来自首之前已经做好了充分的心理准备，很少有狡辩的。可是像苏美溪这么淡定的，还真是少见。描述杀人的过程，就像是描述吃饭一样普通。”

“也许是此生受尽了凌辱，好好的心都被折磨坏了，心里除了复仇，就没有别的念想。还好，她还知道为了自己的女儿和外孙女，守住一些尊严。”

“没错，也就这一点让人觉得，她还像个人。苏美溪的律师方面，有安排吗？”

“包亿年说要给她请最好的律师，为她辩护，但是她拒绝了，说反正怎么都是死罪，没有必要浪费钱请什么好律师。”

“看来，她已抱必死之心，那包亿年当年犯下的罪就不追究了吗？”

“不追究了，一方面案发的时间过了太久，很难取证；另一方面苏美溪在自首的时候，请求警局不要再追究包亿年当年的过错，而且包亿年也确实对她们母女作了补偿，所以就算了。”

“只可惜她并不知道，香港没有死刑，她想要快点死去的愿望，很难实现。”

“你还不知道吗？她已经申请回内地服刑，并且强烈要求尽快执行死刑。如果不出意外的话，判刑以后，她很快会被引渡回内地，执行死刑。”

“哦，这样啊？这个女人真是不简单啊！面对死亡，一点都不惧怕。”家辉瞪大了眼睛。

“连杀人都不眨眼的，应该不会害怕死亡吧？”

“也是，她死亡的方式，比那几个被害人轻松多了，只要挨上一针，几乎没有多少痛苦。”

“那可不对，她的痛苦在于死刑执行前的等待，那种等待才是最煎熬的。”

“不管怎么说，咱们终于可以轻松一阵子了。”

“等案子结了，咱们出去喝一杯，庆祝一下？”

“好主意，一定要把林水清也叫上，她在破案的过程中也出了不少力呢。”

“没问题，一定把我们的大校花也叫上。”

……

一个星期后，胡凯给水清打电话：“水清啊，告诉你一个好消息。青城的案子结了，苏美溪已经被带回内地了，等待着执行判决。”

“哦？这么快啊！”水清一点儿都高兴不起来，她至今无法接受张嫂是杀害青城凶手的事实，更让她无法释怀的是，正是因为她的原因，青城才成了张嫂的刀下鬼。如果当初她没有再遇见贾青城，如果她没有去香港，青城也许就不会死。她甚至觉得，自己才是罪魁祸首，因为一己之私，编织了一张巨大的苦难的网，每一个息息相关的人，都成了网中的困兽，无法挣脱痛苦的捆绑。一切发生得都太快了，时过境迁，往日所有的平庸，如今看起来都成了遥不可及的美好。

“水清，家辉约我们这个周末去香港聚一聚，你也一起去吧！”

“好！”

胡凯感觉到了水清的不悦，对于案子里的生死杀戮，他早已司空见惯。可是对于水清来说，却像是打开了一扇黑暗世界的大门，里面充斥着各种邪恶鬼怪，群魔乱舞，她需要更长的时间去忘记或者适应。而最可怕的是，当她一直深深信任的邻居兼闺密，成了黑暗世界里的头等恶魔的时候，她实在难以消受。不管张嫂对青城、对她父亲做了什么，她还是不能完全无视张嫂曾经对她的好，因为那种好，早已转化为情，深深地根植于她的血肉里，甚至灵魂深处。

第十四章　峰回路转　大惊一场

1

周末，香港港上咖啡厅，胡凯和水清并排坐着，家辉坐在他们对面。

阳光透过玻璃，打在他们身上。

“香港的阳光太迷人了，这几天上海又雾霾了。”胡凯满面春风。

“除了阳光好点，其他也没有什么优势了，物价那么高。”家辉无奈地说。

“听说香港的房价已经飙升到30万一平方米了?”

“可不是嘛，像我们这种情况，到死都买不上房子了。”

“不要那么悲观嘛，好好干，国家不会亏待咱们的。”

“我已经麻木了，现在只想把所有的精力都投入到工作中，一个案子破了，把凶手绳之以法，还被害人和家属公道，比中奖了还高兴呢。”

“不愧是特区好警察啊！可是你也没中过奖啊，哪知道中奖究竟是什么感受？哈哈。”胡凯笑了。

家辉也笑了，看见林水清一脸愁容，他打趣道：“林小姐，怎么这么安静，都不说话，是不是看见我不高兴啊？”

“怎么会？水落石出，一切看起来都那么顺利，我高兴还来不及呢。”林水清有些心不在焉，勉强挤出了笑容。

“经历了这么多事情，一时半会儿接受不了，我们都能理解，但是还是要尽快从那种情绪中走出来，才能好好地生活下去。”家辉说着，关切地看着林水清，眼神里竟生出几分关爱。

“家辉说得对，逝者安息，生者坚强，要珍惜活着的每一分每一秒。人活一世，处处残酷，除了坏人以外，疾病和意外都有可能夺走我们的生命。活在当下，享受人生，才对得起自己，对得起生养我们的父母。”胡凯也看着林水清，她脸上挂着淡淡的忧伤，生出几分楚楚动人的可怜，竟叫人百看不厌。

“没错，这个世界变化太快，人生又何尝不是？昨天你看着还好好的人，今天可能就不见了。”家辉把视线转向胡凯。

“就像青城一样，虽然我十多年没有见他了，可是他高中时候的音容笑貌，一直都藏在我的脑海里，我真后悔，没有早一点儿去见他一面，现在再也没有机会了，永远都没有机会了。”胡凯的眼睛湿润了。

“现在想想，至少我还见了他好几面，也算是一种安慰吧。”水清淡淡地说。她抬头看了一眼窗外，不远处，一只鸽子站在路灯上，仿佛在静静地看着她。

“真是造化弄人啊！如果苏美溪知道，青城本已经是将死的人，是不是就不会对他下手了？”

“胡警官，你刚才说什么？什么将死的人了？”家辉瞪大了眼睛。

“胡凯，青城是将死的人？”林水清突然伸手握住了胡凯的手，紧张地问道。

“没错，几个月前，青城给我打过电话，说他在法国查出胃癌晚期，让我替他保密，不能告诉任何人，包括他的家人和你。”胡凯转过头看着水清，水清顿时大哭起来，往洗手间跑去。

家辉突然站了起来：“快，快点回警署。”

胡凯一头雾水，不明白家辉的意思：“怎么了，到底怎么了？我等等水清，要不你先回去，我随后就到。”

2

胡凯和水清到警署的时候，家辉正站在电梯口，手里拿着一个文件袋，袋子上写着几个字：贾青城尸检报告。

看着家辉一脸铁青，胡凯着急地问：“到底怎么了？”

“你自己看。”

胡凯连忙打开袋子，取出里面的纸质文件，仔仔细细地看了起来。死亡原因那一栏写着：雷公藤碱中毒致死。备注里写着：没有发现其他可能致死的细胞异常。

“天哪！”胡凯大叫一声，文件袋掉落在地上。他眉头紧锁，脸色变得异常难看。

水清捡起了文件袋，递给了家辉。

就在这时，电话铃声响了，胡凯却像是灵魂出窍，什么也听不见。

“胡凯，你的电话，电话！”水清一边说，一边用力推了推胡凯，他才缓过神，接了电话：“老周，我现在有点儿急事，你一会儿再打可以吗？”

“我也没什么事，就是告诉你一声，那个智障人士还没回来，估计已经失踪了，恐怕凶多吉少。你忙的话，我晚点儿再打，咱们回头再聊。”

“智障人士，失踪？等等，你别挂电话！你快跟我说说他的长相、身高、胖瘦。”

“身材和我差不多，1 米 78 左右的个头，中等胖瘦，大眼睛、高鼻梁，笑起来有两个酒窝，我能记住的也就这些，有什么问题吗？看你火急火燎的，到底怎么了？”

“现在没时间跟你解释，你现在马上去你们县公安局找赵云，快点去，不管手里有多要紧的事情都放下。”

“行行行，我的大警官，听你的，现在就去公安局。”

挂了电话，胡凯又拨通另一个电话：“老赵，一会儿有个姓周的朋友会过去找你，他有个朋友失踪了，你帮他画个画像，然后把画像传真到香港警署给我，传真号是……事不宜迟，要快！”

“我们县的失踪人口的画像为什么要发到香港去啊？”老赵不解地问道。

“你别问那么多了，照做就行，要快！”

挂了电话，胡凯示意水清先回宾馆，他坐在家辉的办公桌旁，目不转睛地盯着传真机。家辉在会议室里，和尸检科的人员详细地讨论着什么。

时间过得太慢，每一秒钟都像被无限拉长了，胡凯坐在那里，焦急地盼望着，好像在等待一个走失多年的亲人。

一个小时以后，传真机终于响了，原本空白的 A4 纸上慢慢地出现了一幅大大的人头像，胡凯迫不及待地拿起文件，仔细看了看，他的手开始不停颤抖，迅速地跑到会议室，对家辉说：“我们的判断没错，马上逮捕包安容。”

第十五章　水落石出　惊天真相

1

9 月 7 号下午，北京。

青城坐在书房里，面对着电脑屏幕，认真地读着一封来自巴黎某医院的邮件，邮件最后一句话是：贾先生，一定要好好享受余下的也许不会太长的人生，别忘了，每一分每一秒都很珍贵。署名为：安德鲁医生。

看完信，青城闭上了眼睛，深吸了一口气，他的手指微微颤抖着，眼泪从眼眶里慢慢爬出，许久才掉落在他那白得发亮的衬衫上。泪滴沾湿胸口带来几丝凉意，他却觉得凉到了灵魂里。

“老公！”突然，安容推门进来，青城赶紧关了邮件页面，故意用手揉了揉眼睛，露出了招牌式的笑容。

“老公，你怎么了，你哭了？”安容伸手摸了摸青城的脸颊，问道。

“没有，没有，只是爸爸的忌日快到了，想起了小时候和爸爸一起玩的场景。如果他还活着，该有多好！”

安容走到青城身后，搂住他的肩膀，青城轻轻地拍打着她的手臂，许久，他们没说一句话，从大厅里传来的慢慢悠悠的钢琴曲，把他们的情绪糅进了忧伤的旋律里。直到“嘟”的一声，青城的手机响了，安容松开了手，走了出去，青城这才拿起手机，看到了水清发来的信息：“青城，我想去香港看你。”

青城的脸上露出了孩子般无邪的笑容，他迅速回复了水清，让她把港澳通行证的号码发过来，帮她订票。

“不用了，我自己订吧，我有钱。”

“我有很多航空公司的积分，不用就作废了，听话，把身份证号发给我。”

“那好吧……”

一直站在书房门口不曾离开的安容，透过虚掩的门缝，看到了青城眼里流露出的浓烈的暧昧，那暧昧里带着电，闪着光，在她和他无数次的眼神交汇里，她从未遇见过。

安容好想推门进去，严厉地质问他。可是她的手却怎么也无力推开那其实已是虚掩的门，究竟是那花梨木门太重，还是她的心太沉？在那门前纠结愤懑了好几分钟以后，她回了自己的房间，接着收拾行李。

那一夜，红木雕花大床上，安容抚摸着青城，柔声细语：“我们做吧？”

青城把她紧紧搂在怀里，轻声说：“今天怕是不行，没有心情。”

青城明显感觉到安容主动得有些反常，他好想竭尽全力满足她，哪怕只剩下最后一口气，可是癌细胞就像魔鬼，早已慢慢吞噬了他原本该有的能力。

安容又一次沉默了，蜷缩在他宽大的臂膀里，假装睡得很香。

第二天早上，太阳高高挂在天上，他们登上了开往五清县的高铁。火车迅速地朝前奔去，青城却觉得时光变得好慢，他歪着头偎依在安容的肩上，欣赏着窗外掠过的一切，他这才发现，祖国大地竟是如此妖娆多姿。安容也看着窗外，只是她，再也无心看风景……

五个小时后，火车停在了五清县。事先联系好的专车司机将他们从火车站直接拉到了集市，他们买了一些祭祀用品：纸钱、冥币、水果、蜡烛等，直接奔向泗阳公墓。

公墓里，一个个墓碑整齐地排列着，沉默不语。青城走在其中，感到阵阵寒意，一想到不久的将来，就要与墓碑下的阴魂做伴，他着实有些害怕。他害怕的不是死亡，而是分离，是长眠之后可能遇见的各种未知。

“如果一切真像墓园里看起来那么平静，倒也不算坏事。”他心里安慰着自己。

他们先来到安容父亲的碑前，摆上水果、蜡烛、酒杯，烧上纸钱和冥币，青城用纸巾擦去墓碑上厚厚的灰尘，“包林岳”几个字显得更加清晰了。

“真遗憾，和岳父从来没见过面，什么时候让我看看照片吧?”

“怎么这个时候想起来要看照片了？跟你结婚那么多年，头一次听你这么说。”

“见了照片，就认识了，说不定哪天遇见还能打个招呼，握个手，说不定还能喝一杯呢。”

“你这说的什么话啊？别瞎说了，没有照片！我爸爸从来不拍照，他嫌自己不上相。”安容冷冷地说，只把青城的话当成戏谑。

蜡烛烧到一半，安容感觉到口袋里的手机在振动，她对青城说：“你先去小惠爷爷那边看看，我把坟头的草拔一拔，一会儿过去找你，给爷爷敬杯酒。”

青城提着篮子走向墓园的另一头，去寻找父亲贾建文的墓碑。

他在贾建文的墓前摆了两个酒杯，在杯子里倒上了白酒，他端起一杯酒洒在碑前的土地上，又端起另一杯酒，对着贾建文的墓碑说：“爸爸，你在地下可好？我想你了，我比以往任何时候都想念你，可是我不想这么快就去和你团聚，我还留恋这个世界，留恋我的妻女，我不想这么早就把妈妈扔下。”

确定青城已经走远，安容拿出了手机。看到“表姐”的未接来电，她回拨过去，不耐烦地说：“你这会儿打什么电话啊，不是说好晚点儿我会给你打吗？”

“好久没见了，我怪想你的，忍不住就打了。在北京，你也不出来见我，我又不能去找你。我只是想跟你说，我已经到了，住在泗阳宾馆，你办完事，早点儿过来找我，我在宾馆等你。”

“我知道了，你别再打电话了！”

“对了，要不你把青城也带上，就说我是你表姐，他也不会怀疑的。”

“你见他干吗，有什么意义？说你是我表姐，他就信了？

你当他是傻子啊？万一他怀疑起来，打听我的身世，他还能和我过下去吗？”安容的语气变得严厉而激动。

“好好好，我知道了，你消消气。你尽早过来，我在北京给你买了不少东西，都带回来了，你过来挑一些喜欢的带回去。”

“你可真够无聊的，还从北京带东西，我什么都不要，我什么也不缺，你自己留着吧，再说了我行李箱太小，放不下。”

“在北京，你又不愿意见我，只能带过来了。你先过来再说，说不准有你喜欢的，过来再说。早点儿……”

还没等对方说完，安容就急忙挂了电话，她朝手机白了个眼，悻悻地说：“真无聊！”

另一边，青城已经喝下三杯白酒，有了几分醉意。

大约一个小时以后，蜡烛和冥币都烧尽了，安容走到贾建文的墓碑前，看见青城趴在坟头，她把他扶起来，带回祖屋，将他扶上楼梯，快到楼梯头的时候，青城突然瘫坐了下来，并示意安容也坐下。安容想要把他扶到房间的床上躺着，可是青城无论如何也不进去，他坚持要坐在那儿，还说有重要的话要对安容说。

安容无奈，只好和他并排坐了下来。

青城伸手握住安容的手：“老婆，我对不起你，我可能不能陪你到老了，我，我……”

“为什么？是因为那个林水清吗？因为你爱上她了，你要抛弃我对不对？”安容突然站了起来，歇斯底里地吼道，原本柔细的声音变得粗犷刚硬，仿佛是从骨髓里发出的声响，她看起来就像一只发怒的狮子，眼睛里冒着凌厉的凶光。她一边骂着，一边走到了青城的背后。

"你，你怎么知道水清？不是你想的那样。"青城想从楼梯上站起来去拥抱她，安抚她的情绪。

就在这时，安容用力一推，青城滚了下去，因为酒劲，他的四肢软绵绵的，完全不听使唤，他想伸手抓住栏杆，可是怎么也抓不住。他的头撞到了底层坚硬的水泥地板，鲜血直流。

安容从楼梯上慢慢地走了下来，冲着血泊里的青城，咬牙切齿地骂着："去死吧，快点去死！活该！我早就受够了！"

青城用仅剩的一口气，张大嘴巴，想说什么。

安容朝他的脸上用力地踢了一脚，青城的脸又倒回了血泊里，他四肢完全瘫泄了，终于停止了呼吸。

安容伸手试了试青城的鼻息，这才意识到自己杀了人。

2

她跑回自己的房间，锁上门，爬到床上，用被子蒙住头。她浑身发抖，冷汗直冒，脑子一片空白。过了好一会儿，她隐约听见手机响了，她知道，那是青城的手机铃声，她从床上下来，走下楼，从青城西装的口袋里掏出手机，看了看，是美凤的来电。她深吸一口气，接通电话："妈，我们已经到了，都上完坟了，青城在洗澡呢，你放心吧，照顾好小惠。"

她是那么镇定自若，美凤竟没有觉察到一丝反常。

接着，安容又拨通了"表姐"的电话。

"妈妈，我杀人了，你快过来。"

"什么？你说什么？孩子你别吓唬妈妈啊！"

“我杀了贾青城，我把那个王八蛋给杀了。我把他推下楼梯，他已经死了！”安容突然号啕大哭，眼泪如山洪一样倾泻而出，苏美溪这才相信了她的话。

“孩子，你叫救护车，快叫救护车，只要他还有一口气，也许能救过来。”

“他已经断气了，我确定，他已经死了，是我杀了他，你听明白了吗？”安容咬牙切齿。

“我听明白了，明白了，你现在什么都别动，等着我，一定要等着我。你现在假装什么事也没发生，万一有人来敲门，千万别开门，不管是谁，直到我出现在你眼前，知道吗？”

苏美溪挂了电话，从宾馆快速跑了出来，不一会儿就到了安容家祖屋的后门。安容打开门，苏美溪走了进去，看见躺着的青城。她一边流泪，一边用拳头砸着自己的胸口：“作孽啊，作孽啊，建文，我对不起你啊！”

“行了行了，别哭了，接下来该怎么办？”安容的语气生硬而坚定，脸上看不到一丝一毫的痛苦和恐惧。

“你，你怎么能干出这种事？”苏美溪捶胸顿足，指着安容问道。

“你就别在这儿装好人了，咱们俩半斤八两，你杀死了他爸爸，我杀死了他，你没有资格审问我！”

苏美溪的哭声戛然而止，她原本堵在胸口的拳头放了下来，冷冷地说：“现在我们把他抬到地下室，然后把这里的血迹洗干净，你快去多准备点洗洁精。”

“为什么要抬到地下室，直接埋到院子里不就行了？”

“傻孩子，哪有那么容易啊？院子都是敞开的，现在埋了，街坊邻居都能看见。”

“好吧，可是家里没有洗洁精。”

“我现在就去买。”

“还是我去吧，你在这里守着。”

“你能行吗？我怕你露馅儿。”

“放心吧，我现在比任何时候都冷静。”

安容的脸上，没有一丝挣扎，她走出大门发出的脚步声，铿锵有力，毫无畏惧。

安容走后，苏美溪走近青城，把他已经僵硬的身体翻了过来，这时才看见青城的眼睛还没有闭上，她泪如雨下，伸手将他的眼睑盖下，轻轻地整理了他的头发，轻声地说：“青城，对不起了，我欠你们家太多，只能下辈子还了，安容是我的女儿，为了她，我只能违背良心了。如果有来生，我一定好好偿还你们。”

她摘下他的手表和眼镜，放在楼梯上。又脱下他的外套和长裤，到卫生间里把上面的血渍洗干净。她一边用力地搓着，一边不停地念叨：“佛祖，你快来惩罚我吧，我没脸活在这世上了，我是罪人，我是罪人，我是罪人……”

不一会儿，安容回来了，手里提着两大桶洗洁精和一桶消毒液。

“没有人怀疑你吧？”苏美溪提心吊胆地问道。

“怀疑我什么？买洗洁精又不犯法。你为什么把他衣服脱了？看着怪吓人的。”

“我自有我的安排，你就别问那么多了。”

接着，她们使尽力气，把青城抬到了地下室，塞到了一张旧床底下，又在床上铺上了大大的床单，一直盖到地板，然后把楼梯和地板的血渍也洗得干干净净。房子里再也闻不到血腥味，只剩浓浓的消毒水的味道。

苏美溪上上下下检查了一遍，确保万无一失，对安容说："你在这儿等着，哪儿也别去，我去个地方，大约一个半小时以后就能回来。"

"这么晚了你去哪里？难道就让贾青城腐烂在地下室吗？"

"不，我自有我的计划，但是需要一个人帮忙，我现在就去找他。"

"什么人？这种事情怎么能让别人知道？你疯了吧？"

"放心，相信我，我会处理好的，你相信妈妈。"苏美溪伸出手，理了理安容垂挂在脸颊的头发，安容伸手握住了苏美溪的手，央求道："妈妈，你一定要回来，要快点回来。"

"妈妈很快就会回来，我的乖女儿，你把门锁好。"苏美溪把手从安容的手中挣脱出来，从后门走了出去。

3

苏美溪从后院的杂物间里找出一辆破旧的自行车，骑了上去，大约 10 分钟以后，她把自行车停在了泗阳山脚，打着手电，往山上快速走去。30 分钟以后，她走进了山顶的棺木屋，在手电苍白的光芒里，看见蓬头垢面的青山直直地躺在床上，张着大嘴，打着呼噜，连被子也没有。她没有急着叫醒他，而是找了一根木棍，在棺木屋的周围，挖了 7 株雷公藤，然后把雷公藤的根茎取下，又从口袋里掏出小刀，把茎皮刮下，放进一个塑料袋里。

然后，她用力地推了推青山："好孩子，快醒醒，姨妈带你去找好吃的。"

青山睁开眼睛，坐了起来，笑眯眯地看着她，嘴里念道："姨妈，好吃的，姨妈，好吃的。"

她催着青山迅速往山下跑去，到祖屋的时候，她看了看表，已经是晚上 11 点 30 分。

安容看见青山，吓了一大跳："他是谁？怎么跟青城这么像？"

"你别问太多了，我给他收拾一下头发，你拿电吹风把青城的衣服吹干。"

苏美溪把青山领到浴室，示意他坐在镜子前。她拿起剪刀，一边给青山剪头发，一边哄着他说："乖孩子，好好坐着，剪完头发，姨妈给你做好吃的，乖孩子，听话。我送你去你妈妈那里，你很快就能和妈妈团聚了。"

苏美溪的眼泪不停地滴到青山的头上，青山咧着嘴，不停地念叨："下雨了，妈妈，下雨了，妈妈，下雨了，下雨了。"

剪完了头发，苏美溪又帮他刷了牙，青山原本黄得发黑的牙齿白了许多。

等苏美溪把青山再领到安容面前的时候，安容又大哭了起来，她怀疑自己是否又见到了活着的贾青城。

苏美溪让安容在屋子里看着青山，自己到厨房给他做了一碗热腾腾的虾仁鸡蛋面。她用筷子把面条拨拉开，凉了才端给青山。看着青山吸溜吸溜地大口吃着面条，苏美溪又一次泣不成声。不一会儿，碗里的面条一根不剩，连面汤都被喝了个精光。青山端着碗，舔着碗里仅剩的煎蛋的渣屑。苏美溪连忙抢过碗，用手拍了拍青山的后背，小声说："你看你这孩子，吃得太快了，小心噎着。要是没饱，姨妈再去给你做一碗。"

"还给他做，一会儿给吃撑了，吃死了，怎么办？难不成你要地下室再多一具尸体吗？这个人到底是谁，不会是贾青城的弟弟吧？怎么好像连面条都没吃过的样子？"安容不屑地说道。

"你给我闭嘴，问那么多干什么？你知道得越少越好！"苏美溪几近斥责的语气，让安容着实吓了一跳，习惯了对苏美溪大呼小叫的安容，此刻竟对母亲产生了几分惧意。

吃完面条，她们把青山领到地下室，让他睡在那张破旧的床上。青山吃得饱饱的，盖着暖暖的被子，睡得很香，他的脸上洋溢着醉心的满足和幸福，丝毫不知床底下躺着一个死人，而这个死人正是自己的胞兄，和自己长得几乎一模一样，连基因序列都没有多少差别。如果贾青城在天有灵，不知是否会为兄弟间这样的团聚而感到些许安慰。

那一夜，安容和苏美溪躺在同一张床上，处心积虑地盘算着什么。窗外不时有汽车轰鸣而过，可她们听到的只有彼此的心跳声。一种久违的母女间的亲近，让原本嘈杂焦躁的夜晚也生出几分温暖。

4

第二天早上 8 点钟，阳光透过阁楼的窗户，照在被洗得一尘不染的楼梯上，发着诡异的光芒。几只筑巢在屋檐下的燕子，在房子里飞来飞去，叽叽喳喳地叫着。

苏美溪把青山叫了起来，给他换上青城的衣服，戴上青城的眼镜和手表，青山成了青城，如果他不再傻笑，恐怕没人能区分。

上午9点钟，安容拉着青山坐上原先预订好的专车，赶往机场。苏美溪则是从后门出去，在大街上打了一辆的士，也朝机场开去。到了机场，苏美溪用青城的手机给林水清发消息："水清，因为要见一位重要客户，我的行程临时有变，我下午6点30分左右到香港机场，已经通知我的助理把你的机票也改签到了今天，不出意外的话，她很快就会把改签后的航班信息发给我。我再转发给你。"

"好的，太好了。"林水清的回复，开启了苏美溪香港计划的第一步。

5分钟后，苏美溪又给林水清发去消息："水清，Candy已经把你的航班改签到下午3点钟，你到香港之后，我可能还在见客户，你不用给我打电话，漫游费太贵，你等我的消息。"

"知道了，放心吧，你先忙你的。"林水清快速又坚定的回复，让苏美溪相信，她正一步步地走入自己设定的圈套中。

中午12点整，飞机准时起飞。青山和安容坐在一起，苏美溪坐在他们后面第三排。为了防止青山在飞机上出状况，安容要了一杯红酒，让他喝下。青山睡着了，一路打着呼噜。下午3点整，飞机准时停在了香港机场。下午3点30分，安容拉着青山坐上了开往青城公寓的的士。苏美溪则留在机场等待水清的出现。

安容和青山到青城公寓的时候，已经是下午 4 点 10 分了，安容给青山找来零食，让他安心地待在大厅。自己则在主卧里，准备好支票和红色的信封，并把原先准备好的雷公藤的根茎皮屑放入信封里，把信封压在玫瑰花瓶底下。

下午 4 点 20 分，安容打电话点了必胜客的外卖。

下午 4 点 50 分，必胜客送餐小哥敲门，安容把门开得很大，让小哥走进来，把比萨放在大厅的茶几上。

外卖小哥看到坐在沙发上笑眯眯的“青城”，说了声：“先生，您好！”就走出了公寓。

安容关上门，把青山领到次卧，让他在次卧里吃比萨，并把次卧的门从外面反锁上，下午 5 点整，她拉着行李箱离开了青城公寓。

晚上 7 点 20 分，苏美溪看见林水清出现在机场的出口处，她身上穿着粉色压花连衣裙和一双宝蓝色高跟皮鞋，鞋面上镶着 6 颗白色的水晶，头上戴着米白色的遮阳帽，眼睛上戴着黑色的墨镜，嘴上包着白色的口罩。苏美溪立刻把原先编辑好的内容发了出去，让水清先去“港货”茶餐厅吃点东西，然后等她的消息。

“好的，你先忙，我等你消息。”收到林水清的回复，苏美溪坐地铁到了香港某批发市场，经过一番寻找，终于找到了与水清同款的帽子、墨镜、口罩等。然后驱车到港货茶餐厅的后门，她躲在厨房出口的附近，扫视餐厅，看见水清坐在最右侧的角落里，吃着什么。她看了看表已经是晚上 8 点 30 分，她走进厕所，在其中一个隔间里换上和水清同款的行装，照着水清的发型，剪去发尾的波浪。然后于晚上 8 点 45 分从餐厅前门走出，往青城公寓走去。

到了青城公寓，苏美溪推门进去，在大厅茶几的抽屉里找出了钥匙，打开了次卧的门，看见青山躺在床上睡着了，桌上放着几块吃剩下的比萨，她从口袋里掏出一个装着褐色液体的塑料瓶子，把青山叫醒："好孩子，快把这饮料喝下，可好喝了，喝完就能见到妈妈了。"

"饮料，妈妈，妈妈，饮料。"青山端起瓶子大口地喝了起来，喝到一半的时候，他的脸部肌肉开始痉挛，嘴里吐着白沫，眼泪不停地夺眶而出，表情变得痛苦难耐，他的手紧紧地握着塑料瓶子，瓶子都变形了。苏美溪双膝跪地，不敢看青山的样子，一边抽泣着，一边不停地磕着头说："对不起，建文；对不起，青城；对不起，青山；对不起，月琴。我对不起你们啊，我是罪人……"

过了十几分钟，青山停止了挣扎，脸朝上瘫倒在床上，他的眼睛睁得很大，指甲和嘴唇都变成了黑色，只是他的眉宇之间依然挂着几分笑意，仿佛一个无法抹去的烙印，深深地刻在了灵魂里，雷公藤草汤赋予的不可名状的极度痛苦，也没能将此抹去。没错，他在痛苦中快乐地离去了。

苏美溪这才站了起来，从青山的手里拿走塑料瓶子，又到厨房里找到一个水晶玻璃杯，把塑料瓶里余下的液体倒入玻璃杯中，把玻璃杯放在右手边的床头柜上。她挪动青山的身体，确保他仰面躺着，双腿平放，双手交叉在胸前，然后将浅灰色的丝绸被面盖在他的身上。她走进卧室的卫生间，打开浴缸的水龙头和放水塞。接着，她拿出手机发了消息让林水清过来。

收到林水清的肯定回复以后，苏美溪步履沉重地走出了青城公寓乳白色的凯旋雕花大门……

电梯里，她强忍着泪水，不让自己有丝毫的动容，那厚厚的纱布口罩和黑色偏光墨镜后面，是一张面目狰狞的、连她自己都不认识的脸……

两个小时后，五清县，苏美溪家的祖屋里，一个身体瘦弱的女人正苦苦地搬着一个用白布包裹的庞然大物，她费了九牛二虎之力，才把这个庞然大物从地下室搬到了临时租来的白色SUV上。她用仅存的力气关上后备箱，一通左顾右盼后，坐进了汽车的驾驶室，踩着油门直奔五清县公墓。她拿着铲子，花了好长时间才挖开那个叫包林岳的人的坟墓，费劲巴拉地把那个庞然大物放入坟墓之中，又把挖开的土一铲一铲地盖回去。等完成了所有的程序，她已经汗流浃背，筋疲力尽。眼看天都快亮了，她拖着快要垮掉的躯体，爬上车，又踩上油门，头也不回地往前开去，她早已没有了泪，她只觉得累。

第十六章　尾　声

1

水清和胡凯来到了贾青城家里。美凤抱着小惠，呆呆地坐在沙发上。

“阿姨。”水清走近美凤，想挨着她坐下来。

“你别喊我，青城被你害死了，现在连安容也被你害了。你为什么要和我们过不去？我和小惠以后该怎么办？”美凤怒目而视，林水清只好后退几步，在美凤的对面坐了下来。

“阿姨，请节哀，冷静一点儿，对于青城的遭遇我们也很痛心。水清，你带小惠到里屋去玩，我想和阿姨单独聊聊。”胡凯连忙圆场。

水清站了起来，抱起小惠，往卧室走去。

“还有什么可聊的？”美凤不屑地看着胡凯。

“阿姨是否知道死在香港公寓的不是青城，而是他的双胞胎弟弟？”

“什么？怎么可能！如果那个不是青城，那青城会不会还活着？”美凤突然从沙发上站了起来，悬悬而望。

胡凯伸手握着美凤的手："阿姨，您坐下，听我慢慢说，青城他已经……他的遗体也已经找到了。"

美凤失望地坐回到沙发上，胡凯接着说："难道美凤阿姨不知道，自己还有另一个儿子吗?"

"不瞒你说，青城不是我亲生的，是他爸爸从别人那里抱回来的。我和他爸爸结婚以后，一直怀不上孩子，去检查才知道，我的输卵管太细，不能生育。后来青城的爸爸和我商量，去抱一个孩子回来养，我勉强同意了。他四处打听，终于在半年后，抱回来了一个小男孩，就是青城。"美凤说着，语气渐渐恢复了平静。

"那青城的父亲没跟您说，是从哪里抱的?"

"我从来没有问过，我也不想知道。对于一个不会生育的女人来说，突然有了孩子，我已经很满足了，更别说他抱回来的是个白白胖胖、聪明可爱的大胖小子。"

"我明白了，青城的生母，当年生了一对双胞胎，一个给了你家，另一个也许自己留着养了，又或许给了别人。"

"我也不知道怎么回事，反正事已至此，一切都不重要了。"

"阿姨，您一定要坚强，要保重身体。小惠还需要您，您放心，我和水清一定会帮助您把小惠养大成人的。"

"小惠，小惠这个可怜的孩子。"美凤抽抽搭搭地哭了起来。

美凤和胡凯在厅里坐着，林水清在房间里，给小惠读绘本，唱儿歌，小惠笑了。临走前，小惠跑出来跟美凤说："奶奶，我喜欢这个阿姨。"

美凤看了一眼林水清，眼神柔软了许多。

2

RR 监狱。

苏美溪穿着一套黄色的衣服，戴着手铐从监狱里走了出来，她显然消瘦了许多，原本水润的脸上如今长满了褐色的斑纹。

她走到水清面前，坐了下来，面带微笑说："水清也来了啊？"

"张嫂，你还好吗？"水清轻轻地叫了一声。

"还好，还好，冻不着饿不着的。你呢，怎么样？小亮呢？"

"小亮在外婆家，挺好的，他那天还说，他想隔壁的奶奶了。"

"小亮真是个好孩子，你要好好培养他。你们今天来有什么事情？"

水清看了一眼胡凯，胡凯清了清嗓子说："是安容。"

"安容，安容怎么了？"苏美溪收起了笑容，变得异常紧张。

"安容，她已经认罪了。"胡凯放慢了语速。

"什么？怎么可能？她哪儿有什么罪？都是我干的！跟她没有任何关系！你们快放了她，快放了她！"

"张嫂，警察已经定案了，安容也认罪了。"林水清小心翼翼地补了一句。

"不可能，不可能！绝对不可能！"苏美溪紧握着拳头，歇斯底里地喊着，她的两只手使劲地拉扯着手铐的铁环，铁环深深地陷入了肉里。突然，她站起身，跑到墙边，准备一头撞向墙壁，一了百了。监警及时跑过来制止了她。

水清也跑了过去，抱着苏美溪。苏美溪把头靠在水清的肩上，终于大声地哭了出来，她哭得肝肠寸断、天昏地暗。水清也忍不住泪如雨下，那一刻，两个女人的眼泪融汇在一起，她们又感觉到了彼此的心跳。

大哭之后，苏美溪整个人松懈下来，坐回到凳子上，好像有人用剪刀把她身上原本紧绷着的弦剪断了，她彻底放弃了抗争。

“苏美溪，请你冷静点儿。不要再做无力的挣扎了。”看到苏美溪痛不欲生的样子，胡凯心生怜悯。

“这么说，你们今天来是想知道贾青城的身世?”苏美溪又恢复了招牌式的冷静。

“是的，如果您今天不舒服，我们改天再来。”

“不，既然你们想知道，今天就让你们知道个明明白白。”

“高考后第二年，有一天，贾建文来到绵云村找我，才知道我早就离开了。他向乡亲们打听我的消息，刚好遇到了我的堂妹月琴。月琴长得眉清目秀，也有几分像我。贾建文与她闲聊几句之后找到了月琴的父亲，也就是我三叔，提出想让月琴帮他生孩子的想法，因为他自己的太太刚好不能生育。月琴不答应，觉得是件可耻的事情。可是我三叔为了钱，执意要月琴答应。月琴没有办法只好同意和贾发生肉体关系，两个月后，月琴真的怀孕了。4 个月产检的时候，她来找我，要我带她去见医生。那时我刚从卫校毕业，在包亿年的帮助下，在五清县医院当护士。

“医生跟月琴说，她怀的是双胞胎。月琴就起了私心，想只给贾建文一个孩子，另一个自己留着养。她让我帮她保密，并且通过我的关系，买通了医生。生孩子的时候，我们没有通知贾建文，孩子出生后，过了一个星期，我三叔才把其中的一个孩子抱给他，贾建文看到是个男孩，长得白净漂亮，高兴得很，当场给孩子取名叫青城。他给月琴留了一些坐月子的钱，抱着孩子就走了。

“月琴给另一个孩子取名青山，因为害怕贾建文发现还有一个孩子后会来找她，她一直东躲西藏，直到5年后，嫁给了一个外地人。青山10岁那年得了脑膜炎，烧坏了脑子。月琴的丈夫不堪重负，抛弃了他们，他们孤儿寡母又回到了绵云村。7年后，月琴得了胃癌，托人找到了我，想把青山托付给我，我当时没有答应。只是说我会常常回去看看他，直到有一天我收到她的来信。

美溪：

我知道自己马上要死了，我不想让青山在这个世界上受苦，我想把他带走，可他是我的孩子，我下不了手，我早已经找人把我的棺木屋盖好了，在泗阳山上，我在我的棺木屋附近种了很多雷公藤。我死后三年，你找人把我的骨头捡了，让青山住在我的棺木屋里，如果哪一天，他吃了那里的雷公藤死了，就让他躺在我的棺木里，我也能安息了。

“三个月后，月琴走了。

“三年后，我托包亿年，找来捡骨师，把月琴的骨头捡到金瓶里，并把青山从绵云村带到了泗阳山，从此让他自生自灭。

“可谁知十多年过去了，他竟然还活着，一副逍遥自在的样子。”

“直到9月9号晚上，安容打电话给你?”

“接完安容的电话，我跑到了泗阳山，把青山带到了祖屋，给他剪了头发，把青城的衣服脱下来，穿到他的身上，又把青城的手表、眼镜都摘了下来戴到他的身上。

“接下来发生的事情，相信你们已经知道了。”

……

探监的时间很快到了，水清和胡凯站起来准备离开，苏美溪也站了起来，看着水清说：“去看看她吧。”

水清点点头，明白了苏美溪的意思。

3

PP监狱。

水清和安容面对面坐着。

“你还好吗?”看着安容一副弱不禁风的样子，林水清心生怜悯。

“你觉得呢?”安容反问道，语气里带着嘲讽。

“发生了这么多事情，真抱歉!”

“不要无事献殷勤，跟你有什么关系?”

“我来是想问问抚养小惠的事情。”

“小惠，对，小惠她怎么样了?”安容伸出手，想去握水清的手，可是到了一半，又缩了回去。

“小惠挺好的，跟她奶奶在一起，可是美凤阿姨年纪越来越大，小惠需要人照顾。所以我想收养小惠。”

“你收养小惠？不行，凭什么？凭什么！你抢走了我的老公，又要来抢我的女儿?”安容横眉怒目地盯着林水清。

“你考虑考虑，如果你同意，我会安排律师拿文件给你签字，保重。”水清站起来准备离开，安容叫住了她：“等一下，如果你能保证善待小惠。”

“我保证，我和胡凯一定会把小惠当成自己的亲生骨肉，别忘了小惠是我的亲人。”林水清坚定地说。

安容点了点头。

“保重，姐姐!”水清说完，转身朝监狱大门走去。

安容的眼眶湿润了，她看着水清渐渐模糊的背影，有种时光发生了偏移的错觉。

京城四月，柳絮飘飘，林水清大步流星地走在流动的朦胧中，却像是走入了伟岸的图腾，她甩甩头，感觉自己重生了……